金色俄罗斯

主编◎汪剑钊

金蔷薇

Золотая роза

[苏]康·帕乌斯托夫斯基◎著
苏 玲◎译

四川人民出版社

图书在版编目（CIP）数据

金蔷薇/（苏）康·帕乌斯托夫斯基著；苏玲译.
—2版. —成都：四川人民出版社，2023.8
ISBN 978－7－220－13248－3

Ⅰ. ①金…　Ⅱ. ①康…②苏…　Ⅲ. 散文集－苏联
Ⅳ. ①I512.65

中国国家版本馆 CIP 数据核字（2023）第 080728 号

JINQIANGWEI
金蔷薇
［苏］康·帕乌斯托夫斯基　著　苏玲　译

责任编辑	王　雪
责任校对	郭明武
装帧设计	宋祥瑜
责任印制	祝　健　张　浩
出版发行	四川人民出版社（成都市锦江区三色路 238 号）
网　　址	http://www.scpph.com
E-mail	scrmcbs@sina.com
新浪微博	@四川人民出版社
微信公众号	四川人民出版社
发行部业务电话	（028）86361653　86361656
防盗版举报电话	（028）86361653
照　　排	四川胜翔数码印务设计有限公司
印　　刷	北京盛通印刷股份有限公司
成品尺寸	140mm×203mm
印　　张	12.25
字　　数	262 千
版　　次	2023 年 8 月第 2 版
印　　次	2023 年 8 月第 1 次印刷
书　　号	ISBN 978－7－220－13248－3
定　　价	68.00 元

金色的“林中空地”（总序）

汪剑钊

2014年2月23日，第二十二届冬奥会在俄罗斯的索契落下帷幕，但其中一些场景却不断在我的脑海回旋。我不是一个体育迷，也无意对其中的各项赛事评头论足。不过，这次冬奥会的开幕式与闭幕式上出色的文艺表演给我留下了深刻的印象，迄今仍然为之感叹不已。它们印证了一个民族对自身文化由衷的热爱和自觉的传承。前后两场典仪上所蕴含的丰厚的人文精髓是不能不让所有观者为之瞩目的。它们再次证明，俄罗斯人之所以能在世界上赢得足够的尊重，并不是凭借自己的快马与军刀，也不是凭借强大的海军或空军，更不是凭借所谓的先进核武器和航母，而是凭借他们在文化和科技上的卓越贡献。正是这些劳动成果擦亮了世界人民的眼睛，引燃了人们眸子里的惊奇。我们知道，武力带给人们的只有恐惧，而文化却值得给予永远的珍爱与敬重。

众所周知，《战争与和平》是俄罗斯文学的巨擘托尔斯泰所著的一部史诗性小说。小说的开篇便是沙皇的宫廷女官安娜·帕夫洛夫娜家的舞会，这是介绍叙事艺术时经常被提到的一个经典性例子。借助这段描写，托尔斯泰以他的天才之笔将小说中的重要人物一一拈出，为以后的宏大叙事嵌入了一根强劲的楔子。2014 年 2 月 7 日晚，该届冬奥会开幕式的表演以芭蕾舞的形式再现了这一场景，令我们重温了“战争”前夜的“和平”魅力(我觉得，就一定程度上说，体育竞技堪称一种和平方式的模拟性战争)。有意思的是，在各国健儿经过十数天的激烈争夺以后，2 月 23 日，闭幕式让体育与文化有了再一次的亲密拥抱。总导演康斯坦丁·恩斯特希望“挑选一些对于世界有影响力的俄罗斯文化，那也是世界文化遗产的一部分”。于是，他请出了在俄罗斯文学史上引以为傲的一部分重量级人物：伴随拉赫玛尼诺夫第二钢琴协奏曲的演奏，普希金、果戈理、屠格涅夫、托尔斯泰、陀思妥耶夫斯基、契诃夫、马雅可夫斯基、阿赫玛托娃、茨维塔耶娃、布尔加科夫、索尔仁尼琴、布罗茨基等经典作家和诗人在冰层上一一复活，与现代人进行了一场超越时空的精神对话。他们留下的文化遗产像雪片似的飘入了每个人的内心，滋润着后来者的灵魂。

美裔英国诗人 T. S. 艾略特在《诗的作用和批评的作用》一文中说：“一个不再关心其文学传承的民族就会变得野蛮；一个民族如果停止了生产文学，它的思想和感受力就会止步不前。一个民族的诗歌代表了它的意识的最高点，代表了它最强大的力量，也代表了它最为纤细敏锐的感受力。”在世界各民族中，俄罗斯堪称最为关心自己“文学传承”的一个民族，而它辽阔的地理特征则为自己的文学生态提供了一大片培植经典的金色的“林中空地”。迄今，在这片土地上生根发芽并长成参天大树的作家与作品已不计其数。除上述提及的文学巨匠以外，19 世纪的茹科夫斯基、巴拉廷斯基、莱蒙托夫、丘特切夫、别林斯基、赫尔岑、费特等，20 世纪的高尔基、勃洛克、安德列耶夫、什克洛夫斯基、普宁、索洛古勃、吉皮乌斯、苔菲、阿尔志跋绥夫、列米佐夫、什梅廖夫、波普拉夫斯基、哈尔姆斯等，均以自己的创造性劳动进入了经典的行列，向世界展示了俄罗斯奇异的美与力量。

中国与俄罗斯是两个巨人式的邻国，相似的文化传统、相似的历史沿革、相似的地理特征、相似的社会结构和民族特性，为它们的交往搭建了一个开阔的平台。早在 1932 年，鲁迅先生就为这种友谊写下一篇“贺词”——《祝中俄文字之交》，指出中国新文学所受的“启发”，将其看作自己的“导师”和“朋友”。20 世纪 50 年代，由于意识形态的接近，中国与苏联在文化交流上曾出现过一个“蜜月期”，在那个特定的时代，俄罗斯文学几乎就是外国文学的一个代名词。俄罗斯文学史上的一些名著，如《叶甫盖尼·奥涅金》《死魂灵》《贵族之家》《猎人笔记》《战争与和平》《复活》《罪与罚》《第六病室》《丽人吟》《日瓦戈医生》《安魂曲》《没有主人公的叙事诗》《静静的顿河》《带星星的火车票》《林中水滴》《金蔷薇》和《钢铁是怎样炼成的》等，都曾经是坊间耳熟能详的书名，有不少读者甚至能大段大段背诵其中精彩的章节。在一定程度上，我们可以说，翻译成中文的俄罗斯文学作品已构成了中国新文学的一个重要组成部分，成为现代汉语中的经典文本，就像已广为流传的歌曲《莫斯科郊外的晚上》《三套车》《喀秋莎》《山楂树》等一样，后者似乎已理所当然地成为中国的民歌。迄今，它们仍在闪烁金子般的光芒。

不过，作为一座富矿，俄罗斯文学在中文中所显露的仅是冰山一角，大量的宝藏仍在我们有限的视域之外。其中，赫尔岑的人性，丘特切夫的智慧，费特的唯美，洛赫维茨卡娅的激情，索洛古勃与阿尔志跋绥夫在绝望中的希望，苔菲与阿维尔琴科的幽默，什克洛夫斯基的精致，波普拉夫斯基的超现实，哈尔姆斯的怪诞，等等，大多还停留在文学史上的地图式导游。为此，作为某种传承，也是出自传播和介绍的责任，我们编选和翻译了这套“金色俄罗斯丛书”，其目的是进一步挖掘那些依然静卧在俄罗斯文化沃土中的金锭。可以说，被选入本丛书的均是经过了淘洗和淬炼的经典文本，它们都配得上“金色”的荣誉。

行文至此，我们有必要就“经典”的概念略做一点说明。在汉语中，“经典”一词最早出现于《汉书·孙宝传》：“周公上圣，召公大贤。尚犹有不相说，著于经典，两不相损。”汉朝是华夏民族展示凝聚力的重要朝代，当时的统治者不仅实现了政治上的统一，而且也希望在文化上设立标杆与范型，亟盼对前代思想交流上的混乱与文化积累上的泥沙俱下状态进行一番清理与厘定。客观地说，它取得了一定的成效，虽说也因此带来了“罢黜百家”的重大弊端。就文学而言，此前通称的“诗三百”也恰恰在那时完成了经典化的过程，被确定为后世一直崇奉的《诗经》。关于“经典”的含义，唐代的刘知幾在《史通·叙事》中有过一个初步的解释：“自圣贤述作，是曰经典。”这里，他将圣人与前贤的文字著述纳入经典的范畴，实际是一种互证的做法。因为，历史上那些圣人贤达恰恰是因为他们杰出的言说才获得自己的荣名的。

那么，从现代的角度来看，什么是经典呢？商务印书馆出版的《现代汉语词典》给出了这样的释义：1. 指传统的具有权威性的著作：博览经典。2. 泛指各宗教宣扬教义的根本性著作。不同于词典的抽象与枯涩，意大利著名作家卡尔维诺归纳出了十四条非常感性的定义，其中最为人称道的是其中两条：其一，一部经典作品是一本每次重读都像初读那样带来发现的书；一部经典作品是一本即使我们初读也好像是在重温的书。其二，经典作品是一些产生某种特殊影响的书，它们要么自己以遗忘的方式给我们的想象力打下印记，要么乔装成个人或集体的无意识隐藏在深层记忆中。参照上述定义，我们觉得，经典就是经受住了历史与时间的考验而得以流传的文化结晶，表现为文字或其他传媒方式，在某个领域或范围具有一定的权威性和典范性，可以成为某个民族甚或整个人类的精神生产的象征与标识。换一个说法，每一部经典都是对时间之流逝的一次成功阻击。经典的诞生与存在可以让时间静止下来，打开又一扇大门，带你进入崭新的世界，为虚幻的人生提供另一种真实。

或许，我们所面临的时代确实如卡尔维诺所说："读经典作品似乎与我们的生活步调不一致，我们的生活步调无法忍受把大段大段的时间或空间让给人本主义者的悠闲；也与我们文化中的精英主义不一致，这种精英主义永远也制定不出一份经典作品的目录来配合我们的时代。"那么，正如沙漠对水的渴望一样，在漠视经典的时代，我们还是要高举经典的大纛，并且以卡尔维诺的另一段话镌刻其上："现在可以做的，就是让我们每个人都发明我们理想的经典藏书室；而我想说，其中一半应该包括我们读过并对我们有所裨益的书，另一些应该是我们打算读并假设对我们有所裨益的书。我们还应该把一部分空间让给意外之书和偶然发现之书。”

愿“金色俄罗斯”能走进你的藏书室，走进你的精神生活，走进你的内心！

目 录
Contents

献给我真诚的朋友塔季扬娜·阿列克

谢耶夫娜·帕乌斯多夫斯卡雅

文学不受衰亡之规的约束。

唯有文学无惧死亡。

——萨尔蒂科夫·谢德林

心要永远向着美好。

——奥诺尔·巴尔扎克

书中的很多表述是断片式的，甚至可能不够清晰。

很多地方还会引起争议。

本书不作理论研究，更非示范引领。它就是我理解的文学写作和已有经验的札记。

本书也不涉及文学创作之思想基础的各个广泛层面，因为在这方面我们毫无分歧。对我们而言，文学的英雄主义和教喻意义是不言而喻的。

本书仅谈谈我还来得及谈的、为数不多的事情。

如果以我微小之力向读者描绘出了文学创作有多么美好，那么我就自认为我面对文学的使命完成了。

珍贵的尘土

已无法想起我是如何得知巴黎清洁工让·夏米的故事了。在自己居住的街区，夏米靠给各个手工作坊打扫清洁为生。

夏米住在城边一个逼仄简陋的窝棚里。当然，我也可以详尽描绘一番这个郊外的景色，不过这会误导读者偏离故事的主线。但是，或许还是值得提一点，那就是巴黎城郊这些古堡保留至今却完好无损。这则故事发生的时候，这些古堡还湮没在一片枝繁叶茂的金银花和山楂树丛中，鸟儿在此筑窝栖息。

清洁工的窝棚紧贴城堡北墙的墙根，与铁匠、鞋匠、拾荒人和叫花子的棚屋为邻。

如果郊外这些窝棚居民的生活当时引起了莫泊桑的兴趣，那他很可能还会写出几个短篇小说的杰作来。也许，这些作品将会在他不可动摇的荣誉之上再为他增添新的花环。

很可惜，除了侦探，没有人会注意到这种地方。就是那些侦探，也只是在追赃的时候才会光顾此地。

邻居们都叫夏米的外号“啄木鸟”，由此可以想见，他是瘦瘦的个头，尖鼻子，帽檐底下总是露出一撮毛，活像鸟冠子。

让·夏米也曾经有过好日子。墨西哥战争期间，他曾是“小拿破仑”军中小兵一枚。

夏米很走运。他在韦拉克鲁斯得了一场严重的疟疾。一个病号，一个未曾参加过一次真正战斗的士兵，就这样被遣送回国了。团长利用这个机会，委托夏米把他的女儿苏珊娜带回法国，小姑娘只有八岁。

团长是个鳏夫，所以他不得不把女儿带在身边。但这次他决定与女儿暂别，把她送到鲁昂的姐姐家。墨西哥的气候对欧洲来的孩子是致命的。况且，毫无规律的游击生活往往会带来许多意想不到的危险。

在夏米返回法国的途中，大西洋海面上暑热升腾。小姑娘整天一语不发。甚至当鱼儿跃出油汪汪的水面，她也丝毫不为所动。

夏米尽其所能地照顾着苏珊娜。他明白，她不仅希望得到他的照料，更需要他的爱抚。而他这个殖民军团的大兵，还能想出什么爱抚人的法子呢？他怎么才能逗她开心？跟她玩骨牌？或者是哼唱几句兵营里流传的粗野小曲儿？

但是总不能这么长久地默默相对吧。夏米不时能捕捉到小姑娘向自己投来的迷惑的目光。最后，他终于决定开口向她讲述自己的身世，回忆起了在拉芒什海峡岸边那个小小渔村里发生的桩桩件件：流沙，退潮后的水洼，村教堂那口有裂缝的钟，给邻居治疗胃疾的妈妈。

在这些往事里，夏米找不出半点能让苏珊娜开心的地方。但小姑娘令他非常吃惊，她不仅好奇地听着这些故事，甚至还让他一遍遍地讲，而且要讲得更详细。

夏米搜肠刮肚地讲述着这些故事的各种细节，最后他自己也搞不清这些细节到底有没有发生过。这已经不再是回忆，而是淡淡的记忆的影子。这些影子已像雾一般弥漫开去。说真的，夏米也从来没想过需要重新回忆自己生活中那些无关紧要的日子。

有一次他隐隐约约地想起了一个关于金蔷薇的故事。或许，夏米并没有亲眼看到那朵金子打造、做工粗糙、微微发黑的金蔷薇，它挂在一个渔妇家的十字架上，或许，他只是从旁人那里听到了这则金蔷薇的故事。

不，他好像有一次是真的看到了这朵金蔷薇。它熠熠闪光，尽管那时窗外并没有太阳，且海面上乌云密布。越是往下讲，夏米就越是想起了它的光泽，在那低矮的天花板下如微微泛光的星星。

全村人都很奇怪，这老太婆为啥不卖掉这个值钱的物件。她能用它换一大笔钱呢。只有夏米的妈妈相信，卖了金蔷薇会带来灾难，因为这金蔷薇是一个深爱老太婆的人送她以表达“祝福”的，当时她还是个爱笑的姑娘，在奥迪埃尔纳一家沙丁鱼罐头厂做女工。

“这样的蔷薇世上少有，”夏米的妈妈说，“但谁家要是拥有，谁家就会得福。不只是这样，谁要是碰了碰这蔷薇，也会有福降临。”

小男孩夏米迫不及待地等着，想见证一下老太婆如何得福。但任何福降的征兆都没有。老太婆的房子被风刮得摇摇晃晃，晚上屋里连灯都点不起。

还没等到老太婆时来运转，夏米就离开村子了。直到一年之后，一位在勒阿弗尔邮船上当司炉工的熟人才告诉他，老人的艺术家儿子出人意料地从巴黎回到她身边，他留着胡子，性情开朗，有些古怪。从那之后小屋就完全变了模样，不仅欢声笑语，而且生活富足。人们都说，艺术家只要涂几笔就能赚大钱。

有一天，夏米坐在甲板上，用自己那把铁齿梳为头发被吹得乱蓬蓬的苏珊娜梳头。她问道：

“让，以后会有人给我送金蔷薇吗?”

“一切都有可能的，”夏米回答说，“会有一个傻小子，苏珊，专门为你而来。我们连队就有这么个小子，他可真是走运呢。他在战地上捡到了一段被折断的金牙，于是请我们连队大喝一顿。这还是安南战争的时候。喝醉的炮兵们为了逗乐就打炮玩，有一发炮弹正好落在了死火山的山口，在里面炸开，于是引起了火山喷发，岩浆突突地往外流。谁知道这火山叫什么名字啊！好像叫克拉喀-塔喀。那简直就是毁灭性的爆发！四十个村民在灾难中丧生。想想，这都是那段假牙惹的祸，白白死了这么多人！后来才知道，这副假牙是我们团长丢失的。事情嘛，当然就压下了，军队的名声要紧啊。不过那一次我们的确喝得烂醉如泥。”

“这是在哪里发生的事?”苏珊满是疑惑地问。

“我已经跟你说过了嘛，是在安南。在印度支那。那里的大洋上火焰滚滚，像是地狱，可海蜇却像是芭蕾舞女的短裙。而且那里非常潮湿，一夜之间我们的靴子里就能长出蘑菇。如果我瞎说，就把我吊死!”

此前，夏米听过许多当兵的吹牛，但他自己可从来没说过一句瞎话。倒不是因为他不会，而是因为没这个必要。现在，他认为最为神圣的事情，就是想方设法让苏珊娜开心。

夏米将小姑娘带到鲁昂，把她交到了一个嘴唇又瘪又黄的高个子女人手里，这就是苏珊的姑妈。老太婆浑身上下缀满了黑色玻璃珠，活像一条马戏团的蛇。

看到她以后，小姑娘使劲往夏米的身边贴，紧挨着他那件褪了色的军大衣。

“怕什么！”夏米轻声地说道，推了推苏珊的肩膀，“我们这些当兵的也不能选择自己的长官，要忍耐，苏珊，你也是一个女兵！”

夏米走了。他好几次回望那栋死气沉沉的房子的窗户，连风都没有把窗帘掀一掀。在窄窄的街巷，回荡着小铺里传出的嘀嗒嘀嗒的钟表走动声。在夏米的军用背囊里，还留有一个苏珊的纪念品——一条被揉得皱巴巴的蓝色发带。不知道为什么，这条缎带散发出了一股淡淡的幽香，仿佛在一个紫罗兰花篮里放了很久。

墨西哥疟疾让夏米的身体彻底垮了。他没有得到部队的授衔就退了伍。他以一个普通列兵的身份回到了百姓的生活中。

多年的光阴只是在满足单一的生存需求中过去了。夏米曾换过许多卑微的工作，最终成了巴黎的一名清洁工。从此，他总是能闻到一股尘土和污水的气味。甚至从塞纳河对岸飘过来吹过了整条街道的微风中，从小巷里衣着干净的老太太所出售的湿漉漉的鲜花中，他都能闻到这种气味。

时光渐渐汇聚成了一团黄色的雾气。但是，他内心的眼睛有时会透过这团雾气，看到一朵轻盈的玫瑰色云彩出现在眼前，那是苏珊的一条旧裙子。这条裙子也散发着一种春天的清新气息，似乎也是在紫罗兰花篮里放了很久似的。

她在哪里，苏珊？她怎么样了？他知道，她现在已经长成了大姑娘，她的父亲也因受伤而亡。

夏米一直想去鲁昂看看苏珊娜，但每一次他都推迟了行程，直到最后他才明白，时间过去很久，苏珊娜也许早就把他忘了。

每当他想起和她告别的场景，他就骂自己是头蠢猪。应该亲亲小姑娘的，他却把她往那个恶老太婆跟前一推，还说什么“要忍耐，苏珊，你也是一个女兵”！

众所周知，清洁工都是在深夜工作。原因大概有两个：那热闹而并非有益的人类活动所产生的大部分垃圾，通常是在一天结束的时候被收集齐，除此，不能玷污巴黎人的嗅觉和视觉。深夜，除了老鼠，没有谁会看得到清洁工在工作。

夏米习惯于夜间工作，甚至爱上了这夜半时分。他尤其喜欢曙光在巴黎上空懒洋洋地显露的那一刻。塞纳河上聚集着雾气，但这雾气从来没有超过桥栏。

有一天，夏米就在这样一个雾蒙蒙的黎明走过残疾人桥，他看见了一位少妇，她身穿一条镶着黑色花边的淡青色连衣裙，倚着桥栏，眼望塞纳河。

夏米停下脚步，脱下满是尘土的帽子，说道：

“夫人，塞纳河水这个时候很凉，还是让我送您回家吧！”

“我现在没有家。”女人一边很快地回答，一边向夏米转过身来。

夏米的帽子从他手中脱落掉地。

“苏珊！”他又惊又喜地喊道，“苏珊，小女兵！我的小姑娘！我终于见到你了。你恐怕是忘记我了吧。我是让·欧内斯特·夏米，那个第二十七殖民军团的士兵，后来把你带到了鲁昂你那个可恶的姑妈家。你简直长成大美人了！瞧你这头发梳得多好看！而我这个笨手笨脚的大兵，当时完全不会梳头啊！”

“让！”女人大喊一声，朝夏米奔过来，一把抱住他的脖子，哭了起来，“让，您还是那么善良，就像以前一样。我都记得的！”

“嗳，说什么傻话！”夏米喃喃地说，“我这善良对谁有用啊。谁让你这么难过了，我的小姑娘？”

夏米把苏珊紧紧搂住，做了他在鲁昂没敢做的事情——抚摸和亲吻了她那闪亮的头发。他很快又退了一步，怕她闻到自己衣服上散发出的老鼠臊味。但苏珊娜却更是紧紧地贴在他的肩上。

“你怎么了，小姑娘？”夏米惊慌失措地又问了一遍。

苏珊娜没有回答。她失控地号啕大哭起来。夏米明白，现在什么也不该问她了。

“我在古堡墙边下有个小窝，”他急急忙忙地说，“离这里有点远。小屋里当然空空荡荡的，不过，烧个水睡个觉的地方还是有的。你可以到那里去洗洗，休息一下。总之你想住几天就住几天。”

苏珊娜在夏米那里住了五天。在这五天里，巴黎上空升起的太阳都是不同寻常的。所有的房屋，甚至是那些积满了烟尘的老房子，所有的花园，还有夏米的小窝棚，都在这太阳光芒照耀下像一颗颗宝石一样放光。

谁要是看到熟睡的少妇发出轻微的呼吸声而无动于衷，那么他就不懂得什么是温柔。她的双唇比花瓣还要娇艳，她的睫毛因夜晚的泪珠而熠熠发光。

是的，苏珊娜所遭遇到的一切，夏米都料到了。她的情人，一个年轻的演员，背叛了她。但是，在苏珊娜住在夏米这里的五天时间，他们完全有足够的时间和好如初。

夏米还介入其中。他不得不充当苏珊娜和年轻演员之间的信使，当他想递给夏米几个苏当茶钱的时候，夏米还要教育这个年轻的美男子懂得待人接物的礼貌。

很快，男演员就乘着租来的马车把苏珊娜接走了。该做的都做了：鲜花，亲吻，含泪的笑，忏悔，声音颤抖而轻松的交谈。

两个年轻人离开时是那样的急切匆忙，以至于苏珊娜甚至忘记跟夏米告别就进了马车。但她及时发现了自己的疏忽，脸有些微微地红了，并歉疚地把手伸给他。

“既然你选择了这样的生活方式，”夏米最后不无责备地说，“那么就祝你幸福！”

“我还什么都不知道呢。”苏珊娜回答说，眼里闪着泪光。

“你何必这么激动，我的小乖乖，”年轻演员不满地伸出手，又喊了一声，“我迷人的小乖乖！”

“要是我能得到一朵金蔷薇就好了！”苏珊娜叹了口气，“那样就会得到幸福了啊。我还记得你在船上讲的故事，让。”

“谁知道呢！”夏米回答说，“不过无论如何这位绝不是送你金蔷薇的人。抱歉，我是个当兵的。我不喜欢这类花花公子。”

两个年轻人相互看了一眼。演员耸了耸肩。马车启程了。

过去，夏米通常是把一天里从作坊扫出的垃圾全部倒掉。但自从遇见苏珊，他就把从首饰作坊里扫出的垃圾单独留了下来。他把这些垃圾收集到一个麻袋里，然后带回自己家。邻居们都觉得这个清洁工“有毛病”。很少有人知道，在这些尘土中有零星的金屑，因为工匠打首饰的时候总会锉掉一些金屑的。

夏米决定从这些首饰坊的尘土里筛出金子，把它铸成小金块，然后再拿小金块去加工成一小朵金蔷薇，作为送给苏珊娜的祝福。也许，真会像妈妈对他说的那样，金蔷薇会将幸福带给许多的普通人。谁知道呢！他决定，在没打出金蔷薇的时候，他不再去跟苏珊娜见面了。

夏米对谁都没有透露过一个字。他怕政府和警察找碴儿。他们总是听到风就是雨，会说他是小偷，把他投进监狱，没收他的金子，因为说到底这金子的确是人家的嘛。

入伍之前，夏米曾经在一个乡村神父的农场帮工，所以他知道选种。这些知识现在就派上用场了。他想起了如何扬场，让沉甸甸的谷粒落到地上，而轻轻的尘土则随风飘散了。

夏米自制了一个小小的簸扬器，每到深夜便在院子里簸扬首饰作坊的尘土。直到看见簸槽里有了星星点点的金粉，他才心安。

时间过了很久，金粉早已攒到足够熔成一个金块。但夏米迟迟没去交给工匠打出金蔷薇。

他倒不是没钱，只要他拿出金块的三分之一当工钱，任何工匠都会满意这桩活计。

问题不出在这里。眼看和苏珊娜见面的日子一天天临近，夏米却不知从什么时候开始竟害怕起这一刻来。

所有的柔情，他要把这深埋于心的柔情，都献给苏珊，而且只献给她。可谁会在意一个老丑男的柔情呢！夏米早就发现，凡是见到他的人的最大愿望就是尽快离开他，忘记他那张干瘪灰暗、皮肤松弛、眼神空洞的脸。

窝棚里有一面破镜子。夏米偶尔也会拿起镜子照照自己，不过每回他都狠狠地把它扔到一边，并且破口大骂。还是别看自己为好—— 一个因患风湿病而瘸了腿的丑八怪。

当金蔷薇终于打造出来，夏米却得知，苏珊娜一年前就离开巴黎去了美国，而且永远不会回来了。谁也没能告诉夏米新的地址。

得知消息的第一刻，夏米甚至还感到了轻松。但是，之前关于同苏珊娜见面的那些温柔愉快的想象，于是也变成了一块生锈的破铁片。这块破铁片直戳夏米的胸口，就在心脏附近，夏米于是祈求上帝让它快快刺入自己这颗衰老的心脏，让它永远停止跳动。

夏米不再去打扫作坊。他一连几天躺在窝棚里，面朝着墙壁。他默不作声，仅有一次当他用破衣袖遮住了眼睛，脸上才露出了微笑。但谁也没有看见。邻居们甚至都没到窝棚来看一眼，人人都在忙着自己的生计。

只有一个人注意到了夏米，就是那个上了年纪的首饰匠。是他用夏米那块金子打出了一朵极其精致的蔷薇，蔷薇旁边还有一段花枝，枝丫上有一个露出细尖的花蕾。

首饰匠虽造访夏米，但并没给他带药来。他觉得那是多余的。

果然，首饰匠在一次造访时就发现夏米已经死了。他扶起这位清洁工的头，从他灰色的枕头下拿出了被一条皱巴巴的蓝色缎带包裹着的金蔷薇，不慌不忙地走了，离开时还不忘掩上吱吱呀呀的破门。那条缎带已散发出了一股鼠臊味。

正值晚秋。秋风和闪烁的灯火在近晚的黄昏中摇曳。首饰匠想起了夏米死后那张变形的面孔。它是那样严肃而安详。而这副面孔所饱含的苦难，在他看来甚至都是美的。

“生没得到，死会带来。”首饰匠这么想着，他历来信服这种廉价的安慰，最后还夸张地长叹一声。

不久，首饰匠就把金蔷薇卖给了一位年老的作家。据首饰匠说，这位作家衣着寒酸，看样子根本就买不起这么贵重的物件。

显然，老作家之所以买下金蔷薇，完全是因为听了首饰匠所讲述的这段故事。

我们应该感激这位老作家，是他的札记让我们知道了第二十七殖民军团士兵让·欧内斯特·夏米这段悲惨往事。

在札记中，老作家还这样写道：

“每一分钟，每一个无意说出的词，每一个无意抛出的眼神，每一个深刻或可笑的念头，每一次毫无察觉的心跳，都像是一朵飞起的杨絮或夜晚水洼里泛起的一点星光，这一切都是一粒粒金粉。

“我们这些文学工作者，历经数十载筛选，将那数以百万计的碎屑聚拢成堆，熔炼成块，最终打造出自己的‘金蔷薇’——中篇小说，长篇小说，或史诗。

“这夏米的金蔷薇啊！我认为从某种程度上说，它就是我们创作活动的榜样。令人吃惊的是，竟没有一个人去深究，活生生的文学源流是怎样从这些珍贵的尘土中产生的。

“但是，就像年迈的清洁工希望金蔷薇带给苏珊娜幸福一样，我们的创作也是为了带给大地美丽，去呼唤人们为幸福、快乐和自由而斗争，用人类心灵的宽阔和理性的力量去战胜黑暗，如不落的太阳光辉永照。”

摩崖石刻

对一个作家来说，只有当他确信自己的良心与他人的良心相合的时候，他才能体会到彻底的快乐。

——萨尔蒂科夫·谢德林

我住在沙丘上的一幢小屋里。整个里加海滨此时被白雪所覆盖。白雪从高高的松树枝上长长地一缕缕坠下，散作雪尘。

白雪坠落是因为一阵风，或是松鼠在树枝间的跳跃。当四周安静下来，可听见松鼠嚼食松果的噼噼啪啪的声音。

小屋坐落在海边。但是如果要想看海，还需要走出屋前栅栏，沿着雪中小径往前走一会儿，小道旁是一幢门窗被钉死的别墅。

自打夏天开始，这幢别墅的窗户就被拉上了帘子。帘子被微风轻轻掀动。风应该是从不太严实的窗户缝里吹进这幢空荡的别墅的，不过从远处看，像是有人从里面掀开窗帘，正在悄悄地窥视你。

海水没有结冰。白雪覆盖海岸，一直到海水边。雪上可以看到兔子的脚印。

当海水涌起浪潮，听到的不是浪涛的喧哗，而是薄冰脆裂和积雪塌陷的噼啪声。

波罗的海的冬天是空寂和阴郁的。

拉脱维亚人称波罗的海为“琥珀之海”。也许，这不仅因为波罗的海盛产各种琥珀，更是因为它的海水泛出黄澄澄的琥珀之色。

地平线上终日集聚着层层雾霾，透过雾霾，低低的海岸线隐隐显出了轮廓。只是在海上某处的雾霾中，可以看得见有白色的带状雾团落下，这是因为那里正下着雪。

偶尔有几只大雁飞落水面，大声鸣叫，它们今年来得有些早了。它们那焦灼的叫声沿着海岸由远处传来，但并没有引来回应。在海岸边的林子里，冬天几乎不见鸟儿的踪迹。

我住在小屋里，白天按照早已习惯的秩序生活。木柴在镶嵌着彩色瓷砖的壁炉里烧得噼啪作响，打字机发出沉闷的嗒嗒声，清洁女工莉丽娅坐在舒适的门厅里，默不作声地织着花边。一切都很寻常和简单。

可是到了夜里，当无边的黑暗包围了小屋，松林仿佛也逼近了。如果从明亮的门厅走出去，你立刻就会被一种强烈的孤独感所吞噬，陷入冬天、大海和黑夜之中。

大海伸向几百里之外黑沉沉的远方。海面上不见半点光亮，听不见一丝涛声。

小屋像是最后一座灯塔，在雾茫茫的无涯深渊边伫立。大地在此处断裂。此时特别令人惊讶的是，小屋里亮着静静的灯光，收音机里播放着乐曲，双脚无声地踩在柔软的地毯上，桌上是摊开的书籍和手稿。

从这里往西，也就是向着文茨比尔斯方向，有一座小渔村坐落在一片浓雾之后。这是一个普通小渔村，风中晒网，屋檐低垂，炊烟袅袅，被拉上了岸的黑黝黝的小汽艇，毛茸茸的小狗四处乱窜。

拉脱维亚的渔民们几百年来居住于此，过了一代又一代。目光羞涩、嗓音清脆的浅头发姑娘们变成了皮肤粗糙、身材敦实的老太婆，整天系着厚厚的头巾。而脸颊红润、戴着鸭舌帽的漂亮小伙们变成了胡子拉碴的老汉，整天睁着一双淡然的眼睛。

但是不管怎样，他们仍旧像几百年前一样，出海去捕捞鲱鱼。也像几百年前一样，他们中也不是所有人都能回来。尤其是深秋，波罗的海海上起了风暴，冰冷的海浪更像是锅里的沸水一样，上下翻腾。

无论发生了什么，无论有多少次摘下帽子哀悼死去的伙伴，人们依然继续着自己的事业——这份充满了危险和艰辛的、祖祖辈辈传下来的事业。绝不向大海低头。

在渔村附近的海里，有一块大大的花岗岩礁石。很久很久以前，渔民们在礁石上刻下了一段铭文——“纪念死去和即将死去的人”。这段铭文打很远的地方就能看见。

当我知道了这段铭文，我觉得它像所有的铭文一样，读来忧伤。但告诉我这件事的拉脱维亚作家却摇着头说：

“恰恰相反。这是一段充满着英勇气概的铭文。它表明人们永不屈服，不畏一切去坚持自己的事业。我倒是很想把它作为题词，题到每一本表现人类的劳动和不屈精神的书上。这段铭文我看可以这样表述：‘纪念征服和即将征服大海的人’。”

我认同他的说法，并且认为这段铭文适合于关于作家劳动的书籍。

作家一刻也不能屈服于困苦和阻碍。无论发生什么样的事，他们都应该继续自己的事业，因为这事业是对先辈们的传承，是对同代人的承诺。萨尔蒂科夫·谢德林说得好，文学沉寂一分钟无啻于人民的死亡。

写作不是一门手艺，也不是一个差事。写作是一种使命。深入了解某些词语，了解其本来的含义，我们便能找到这个词最初的意义。“使命”一词就源出“召唤”。

人们不会被召唤去做墨守成规的事。他们是被召唤去完成使命和劳动的任务。

是什么促使作家投入那令他备受折磨又十分美好的劳作呢?

首先是他内心的召唤。良心的声音和对未来的信念不允许一个真正的作家像一朵不结果的花朵一样在大地上虚度一生，不让他以毫无保留的慷慨向人们传达出其深厚丰富的思想和情感世界。

如果不能为人们的视线增加哪怕一点点敏锐，那么他就算不得一个作家。

一个人成为作家不仅仅是因为内心的召唤。青春年少时我们常常听得到心灵的声音，那时候我们不会让这声音减弱，更不会把我们新鲜的情感世界撕扯得支离破碎。

但是当我们成熟长大，除了自己内心的召唤，我们会更加清晰地听到一个新的强烈的呼唤，那就是我们时代的呼唤，人民的呼唤，人类的呼唤。

因着这样的召唤，一个人可以为着内心的这份激励去创造奇迹，去承受最严酷的考验。

荷兰作家爱德华·德克[1]的命运就是一个很好的例子。他的笔名叫“穆尔塔图里”。这个词的拉丁文语义就是“历经磨难的人”。

很遗憾，他最优秀的作品我们还读不到，所以我就想谈谈这一点。

我恰好在这阴郁的波罗的海岸边想起了德克，大概是因为他的故乡尼德兰也坐落在这种苍凉的北方海滨。他曾经痛苦和羞愧地谈到它：“我是尼德兰的儿子，是位于弗里西亚群岛和斯海尔德之间那个强盗之国的儿子。”

但荷兰当然不是一个文明的强盗国家。强盗只是少数，所以他们不能代表这个国家的人民。这是一个人民勤劳的国家，他们是叛逆的“乞食者”[2] 和梯尔·欧伦施皮格尔[3]的后代。时至今日，“克拉阿斯的骨灰敲击着”[4] 许多荷兰人的心脏。它也同样敲击着穆尔塔图里的心。

穆尔塔图里出身于航海世家，以优异成绩大学毕业后被任命为爪哇岛行政官员，到任不久后就升任了岛上一个区的长官。未来在等待着他的是荣誉、嘉奖、财富，甚至还有总督的高位，但是……“克拉阿斯的骨灰敲击着他的心”，穆尔塔图里并没有把那一切放在眼里。

---

① 爱德华·德克（1820—1887），荷兰作家，有揭露和谴责殖民主义罪恶的长篇小说《马克斯·哈弗拉尔》、散文集《爱之书》和剧本《皇家学校》等。

② “乞食者”是反西班牙统治的荷兰贵族的绰号，后为反西班牙起义者的绰号。

③ 比利时作家科斯特（1827—1879）的作品《欧伦施皮格尔的传说》中的主人公。

④ 语出《欧伦施皮格尔的传说》中梯尔的一句话。克拉阿斯是梯尔的父亲，被西班牙人处以火刑，梯尔后来将其父骨灰缝进小袋挂在胸前。

以罕见的勇敢与顽强精神，穆尔塔图里尝试着从内部推翻荷兰政府和掠夺者对爪哇人的长期奴役。

为了让爪哇人免受屈辱，他总是挺身而出保护他们。他严惩贪官污吏。他嘲讽总督大人和他的近臣——当然，他们都是些善良的基督徒，——他用基督爱他人的教义来解释自己的行为。他驳得对方哑口无言。但他们却可以消灭他。

当爪哇人爆发起义，穆尔塔图里站在了起义者一边，因为“克拉阿斯的骨灰敲击着他的心”。他带着感人肺腑的爱书写爪哇人，书写着这些轻信的孩子们，带着满腔的愤怒写到自己的同胞。

他揭露了荷兰将军们所想出来的卑劣战术。

爪哇人很爱干净，他们容忍不了肮脏。荷兰人就在他们的这个特点上打起了歪主意。

冲锋时，荷兰士兵被命令朝爪哇人扔大粪。爪哇人面对猛烈的炮火会毫不退缩迎上去，但是他们忍受不了这样的战法纷纷后退了。

穆尔塔图里被革职并遣返欧洲。

在后来的数年，穆尔塔图里一直致力于向荷兰社会呼吁公正对待爪哇人。他四处力陈自己的观点，甚至上书大臣和国王请愿。

但一切都是徒劳。人们很不耐烦和很不情愿地听他讲述。很快，他便被称为危险的怪物，甚至被称为疯子。他失业了。家人忍饥挨饿。

此时，穆尔塔图里听从了内心的声音，换句话说，是听从了一直存在于心却不甚清晰的召唤，他开始了写作。他创作了一部小说《马克斯·哈弗拉尔》，揭露抨击在爪哇的荷兰人。这仅仅是他的初次尝试。在这部作品中，他似乎还在摸索并不娴熟的文学基本技巧。

然而，他的第二部作品《爱之书》却具有震撼人心的力量。这种力量，来源于穆尔塔图里对真实性的狂热信念。

书中有的章节像是人们看到极度不公后抱住脑袋所发出的痛苦叫喊，有的章节像是辛辣尖锐、机智俏皮的寓言，有的章节像是对爱人的温情抚慰，带着感伤的幽默，有的章节则像是为复活纯真少年时代的信念而进行的最后一搏。

“没有上帝，如果有，他也应该是善良的，”穆尔塔图里这样写道，“他到底什么时候才停止对穷苦人的巧取豪夺呢！”

为了挣得面包钱，他离开了荷兰。妻儿被留在阿姆斯特丹，因为他没有钱带他们一起离开。

穆尔塔图里穷困潦倒地浪迹在欧洲各个城市，他不停地写作写作，他嘲笑讥讽，他历经磨难，他不为社会权贵所容。他几乎没有收到过妻子的书信，因为她甚至没有钱买张邮票。

他日夜不停地思念着妻子和孩子们，尤其是他最小的儿子，他有一双蓝莹莹的眼睛。他害怕这个小男孩不再有信赖他人的微笑，他祈求大人们不要让他过早地流下眼泪。

谁也不愿意出版穆尔塔图里的书。

最后，终于有机会出版了！荷兰一家大出版社同意买下他的手稿，而条件是他不能在其他任何出版社出版。

受尽磨难的穆尔塔图里答应了。他回到了祖国。他甚至得到了一点稿费。但是他的手稿并没有得到出版。他们买走他的手稿，只是要解除他的武装。如果这个火药桶没有被控制在手上，那些荷兰商人和政府是不能安心的。

穆尔塔图里去世了，没有等到正义得以伸张。他原本可以写出更多优秀的作品，正如人们所说，这样的作品不是用笔墨所写，而是用心血铸就。

他全力投入战斗，最后牺牲了。但他“征服了大海”。也许，在独立的爪哇，在雅加达，人们很快就会给这位无私无畏的受难者树立起一座丰碑。

这就是一个人的一生，他将两种伟大的使命集于一身。

在狂热地献身于自己的事业这条路上，穆尔塔图里还有一个同道，那就是他的同乡和同时代人——画家文森特·凡·高①。

很难找到像凡·高一样为艺术甘愿终生吃苦的例子了。他梦想在法国创立“艺术家兄弟会”——类似于公社的性质，使艺术家们不因某种缘故而放弃绘画。

凡·高历尽坎坷。他把自己跌入人生绝望底端的感受都表现在了画作《吃土豆的人们》和《囚徒放风》中。他认为，艺术家的事业就是以全部的力量和才华去对抗苦难。

画家的事业是创造欢乐。他要用自己所掌握的最有力的手段——色彩，去创造这种欢乐。

在自己的画布上，他改变了大地的模样。他仿佛用了一种神奇的水将它洗涤，使它闪耀出鲜亮和浓厚的色彩，使一棵老树变成了一座雕塑，使每一块种植三叶草的土地沐浴阳光，如同缀满无数小

---

① 文森特·凡·高（1853—1890），荷兰画家，印象画派代表人物之一。

小的五彩花环。

为了我们能深刻领略其美，凡·高以自己的意志将变幻不定的色彩凝固下来。

在此之后，人们难道还能说凡·高对人冷漠吗？他给予了人们自己所拥有的最好的东西，那就是他对所生活的这片大地的天赋，这大地流光溢彩，这大地变幻无穷。

他贫困，骄傲，不切实际。他把最后一块面包分给了流浪汉，他亲身体会到了社会的不公。他蔑视廉价的颂扬。

当然，他不是斗士。他的英雄主义，就是狂热地相信劳动者将拥有美好的未来，他们是农夫和工人、诗人和学者。他没能成为斗士，但他希望为未来的宝库付出心力，他也的确尽到了自己的职责，那就是他那些歌颂大地的绘画。

在大地所拥有的各种美中，凡·高只选择了一种：色彩。他总是惊叹于自然中色彩的和谐融合，还有那些数不清的过渡色，变幻无息的大地上多彩绚烂，而无论何时何地，它永远都呈现出一种不变的美。

是时候恢复对凡·高的公正评价了，还有对弗鲁别利、鲍里索夫一穆萨托夫和高更[①]等许多这样的艺术家，都是如此。

凡是能丰富社会主义社会中人们内心的东西，凡是能够提升人们精神生活的东西，都是我们所需要的。这种早已为人熟知的道理，

---

① 米哈伊尔·弗鲁别利（1856—1910），俄国画家。鲍里索夫-穆萨托夫（1870—1905），俄国画家。高更（1843—1903），法国画家，后期印象派代表人物。

难道还需要证明吗?!

从本质上说，我们应该是一切时代和一切国家艺术的拥有者。对那些因美的存在不以他们的意志为转移就仇视和诋毁美的人，我们应该把他们驱逐出去。

请原谅我超越了文学的界限而去谈绘画。我认为，一切艺术形式都能够帮助作家完善自己的技艺。这点将会是另一个话题。

不能丧失使命感。无论是冷静的考量还是创作的经验，都不能取而代之。

在对作家使命感的理解中，要完全排除那些庸俗怀疑论者所力图表现出来的特质——虚假的激情，或自以为起着非凡作用的意识。

普里什文绝对是一个具有作家使命感的人。他一生忠诚于这种使命感。但恰恰是他说出了这样的格言，即“作家最大的幸福，不是认为自己与众不同和特立独行，而是成为大众中的一员”。

木片花

当我回顾自己的文学创作，常常会这样问自己：这到底是从什么时候开始的？也许像其他人一样，这一切自然而然就开始了？最初是什么原因促使一个人提起了笔，而且一辈子再也没放下？

最难以想起的就是这个开始。很显然，创作冲动作为心灵的状态，在一个人开始写了几沓纸之前便早早地萌发了。这种愿望的出现甚至发生在少年，也很有可能发生在童年。

在少年和童年时代，世界在我们眼里是有别于成年时期的。童年时，太阳更炽热明亮，青草更茂密翠绿，雨水更急骤欢畅，天空更幽深玄妙，而每个人也更是极其有趣。

在孩子眼里，每个大人都是有些神秘的存在——不论他是提着散发木屑香味的木工工具包的工匠，还是懂得青草为什么是绿颜色的学者。

诗意地看待我们周围的生活——这就是我们从童年获得的最宝贵的馈赠。

如果一个人在漫长的岁月里没有丢失这份馈赠，那么他就是一个诗人或者作家。从本质上说，他们之间也没有多大差别。

能够感受到生活中不断的更新，那么这便是一片肥沃的土壤，艺术之花将会在上面盛开和结果。

当我还是个中学生时，当然也写了不少诗，多得一个月就能攒下一个厚厚的练习本。

那些诗很蹩脚，华而不实，可那时候我还觉得挺美。

我现在都记不得那些诗了，只记住了个别段落，比如：

哦，快摘下低垂枝丫上的花朵！
雨水静悄悄地飘落大地。
在秋日暮间血色朦胧的原野上，
黄色的树叶在纷纷飞舞……

这还不算什么。后来，我恨不得把一切华丽的辞藻都塞进了诗里：

思念亲爱的萨迪的忧伤
如蛋白石般闪烁在缓慢时光的诗篇里……

为什么忧伤会“如蛋白石般”，这是我自始至终都解释不了的。我只是简单地着迷于字词的音韵，毫不考虑它的词意。

我那时的绝大多数诗是描写大海的。可当时我对大海还一无所知。

我笔下的海并没有具体所指——不是黑海，不是波罗的海，不是地中海，而是洋溢着节日气氛的“笼统的海”。它集聚了千奇百怪和匪夷所思的色彩，以及一切虚幻的、没有真实的时间地点人物的浪漫。在我眼里，这种浪漫的氛围如同大气层，紧紧包围着地球。

这是一个浪花翻腾的欢乐之海，这是长着翅膀的舰艇和勇敢的航海家的故乡。海岸上的一座座灯塔闪耀着绿宝石般的光芒。港口的生活充满着无忧无虑的喧嚣。皮肤黝黑的女子有着罕见的美貌，她们在我的笔下被激情所煎熬。

当然，随着年龄的增长，我的诗作里逐渐少了华丽的浮夸。异国情调也开始渐渐淡出诗中。

但老实说，童年和青年时代是无法绕过异国情调这一关的，要么是热带国家的风情，要么是国内战争的激战。

童年时代，谁没有围攻过古老的城堡，谁不曾战死在麦哲伦海峡或新大陆海岸边那些船帆已被撕成了碎片的战舰上，谁不曾与恰巴耶夫①一起乘坐双马敞篷马车奔驰在外乌拉尔的草原，谁没有去寻过被史蒂文森②巧妙地藏在金银岛上的宝藏，谁没有听到过波罗金诺战役③中猎猎军旗的呐喊，谁没有在印度半岛难以通行的丛林中向莫戈里④伸出援手？

异国情调赋予生活一种非同寻常的色彩，这对每个年轻人和善感的个体来说都是必不可少的。

---

① 瓦西里·伊万诺维奇·恰巴耶夫（1887—1919），苏维埃内战时期英雄，红军指挥员。

② 罗伯特·路易斯·史蒂文森（1850—1894），英国小说家，著有海盗与冒险小说《金银岛》。

③ 波罗金诺战役是1812年俄法战争中具有重要转折性意义的战役，俄军在库图佐夫统帅的指挥下在莫斯科附近波罗金诺村激战拿破仑统领的法军，大大鼓舞了俄国军民士气。

④ 莫戈里是英国小说家拉迪亚德·吉卜林（1865—1936）所著动物故事《丛林故事》中的人物。

狄德罗[①]说得对，艺术的奥秘就是在平凡中找寻不平凡，或者是在不平凡中找寻平凡。

不论何时何地，我都不会责骂自己在童年时期对异国情调的着迷。

对异国情调的向往当然不会很快从我的意识里消失。这样的念头长久地盘桓脑中，如同夏夜丁香树的芬芳悠远长久。它甚至让我熟悉得有些腻烦的基辅在我眼里也变了模样。金子般的落日余晖铺洒在基辅的花园。一道道闪电在第聂伯河对岸阴沉沉的夜空中划过。我觉得那里一定有一个神秘的雷雨之国，漫天的树叶在咆哮翻飞。

我常常生活在乡间，仔细观察过乡村孩子们的游戏。在他们身上总有一个坐木筏漂洋过海去异域看看的梦想（其实他们只能在一个叫“牛犊湖”这么难听的小湖里玩耍），或者是想飞到天上摘星星，或者是去发现一个神秘的王国。比如，草原附近的小朋友们就发现了一个从来没见过的王国，他们把它命名为“草原海”。这是一个连接着许多河湾的湖，湖面上茂密的水葱一直长到河湾口，只有在湖面的中央，才能见到点点湖水的波光粼粼。

春天将嫩黄色的栗花撒满了整个城市，黄色花瓣上还带着一个个小红点。花瓣之多，一到下雨时它们就会像水坝一样堵住街道上雨水的水流，致使有的街道变成了小小的湖泽。

而雨过天晴，基辅的天空就会熠熠生辉，如安上了月亮石的拱

① 德尼·狄德罗（1713—1784），法国启蒙运动者，唯物主义哲学家，也是美学家和文艺理论家。

顶。一首诗不由得浮现在我的脑海：

神秘的力量与头上的繁星
主宰了春天。
你，温柔的人儿。曾许诺给我幸福
在这纷扰喧嚣的世间……

就在这一刻，我第一次体会到了沉浸在爱中是多么令人吃惊的状态，几乎所有的姑娘在我眼里都是那么美。在街道，在公园，在电车上，瞬间与我擦肩而过的姑娘的所有特征，包括她们羞怯而专注的一个眼神、头发的气味、微微张开的嘴唇间雪白的牙齿、被微风掀开裙角而裸露的小小的膝盖、无意间触碰到的冰凉的手指，这一切都在提醒着我，或早或晚，我的生命中一定会有爱情的降临。我深信不疑。我曾希望自己这么想，结果我真的就这么想了。

每一次这样的相遇，便让我感到莫名的惆怅。

在诗歌和内心模糊不清的激情中，我那贫乏和根本上说相当艰苦的青春岁月的大部分时光就过去了。

很快我便不再写诗了。我明白，我的那些诗只是徒有其形式，如同涂上漂亮颜色的花朵，或者只是被镀了一层金。

放弃诗歌创作，我写出了自己的第一个短篇小说。这其中也有一个故事。我将在后面详述。

第一个短篇小说

我搭乘轮船，沿着普里皮亚季河从切尔诺贝利镇回到基辅。这个夏天，我是在切尔诺贝利镇一位名叫列夫科维奇的退休将军家荒芜的庄园里度过的。我的班级老师把我安排到列夫科维奇家做家庭教师。我应该辅导他淘气的儿子准备两门秋季的补考。

老宅子坐落在一片洼地。夜幕降临，宅院四周弥漫着冷飕飕的雾气。青蛙们在池塘里聒噪，矶踯躅花香熏得人直头疼。

喝晚间茶的时候，列夫科维奇顽皮的儿子们甚至直接从阳台上开枪射杀野鸭子。

列夫科维奇呢，身体肥胖，胡须灰黄，鼓着两个黑眼球，样子凶巴巴的。他成天坐在阳台的扶手软椅上，因为患哮喘病有些气喘。偶尔他也会咆哮几句：

“这哪里是家，一帮寄生虫！这里简直就是个小酒馆！我要把你们统统赶出去！取消你们的继承权！”

但是谁也不会在意他的咒骂，因为庄园和房子都由他的妻子管理，这位“列夫科维奇夫人”年纪不算老，但轻浮，而且非常吝啬。整个夏天她都穿着那种吱吱作响的紧身衣。

除了这几个不务正业的儿子，列夫科维奇还有一个女儿，二十岁。人们都叫她“圣女贞德[①]”。她从早到晚都骑着一匹褐色烈马，骑姿像是男子，做出一副强悍女人的样子。

她总喜欢说一个词“我鄙视”，常常毫无所指。

当人们向她介绍我的时候，她从马背上向我伸出手，盯住我的眼睛，说：

“我鄙视！”

我怎么也没有想到我竟能逃出这个疯狂的家庭。当我最终坐上大车，坐在一堆粗麻布盖住的干草上，顿时感觉到了一种巨大的轻松。车把式圣依纳爵·罗耀拉[②]（列夫科维奇家给每个人都用历史人物起了绰号），也可以简单叫他伊格纳特，拉动了缰绳，于是我们便不紧不慢地朝切尔诺贝利走去。

我们的马车走出庄园的大门，两旁的洼地里便是静谧的矮树丛。

日落时分我们到达切尔诺贝利，并投宿在此地的一家客栈里。轮船晚点了。

客栈的主人是一个上了年纪的犹太人，姓库舍尔。

库舍尔把我安排在小客厅里睡觉，这里挂满了先祖们的肖像——老头们都是花白络腮胡子，头戴缎子小圆帽，老太太们则戴着假发，肩上披着带花边的黑色披肩。老太太们个个都泪眼婆娑。

厨房的灯散发出一股煤油味。我刚往又厚又闷的鸭绒被上一躺，臭虫们就从所有的缝隙里成群结队地向我扑来。

---

① 贞德（1412—1431），又译让·达克，英法百年战争末期抗击英国侵略军的法国女英雄，后被诬为“女巫”并处以火刑。

② 圣依纳爵·罗耀拉（1491—1556），出身于西班牙望族，天主教耶稣会创始人。

我赶紧跳起身，穿上衣服，来到了屋外的台阶上。客栈建在河滩的沙土上。普里皮亚季河河水泛着暗淡的光亮。河岸上是一堆堆木板。

我坐在了门廊里的长椅上，把学生制服的衣领往上拉了拉。深夜清冷。我不禁打了个寒战。

台阶上还坐着两个陌生人。黑暗中我看不清他们的模样。他们一个抽着马合烟，一个佝偻着腰坐着，像是睡着了。院子里传来依纳爵·罗耀拉惊天动地的鼾声，他睡在大车的干草堆上，此刻我真羡慕他。

“有臭虫吧?”抽烟的那位大声问道。

他的声音我这时候听出来了。他就是那个愁眉苦脸的小个子犹太人，光脚穿一双套鞋。我和依纳爵·罗耀拉到客栈的时候，是他给我们开的院门，还向我们讨了十个戈比。我给他戈比的时候恰巧被库舍尔看见，于是他扯着嗓子吼开了：

“从我院子里滚出去，叫花子！我跟你说多少遍了!”

可这位穿套鞋的人连看都不看库舍尔一眼，反而挤眉弄眼地对我说：

“您听见了吗？他恨不得每个戈比都落到他的手里。这么贪的人不会有好下场，您记住我的话!”

后来我问库舍尔他是什么人，库舍尔不大情愿地说：

“噢，约斯卡！一个疯子。嗯，在我看来，如果你身无分文，那么你起码要尊重别人一些吧。不能像大卫王走下自己的宝座那样对别人趾高气扬的吧。”

“为那些臭虫，”约斯卡深深吸了口烟对我说，这时候我才看清他脸上的胡茬子，“你还得另付库舍尔小费。一个想发大财的人，他什么干不出来啊。”

“约夏！”那个佝偻着背的人突然开口说话，声音嘶哑而凶狠，“你为什么要害死赫里斯嘉？我已经一年多睡不着了……”

“这话怎么说的，尼基弗尔，完全失去理智的人才会这么胡说八道！”约夏气呼呼地嚷道，“是我害了她?！您去你们的米哈伊尔神父那里问问，到底是谁害了她。或者去问问警察局长苏哈连科也行。”

“我的多尼娅！”尼基弗尔绝望地说，“我的太阳永永远远地落到泥潭下面去了。”

“够了！”约夏冲他喊道。

“连追思弥撒都不允许给她做！”尼基弗尔并没有理睬约夏，“我要到基辅去见都主教。如果他不赦免她，我就不罢休。”

“闭嘴！”约夏又吼了一声，“如果能用我这贱命去换回她的一根头发，我也情愿。可您就知道说说！”

约夏突然失声大哭起来，边哭边在尽力克制自己。因为克制，约夏的喉咙里发出了微微的咕噜声。

“哭吧，你这个傻瓜，”尼基弗尔平静地，甚至有些赞许地说，“要不是赫里斯嘉爱你这个没用的可怜虫，我早就结果了你。我宁可昧了良心。”

“您结果了我吧！”约夏喊叫道，“来吧！我倒是求之不得呢。我宁肯在坟墓里烂掉，也好过现在。”

“你这个傻瓜，过去是，现在还是，”尼基弗尔悲伤地说，“等我从基辅回来吧，等我回来就干掉你，免得你来伤我的心。我简直是太不幸了。”

“那您把房子委托给谁呢?”约夏不再哭了，问道。

“谁也不用。我把它钉上不就行了！那房子对我就像鼻烟对死人一样，有什么用?!”

我听着这莫名其妙的对话。普里皮亚季河上升起了一团团浓雾。潮湿的木板散发出一股刺鼻的药味。小镇上的狗发出懒洋洋的叫声。

“那该死的船什么时候来啊!”尼基弗尔有些沮丧地说，“要是有杯小酒喝喝就好了，约夏。它能消愁嘛。可现在我们能到哪里去搞呢?”

因为穿着大衣，感觉暖和的我渐渐靠墙打起盹儿来。

轮船在早上还没到。库舍尔说，因为雾太大，船就停靠某处过夜了。我没什么好担心的，反正船到切尔诺贝利还得停靠好几个小时。

我喝足了茶水。依纳爵·罗耀拉赶车出门去了。

因为无聊，我便开始在小镇上溜达起来。主街道上的小铺子都开门做生意了。从这些铺子里散发出一股鲱鱼和洗衣皂的气味。理发店门口的椽柱上挂着一块招牌，一个身穿大褂、满脸雀斑的理发师正倚在门边嗑瓜子。

反正没事可干，我就进去修面。理发师一边叹气，一边把冷冰冰的肥皂沫涂到我的脸上，开始了在这种外省理发店里常常会碰到的盘问——你是什么人啊，你为什么到这里来啊。

突然，一群小男孩从窗外的木板人道上飞跑而过，他们吹着口哨，还扮着鬼脸，约斯卡那熟悉的声音响起：

我不会用雄壮的歌声

去惊扰美人那绚丽的梦……

“拉扎尔！”一个女人在隔断那头喊道，“快把门闩拉上！约斯卡又喝醉了。有什么办法，我的老天！”

理发师关门并上了门闩，拉上了窗帘。

“只要他一看见理发店里有人，”理发师叹口气解释说，“立刻就会冲进来，又唱又跳又哭。”

“他怎么了？”我问。

理发师还没有来得及回答我的问题，一个头发蓬乱的年轻女子就从隔断后面走了出来，一双眼睛因为惊奇和激动而闪闪发亮。

“我现在就告诉您，客人！”她说，“先向您问个好！其次，拉扎尔完全不会讲述，因为男人怎么能懂得女人的心嘛。怎么了?！你别摇头啊，拉扎尔！请先听我跟您讲讲，然后好好想一想我跟您说的话。您就会明白，一个姑娘爱上了年轻小伙儿会有多倒霉。”

“玛尼娅，”理发师说，“别这么津津乐道的。”

约斯卡已经在远处的一个什么地方喊开了：

我一闭眼，你们来吧

到我的墓前。

带上点香肠

还要加瓶烧酒！

“太可怜了！”玛尼娅说，“这就是约斯卡！他原本应该在基辅学习当个医士，他还是切尔诺贝利最善良的女人彼霞的儿子。谢天谢地，她没能活到这一天，看她儿子有多丢脸。您明白吗，客人，一个女人爱上一个男人后，她真是能为他赴汤蹈火！”

“你说这些干什么，玛尼娅！”理发师吼了一声，“你说的事客人一点也搞不懂。”

“我们这里以前有个集市，”玛尼娅说开了，“有一天集市上来了一个鳏夫尼基弗尔和他带在身边的独生女赫里斯嘉，他们从卡尔皮罗夫卡来。您是没见过她啊！您见了也会掉魂儿的。我跟您说说啊，眼睛是蓝色的，就像蔚蓝深邃的天空，两条辫子是浅色的，像是她刚用金水洗过似的。她是那样的温柔！而身材的纤细，让我都难以形容。约斯卡见了她，立刻目瞪口呆。他也爱上了她。在这件事情上，我跟您说，我也觉得没什么大惊小怪的。要是沙皇见到她，也会害上相思病的。奇怪的是，她居然也爱上了他。您见过他了吧？小个子，就像是没长大的男孩，一头红发，嗓子又尖又细，尽做些稀奇古怪的事。总之一句话，赫里斯嘉丢开了自己的老父，搬进了约斯卡的家。您不妨去看看那个家！去欣赏一下！一只山羊住着都嫌挤，不消说他们要住三个人。只有一点可取，那就是干净。您还有什么可说的，彼霞把她当公主一样地迎进门。赫里斯嘉也像妻子那样和约斯卡过起了日子，约斯卡是那样的快乐，他简直就像个灯笼，浑身上下闪闪发光。可您知道吗，一个犹太人和一个东正教女人要生活在一起这意味着什么吗？他们不能在教堂举行婚礼。整个小镇就像一百只抱窝的母鸡一样，咯咯嗒嗒地叫开了。于是约斯卡决定改信东正教，就跑到教堂找米哈伊尔神父。神父告诉他：‘你应该先改信东正教，然后再去糟蹋我们的姑娘。你刚好反着来，现在没有都主教的允许，我是不会给你这个耶路撒冷的贵族进行洗礼的。’约斯卡骂了几句难听的话，走开了。这时我们的拉比①搅和进来了。他得知约斯卡要改信正教，便在祈祷会堂诅咒了约斯卡的十代祖宗。而尼基弗尔这时候也来了，甚至跪在赫里斯嘉面前求她跟自己回家。而姑娘只是哭，却死活也不回去。这时候，肯定是有人唆使小孩子们。他们一见赫里斯嘉就会嚷嚷：‘嗳，赫里斯嘉，你是犹太人吃的肉！想不想来一块禁食的肉？’他们还对她做些下流的手势。她走在街上，人们都回头看她，或者在她背后指点嘲笑。还有一次，有人把一块牲口粪从栅栏外面扔进去，打在她的背上。彼霞大婶家的墙上，还被涂满了柏油，您想象得到吗？”

“唉，彼霞大婶啊！”理发师深深地叹了口气，“那才叫女人啊！”

“别插嘴，让我讲完！”玛尼娅喝住了他，“拉比把彼霞大婶叫去，对她说：‘尊敬的彼霞·伊兹拉伊列芙娜，您怎么听任自己家发生这种伤风败俗的事呢。您违反了教规。为此我诅咒你们全家，耶和华也会降罪于您这个叛教的女人。您快可怜可怜自己这一头灰白头发吧。’您知道她是怎么回答的吗？‘您不是拉比，’她说，‘您是个警士！他们彼此相爱，跟您有什么相干，您为什么非得用油腻腻

① 拉比是犹太教执行教规和主持宗教仪式的神职人员。

的爪子去拆散他们！’说完后她啐了口唾沫，转身离去。于是，拉比又在祈祷会堂里诅咒了她。您瞧瞧我们这里的人整起人来有多狠。这话您可别跟其他人说了。整个小镇把全部的心思都放在了这一件事情上。最后，警察局长苏哈连科把约斯卡和赫里斯嘉叫到跟前，对他们说：‘你，约斯卡，辱没冒犯东正教会神职人员米哈伊尔，我将把你交给法庭审判。到时候你会在我这里尝到苦役的滋味。赫里斯嘉你呢，我会强制把你送到你父亲那里。给你们三天时间考虑。你们把全县都搞得鸡犬不宁。我因为你们准得受到省长大人的训斥。’

“接着苏哈连科真的把约斯卡送进了看守所。后来他说，那不过是想吓唬吓唬他。结果发生了什么，您想得到吗？您一定不会相信我的话，但赫里斯嘉的确是因为伤心而死了。当时人们看着她的样子都于心不忍。善良的人们心都碎了。她一连几天不停地哭，眼泪哭干了，眼睛干瘪了，什么也不吃。她只求能允许她去约斯卡那里。就在开庭那天，她就像是晚上睡熟了那样，再也没有醒来。她躺在那里，那样纯洁和幸福，也许应该感谢上帝把她召唤了去，让她脱离了这尘世的鄙俗。为什么她要遭此惩罚，让她爱上那个约斯卡？请您告诉我，这是为什么?！难道这世上就没别人了吗？苏哈连科赶紧把约斯卡放了出来，但他完全心理失常，从此开始酗酒，向人们乞讨度日。”

“我要是他就宁可不活了，”理发师说，“给自己额头来一枪子儿。”

“呵，您可真是条汉子！”玛尼娅大声道，“要是你摊上这事儿，不绕开死神一百俄里才怪。您完全不懂，爱情怎么会把一个女人的心烧成灰。”

“什么女人的心男人的心，”理发师边说边耸了耸肩，“有什么差别!”

从理发店出来，我回到客栈。约斯卡也好，尼基弗尔也好，全不在这里了。身着破旧坎肩的库舍尔，正坐在窗边喝茶。肥硕的苍蝇正绕着屋子嗡嗡地飞。

小型轮船傍晚才抵达。它在切尔诺贝利将停到深夜。我的位子在客舱里，里面沙发座上的漆布面子已经褪色了。

深夜里又起雾了。轮船停靠岸边，船头对着岸上。它停到了第二天早上很晚，直到雾气散去。在船上我没有找到尼基弗尔。大概他和约斯卡在一起喝多了，误了上船。

我之所以如此详尽地讲述这件事，是因为我一回到基辅就立刻将那些写着我最初诗作的笔记本付之一炬。看着那些华丽的句子变成灰烬，看着“泡沫般的水晶”“蓝宝石般的天空”，还有小酒吧和茨冈女郎的舞蹈，统统都一去不回，我心里没有一丝的遗憾。

我恍然大悟。伴随爱情到来的不是“即将枯萎的百合之痛”，而是一团团牲口的粪便。它被人们扔向了一个美丽的恋爱中的女人的后背。

想到这里，我想起了一句话：“可怕的世道，歹毒的人心。”于是，我决定以赫里斯嘉的遭遇为内容，写出自己的第一个，也是我自认为“真正的短篇小说”。

为创作这篇小说我倾注了全部的心血，但还是觉得它苍白无力，尽管讲的也是一个悲剧故事。后来我琢磨出来，首先，故事讲述用的是别人的语言，其次，我过分专注于赫里斯嘉的爱情，反而忽略了小镇残酷冷漠的日常生活风俗。

我重写了这篇小说。令我自己吃惊的是，任何华丽典雅的词汇都“插不进去”了。它只允许真实和简洁。

当我将自己的这第一部短篇小说交到杂志的编辑部，曾经刊发诗作的主编对我说：

“你白费心血了，年轻人。这小说我们不能登。光是那位警察局长就能让我们吃不了兜着走。但小说写得真不错。给我们写点别的吧。不过要用笔名。您还是个中学生。学校会因为这件事开除您的。”

我拿走稿子，把它藏了起来。只是到了第二年的春天，我才又拿出来重读，而且明白一点：小说里没有作者的存在，只有他的愤怒和思考，以及他对赫里斯嘉那份爱情的崇敬。

于是我又修改了一遍，把它交到那位主编的手里，不是为了发表，只是为了得到一个评价。

主编当场读完，然后站起身，拍了拍我的肩膀说：

“祝贺！”

就这样，我第一次明白了对作家来说最主要的事——在任何作品中，哪怕是写这样一个短短的故事，都要毫无保留、毫不吝啬地表达自己的观点，并以这样的方式表达自己的时代和自己的人民。在这一点上丝毫不能有作家身份的顾虑——或者怕在读者面前出丑，或者害怕重复别的作家（以其他的方式）已说过的话，或者是考虑主编的意见。

写作的时候，应该忘记一切，就像是为自己一个人写，或者是为世上某个你最亲近的人而写。

需要让自己的内心世界获得自由，需要打开内心的闸门，你会突然间发现在自己的意识中，你的思想、情感和诗意的力量，都大大地超乎你的想象。

创作过程本身也会产生出新的特质，使作品复杂和丰富起来。

这就像自然界里的春天。太阳的温暖不会改变。但这温暖能使冰雪消融，能使空气、土壤和树木暖和过来。大地上充满了喧声、滴水和雪水流淌的嬉戏声——千姿百态的春天景色，但是我还是要重复强调，太阳的温暖是没有改变的。

创作也是如此。我们的意识就其本质是不变的，但在创作中它会召唤出新思想、新形象、新感觉和新词语的旋风、洪流和瀑布。所以，作者本人也时常会对写出的作品感到惊讶。

只有这样的人才能被称为作家，他能说出新的、有意义的、有趣的东西，他能看到许多别人所不能发现的东西。

至于我本人，我很快发现自己能说出来的东西少得可怜。如果没有养分，创作激情就很容易熄灭，如同它突然的爆发。我过去对生活的观察积累实在是太贫乏和狭窄了。

那时候，对我而言是书本高于生活，而不是生活高于书本。应该最大限度地让生活来充实自己。

明白了这个道理，我彻底地抛开了写作——整整十年——就像高尔基所说，“到人间去”，我开始在俄罗斯漫游，变换各种职业，交往三教九流。

但这并不是刻意地去过一种写作生活。我不是一个职业观察者和材料收集员。

不是的！我就是在生活，没有想努力写点什么，或者是为今后的写作记录些什么。

我生活着，工作着，爱着，痛苦着，希望着，憧憬着，我知道一点，那就是或早或晚，在我成熟的年纪，也可能是在老年，但我一定会开始写作，那完全不是为了完成过去给自己布置的任务，而是因为我的生命需求。因为在我看来，文学是世界上最庄严辉煌的现象。

闪　电

构思是如何产生的?

世上几乎没有两个相同的构思从产生到发展是完全一样的。所以，对“构思是如何产生的”这个问题，不能笼统作答，而是应该具体联系到某一个短篇小说、长篇小说或中篇小说。

至于为构思的产生需要怎么做，或者用枯燥的语言表述就是构思产生的先决条件，这样的问题倒是更容易回答。构思的产生永远都需要作家内心状态有所准备。

构思的产生，也许借助于比喻更好说明。比喻往往会使最复杂的事情变得格外清晰。

有一次，人们问天文学家金斯①我们的地球到底有多大年纪。

“请想象一下，”金斯回答说，“有一座巍峨的高山，就比如是高加索的厄尔布鲁斯山吧。您再想象有一只小麻雀，它在山顶上无忧无虑地跳来跳去，用嘴去啄这座山。那么，这只麻雀要把厄尔布鲁斯山啄平需要多长时间，我们的地球就已经存在了多长时间。”

就拿如何理解构思产生这件事情来说，用比喻也要简单得多。

构思就像是闪电。大地上已集聚多日的电能。当电能达到饱和，

① J. H. 金斯（1877—1946），英国天文学家、物理学家和数学家，曾提出太阳系起源的“潮汐假说”，虽后来被科学证明不能成立，但在天文学界和哲学界都引起了巨大的反响。

一团团白云就会变成浓重阴森的乌云，在这浓密带电的乌云中爆发出了第一道火花——这就是闪电。

闪电之后，一场倾盆大雨几乎是接踵而至。

构思如同闪电，诞生于一个人满含思想、情感和记忆印痕的意识里。在没有达到必须释放的紧张度时，所有这一切都在逐渐积聚能量。就是这个被挤压浓缩和多少有些混乱的世界产生出了闪电——构思。

构思的出现如同闪电的产生，都需要一个小小的推动力。

谁知道这推动力是什么呢，也许是一次邂逅，一个打动心扉的词语，一个梦，一个远处传来的声音，一道水滴映出的阳光，或是轮船的一声汽笛。

这世上的一切，无论它存在于我们的周围，还是存在于我们的内心，都可能成为推动力。

列夫·托尔斯泰看见一株被折断的牛蒡草——闪电出现了：一部令人惊叹的有关哈吉·穆拉特①的中篇小说有了构思。

但如果托尔斯泰没有去过高加索，或不知道也没听说过哈吉·穆拉特，那么牛蒡草当然也不会触发他的思绪。托尔斯泰的内心对这个主题是有所准备的，只是牛蒡草给了他必要的联想。

如果闪电就是构思，那么暴雨就是构思的表达。这表达就是形象与词语和谐的巨流，就是写成的书。

但是，与明亮耀眼的闪电不同，构思乍现的那一刻常常是模糊

---

① 哈吉·穆拉特，19 世纪曾率领高加索山民与俄国统治者进行英勇斗争，后被俄军所杀。

的状态。

“透过魔法的水晶，我当时也远没有看清这自由的小说。”

构思是逐渐成熟起来的，它牢牢地攫住作家的才华与心灵，逐渐变得周密和复杂。但是，这个所谓构思的“酝酿”过程也并不是有些天真的人所想象的那样。它并不是作家坐在那里捧着脑袋虚构，或者狂人似的独自踱步，嘴里还念念有词。

完全不是这个样子！构思的形成和丰富是一个不间断的过程，它发生在每时每刻、时时处处，在一切偶然瞬间，在一切劳动过程，在我们“转瞬即逝的生命”的一切快乐与痛苦中。

要让我们的构思成熟，作家切不可脱离生活，完全沉浸于“自我”。相反，只有与现实生活保持不断紧密的结合，构思的花朵才会怒放，大地才有滋养充盈。

关于作家的创作，总有许多偏见和成见。其中有些说法简直俗得令人啼笑皆非。

被严重庸俗化的莫过于灵感了。

在那些无知的人的想象中，灵感的状态就是诗人带着莫名的狂喜、瞪着凸出的双眼望着天空，或者是紧紧咬着鹅毛笔。

许多人都记得有部电影叫《诗人与沙皇》。影片中，普希金两眼充满向往地望向天空，接着神经质地抓起鹅毛笔开始奋笔疾书，然后停下来，再次仰望天空，嘴唇紧咬鹅毛笔，重新低头疾书。

我们见过多少这样的普希金形象啊，他简直就像一个亢奋的狂躁症患者！

在一次美展上我听到了一段饶有趣味的对话，对话发生在一尊普希金塑像边，这尊普希金又瘦又小，头发像电烫过后那样打着小卷儿，目光充满“灵感”。一个小姑娘看了这普希金很久，然后皱着眉问她妈妈：

“妈妈，他在幻想吗？是不是？”

“是啊，女儿，普希金叔叔是在幻想。”妈妈满怀柔情地说。

普希金叔叔正在“幻想着他的幻想”！就是这位普希金，他是这样说自己的：“我将长久地为人民所爱戴，我的诗歌唤起了善良的情感，在这残酷的时代里我讴歌自由，并为倒下的人们呼吁仁爱宽恕！”

如果“神圣的”灵感“降临”（必定是“神圣的”和“降临”）到作曲家身上，那么他一定是抬起双眼，从容不迫地为此刻已毫无疑问地涌现在心中的美妙旋律打着拍子——与莫斯科那座有点逢迎讨好的柴可夫斯基雕像完全一样。

不是这样的！灵感是严肃的工作状态。内心的激昂并不表现为演戏那种装腔作势和故作亢奋。众所周知的所谓“创作甘苦”也是如此。

普希金对灵感曾有准确而简洁的论述：“灵感就是心灵能及时接纳新的印象，然后快速地理解概念并具有阐释它们的能力。”“批评家们，”他还补充说，“混淆了灵感与亢奋。”这也就像读者们时常混淆真实与逼真的差别一样。

这还不算什么。还有一些画家和雕塑家混淆了灵感与“癫狂”，这完全是对作家艰苦劳动的无知和不敬。

柴可夫斯基还曾经强调说，灵感就是一个人像牛一样竭尽全力的工作状态，绝不是卖弄地舞动手臂。

请原谅我有些离题，但是我以上说到的这些绝不是小事。那样的庸俗者还大有人在。

每个人一生中至少有几次这种灵感来临的状态——情绪高昂，充满生气，对现实反应敏锐，思想活跃，对自己的创造力有充分的意识。

的确，灵感是一种严谨的工作状态，不过它有自己的诗意色彩，我不妨这么说，是一种诗意的潜台词。

当灵感降临于我们，它就像明亮的夏日清晨，吹散了静夜的雾气，让湿润的绿叶挂满了晶莹的露珠。它轻轻地将凉丝丝的、让人神清气爽的气息扑打到了我们的脸上。

灵感也像是初恋，为即将带来惊喜的约会，为那难以形容的美丽的眼眸、微笑和欲言又止的交谈，我们的心在怦怦地狂跳。

这时候，我们的内心就像一个神奇的乐器，结构精准而纤细，它能体现出生活中的一切，哪怕是最隐秘最不易察觉的声音。

关于灵感，作家和诗人们写下了许多精彩的文字："灵敏的耳朵刚一触碰到神的声音"（普希金），"我不安的心灵就归于平静"（莱蒙托夫），"声音逼近，听命于这哀愁的声响，我的心变得年轻"（勃洛克）。对于灵感，费特有非常准确的描述：

轻轻推一推充满生机的帆船

让它滑出被潮汐熨平的沙滩，
一个海浪把它高高举向新生
让它沐浴花开海岸吹来的清风。
一个声音惊扰了你忧伤的梦
突然把你带到陌生又亲切的妙境，
让生活得到喘息，让隐痛化为甜蜜，
让他人变作知己……

屠格涅夫把灵感比作“神的临近”，是人在思想和情感上的豁然开朗。他甚至心有余悸地讲述了自己开始将这种豁然开朗诉诸文字的时候，对一个作家来说是一种多么闻所未闻的磨难。

托尔斯泰关于灵感的论述恐怕是最简单的：“灵感就是你面前突然出现了你能做到的事情。灵感的光芒越明亮，你就越是应该为完成它而细致地工作。”

不管我们如何定义灵感，我们都知道，它是可以结出果实的，不应该让它白白地溜走而不给人们留下它的馈赠。

人物的反叛

过去，人们在搬家的时候，会从本地的监狱里雇一些囚犯帮忙。

我们这些孩子总是急切地等待着犯人的到来，心里充满强烈的好奇和怜悯。

犯人由蓄着小胡子、腰里别着一把大口径“斗牛犬”左轮手枪的狱吏们押送而来。我们一个个瞪大眼睛，看着这些身穿灰色囚服、头戴灰色圆帽的人。但是，当我们仔细打量这些腰间系着叮当作响、做工精细的铁链子的人，不知为什么心里竟会涌起一份特殊的敬意。

这一切都是在暗地里进行的。但最令人吃惊的是，这些囚犯看上去疲惫而普通，甚至有些善良，你怎么也不会相信他们是歹徒和罪犯。相反，他们不仅显得彬彬有礼，简直可以说是温文尔雅，生怕在搬运东西的时候碰到了别人，或者是碰坏了什么。

我们这些孩子和大人达成了一种默契。妈妈把狱吏们请到厨房去喝茶，我们就趁着这时候赶紧把面包、香肠、糖、香烟塞进囚犯们的口袋里，有时候还塞些钱。这些东西都是大人们给我们的。

我们把这种事情想象成一种冒险，当犯人们轻声感谢我们，朝厨房那边眨眨眼，把得到的小礼品藏到更深更隐秘的衣服口袋中去的时候，我们特别兴奋。

有时候囚犯们还会把信件悄悄塞到我们手里。我们会贴上邮票，成群结队地去把它们投进邮箱。在把信件投进邮箱的那一刻，我们还会左顾右看，看看附近是不是有警官或者警察，好像他们不看也能猜出我们寄的信里写的什么。

我现在依然记得一位胡须花白的囚犯，他们都叫他班头。

他指挥搬运的事。有的家具，尤其是大衣柜和钢琴，经常会卡在门口进退两难，有时候尽管犯人们想尽了一切办法，它们还是难以安放在新的位置上。这些物件像是在公然抵抗。有一次在安置一个衣柜的时候，班头就说：

“就把它放在它想待的地方吧。你们干吗还要折腾它呢！我干搬运已经五年了，我最了解它们的脾气。既然它不想待在这里，你怎么使劲它也不会动。它就是被砸烂，也不肯依你。”

我回忆起这位老囚犯的格言，是因为我想到了写作提纲和文学人物的行为举止。在家具物件和文学人物的举止反应中，有着某种共同的东西。文学人物常常都在和作者进行对抗，而且几乎总是能取胜。以下我还会谈到这个话题。

当然，几乎所有的作家都会在写作前制定一个写作提纲。有的作家会写得非常详尽和准确。有些作家则只是写个大概。但也有些作家，他们只写了几个字，而且这些字句之间似乎没有任何联系。

只有那些极具天赋的作家，才能挥笔写就，信手拈来。在俄罗斯作家中这种天赋达到登峰造极者非普希金莫属，而我们当代作家中则当数阿列克谢·尼古拉耶维奇·托尔斯泰了。

我的意思是，天才的作家写作的确是可以无须任何提纲。他们的内心世界足够丰沛充盈，任何的主题和思想，任何偶然的小事或物件，都能唤醒他们内心不可遏制的想象的洪流。

年轻的契诃夫曾经对柯罗连科说：

“瞧，您的桌上有个烟灰缸。您信不信我现在就可以写一篇关于它的故事。”

他是一定能写出来的。

我们可以假设，有个人在街上拾到一张皱巴巴的一卢布，他便从这张纸币开始构思自己的长篇小说，一开始像是玩笑，很轻松，很简单。很快，小说情节就朝着深处和宽阔面发展，人物、故事、光与色彩被不断丰富，在想象力的推动下它们自由平稳地前行，而这一切就要求作家尽其所能地奉献出他珍贵的形象和词汇的宝藏。

于是，始于一个偶然事件的叙事便诞生出了思想和复杂的人物命运。而作家也已经无法掌控自己的激情。他会像狄更斯那样伏在手稿上大哭，或者像福楼拜那样痛苦得呻吟，或者像果戈理那样哈哈大笑。

这就像在大山深处，一个细微的声响或是猎枪射出一发子弹之后，亮晶晶的积雪开始沿着陡峭的山谷向下滑落。很快，这一道道滑落的雪便会汇成一条宽阔的雪流，奔腾而下，转瞬间，山谷里雪崩了，发出轰天巨响，空气中弥漫起闪闪发光的雪尘。

对于这种轻易被激发出来的天才的创作状态，以及他们所具有的即兴的创作才华，很多作家都谈起过。

难怪，非常熟悉普希金创作的巴拉丁斯基曾经这样说过：

> ……年轻的普希金，这个了不起的轻浮者，
>
> 在他笔下，一切随意而又活灵活现……

我还要说的是，有的提纲看上去就是词语的堆砌。

举一个小小的例子。我写过一个短篇小说《雪》。动笔之前，我曾写好满满一页纸的提纲，在这个提纲的基础上诞生了这篇小说。这个提纲都写了些什么呢？

> 一本被遗忘的关于北方的书。北方基本色——箔。河上的水汽。女人们在冰窟窿里洗衣。烟雾。亚历山德拉·伊凡诺芙娜家的门铃上刻着："我就在门边，使劲拉吧！"门铃是瓦尔代[①]的礼物，在拱形门下发出了凄凉的声音。人们叫它"瓦尔代礼品"。战争。塔尼娅。她在哪里，在某个偏僻小城吗？孤身一人。月亮隐没在一片乌云后，显得极其遥远。生活浓缩在一个小小的光圈里。那是一盏灯的灯光。整夜里有个东西在墙里咕咕作响。树枝敲打着玻璃窗。在这种静悄悄的冬夜，我们很少出门。这点应该得到验证……孤独与等待。一只心怀不满的老猫。你怎么也安抚不了它。一切都一目了然——甚至是放在钢琴上那几只螺纹状的蜡烛（橄榄色的），其余别无他物。她找到了一个带钢琴的公寓（一位女歌手）。疏散。讲述等待。别人的家。老式房子自有其舒适之处，几株橡皮树，老牌子斯塔姆博里或麦萨克苏迪牌烟丝的气味。曾经住过一位老人，后来死了。胡桃木写字台，绿呢台面有一些黄色斑点。小姑娘。灰姑娘。保姆。暂时没有其他人。俗话说，爱情能缩短距离。可以

① 瓦尔代，俄罗斯地名，位于诺夫哥罗德州东南部。

写一篇仅仅是关于等待的小说。等什么？等谁？她自己也不清楚。这让人心碎。人们在千百条道路的路口偶然相遇，他们并不知道自己过往的生活都是在为这一次相遇做准备。概率理论。这也适于解释人心。对傻瓜来说一切都简单。国家沉入雪中。一个人出现的必然。有个人总是给一个死去的人寄信。这些信在桌上堆了一大摞。在这些信中，就有解开谜底的关键。这是些什么信？信里写了什么？海员。儿子。他到来之前的恐惧。等待。她心地的善良是没有边际的。信变成了现实。又是螺纹状的蜡烛。另一种特征。乐谱。有橡树叶的毛巾。钢琴。桦树枝的烟。一个调音师——所有的捷克人都是出色的乐师。他的头巾围到了他的眼睛底下。一切都清楚了！

以上这些文字勉强可以称作短篇小说的提纲。如果你不知道这个故事而读了这些文字，那么你也会清楚，虽然它的叙述缓慢和模糊，但它却是紧紧围绕主题和情节的。

那些最精确、构思最周密和经过反复修订的写作大纲又如何呢？说实话，它们大部分都夭折了。

当作家提笔开始创作，人物就出现了，当这些人物按照作家的意志获得生命，他们就要开始对抗创作提纲，甚至与其展开斗争。作品开始按照自己的内在逻辑发展，这个逻辑的推动力当然来自作家。作品中的人物按照其性格行事，尽管这些性格的创造者是作家本人。

如果作家强迫人物不按照其自身的内在逻辑行动，如果作家强行将人物纳入提纲的范畴，那么人物就要失去生命，变成冷冰冰的公式，变成机器人。

列夫·托尔斯泰简洁明了地说出了这个道理。

有一位亚斯纳亚·波利亚纳①的拜访者责怪托尔斯泰对安娜·卡列尼娜②太残酷，竟让她卧轨自杀。

托尔斯泰微微一笑，答道：

“这个意见使我想起了普希金的一件事。有一次他对自己的一个好朋友说：‘你想象得到吗，塔季扬娜③跟我开了个多大的玩笑。她竟然结婚了。这是我无论如何没有意料到的。’关于安娜·卡列尼娜，我也只能这么说了。我的男女主人公们有时候就会跟我开这样的玩笑，尽管我也不乐意！他们做现实生活中他们该做的事情，就像在真实的生活中一样，而不是我希望他们怎样就怎样。”

所有的作家都很明白人物这种顽固的禀性。“每当我文思泉涌奋笔疾书的时候，”阿列克谢·尼古拉耶维奇·托尔斯泰说，“我都不知道主人公五分钟之后会说什么。我只是带着惊异的心情紧随其后。”

也有这样的时候，次要人物赶跑了别人，自己倒成了主要人物，改变并引领了叙事的进程。

只有作家开始投入写作，一部真正意义上的作品才开始在作家的意识里有了生命。所以，创作大纲的改变甚至被推翻都不值得大

---

① 亚斯纳亚·波利亚纳是托尔斯泰居住的庄园。
② 安娜·卡列尼娜是托尔斯泰小说《安娜·卡列尼娜》的女主人公。
③ 塔季扬娜是普希金的诗体小说《叶甫盖尼·奥涅金》的女主人公。

惊小怪，更谈不上可悲。

相反，这倒是自然的，恰恰说明真正的生活迸发出来，它丰富了作家的蓝图，以自己鲜活的攻势突破和打碎了作家最初定下的条条框框。

但是这样说不是要贬低提纲，也不是说作家的作用就是刻板地描摹生活里的一切。要知道，作品中人物形象的生活从根本上说是受制于作家的意识，受制于作家的记忆、想象、经验以及他的整个精神体系。

一部中篇小说创作始末

“火星”

我想回忆一下我创作中篇小说《卡拉-布加兹海湾》① 的念头是怎样产生的。这一切究竟是怎样发生的呢？

童年时我住在基辅，第聂伯河畔的弗拉基米尔山岗上每天傍晚都会出现一个老人，他头戴积满灰尘且帽檐耷拉的帽子，并且随身带着一架油漆斑驳的天文望远镜，花了很长时间才把它安在三根弯曲的铁架子上。

人们管这个老头叫“星占家”，认为他是意大利人，因为他说俄语词儿的时候还带着外国腔。

安装好望远镜，老头就像背书似的用单调的声音喊道：

“亲爱的先生们女士们！晚上好！您只需要花五个戈比就能从地球飞到月亮和各个星球上去。我特别推荐您去看看那个不祥的火星，它的颜色就像人血。谁要是出生在这个星象，他就可能招致战争中吃枪子儿的灾祸。”

有一次，我和父亲在弗拉基米尔山岗上透过望远镜看到了火星。

我看到了一个黑漆漆的深渊和一个有点发红的球体，它无所畏惧、毫无支撑地悬挂在那个深渊之中。正当我望着这个球体时，它

---

① 《卡拉-布加兹海湾》（1932）是帕乌斯托夫斯基的成名作，主要描写苏维埃人民改造里海东岸沙漠的故事。

开始向望远镜的边缘游移，躲到了望远镜的铜框后面。“占星家”轻轻地移动了一下望远镜，火星又回到了原来的位置。不过紧接着它开始慢慢地移向望远镜的边框。

“怎么样?”父亲问我，“你都看见什么了?”

“嗯，看到了，”我说，“我连运河也看见了。”

我知道火星上住着人——也就是火星人，不知道出于什么目的他们还在自己的星球上开挖了一条条宽大的运河。

“嗳，未必吧!”父亲说，“你别编了！什么运河你都没看见。看见它们的只有一个天文学家——意大利人斯基帕雷利①，而且还要借助高倍望远镜。”

“星占家”却对他这个叫斯基帕雷利的同乡一点印象也没有。

“我在火星的左边还看到了一个星球，”我犹疑地说，“但不知道为什么总在天上飞来飞去。”

“这哪是什么行星!”“占星家”善意地大声说，“是有一只虫子飞进你的视线啦!”

他摘下帽子，用它把望远镜镜头前的小虫子赶走了。

火星上的景象真是让我感到冷飕飕阴森森的。从那个望远镜跟前走开我感觉轻松起来，基辅街道上那昏暗的灯光、来来往往马车的吱呀声，甚至开败的栗树花那掺杂着土味的气息，一切都显得那么令人感到舒适与惬意。

---

① 斯基帕雷利（1835—1910），意大利天文学家，他观测到了火星上的“沟渠”并绘出了第一张火星图。

在那一刻，我没有一丝一毫的愿望希望有人把我从地球带到月球或者火星上去！

“为什么火星像砖头一样是红色的呢？”我问父亲。

父亲告诉我说，火星是个正在死亡的星球，它以前也和我们的地球一样美丽，有汪洋大海，有巍峨群山，有繁茂草地，但是，海洋河流渐渐干涸，草木开始枯竭，大山被夷为平地，火星最后变成了一片连绵不断的荒漠。可能火星上的山体是红色石头构成的，所以它变成沙砾以后也是泛红的。

“也就是说，火星是一个沙子构成的星球了？”我问。

“是啊，也许是这样的，”父亲表示赞同，“火星上发生了什么，我们地球上也会发生什么。地球也将会变成一片荒漠。但这是亿万年以后的事了。所以你不用害怕。人类最终会在这一天到来之前找到办法，制止这种可怕的事情发生。”

我回答说自己完全不害怕。但心底里我是真为我们的地球感到害怕和担忧。再者，我回到家又听哥哥说，现在地球上的荒漠几乎占到地球整个陆地面积的一半了。

从那时起，对荒漠（尽管我并没有亲眼见过）的恐惧就深深地攫住了我。虽然后来我在《环球》杂志上读到过讲述撒哈拉沙漠、萨姆风①和被称作“沙漠之舟”的骆驼的种种故事，但我对这些始终都没有兴趣。

很快，我便有了第一次遭遇荒漠的机会。这件事再次加剧了我

① 又称西蒙风，是在阿拉伯半岛和撒哈拉出现的极端干热的小规模旋风。

对荒漠的恐惧。

有一年夏天，我们全家去了爷爷马克西姆·格里戈里耶维奇家那个村。

那个夏季雨水充沛，气候湿热，草木茂盛。篱笆边上的荨麻长得足有一人高。田里的麦子正灌浆抽穗。菜园里飘出一阵阵多汁莳萝的香气。一切都预示着这一年将会有个好收成。

但是有一天，我和祖父正坐在河边钓鮈鱼，祖父突然间站起来，他手搭凉棚仔细观察了对岸好久，然后沮丧地啐了口唾沫，说：

“要刮过来了，刽子手，恶魔！把它永远彻底消灭了才好呢！”

我朝着祖父观察的方向看了看，除了一道长长的模模糊糊的波浪，我什么也没有看见。这道波浪在很快地逼近。我想这是要下雷雨了，但祖父却说：

“那就是干热风！这该死的地狱之火！它是打布哈拉沙漠那边吹过来的。它会烧了一切！我们要倒大霉了，科斯季克①！我们会连气都喘不上了。”

那道不祥的波浪贴着地面朝我们直扑而来。祖父赶忙收起自己那根长长的榛木鱼竿，对我说：

“赶快跑回家去，要不然沙土会眯了你的眼。我随后就来。快跑！”

我急急地往家跑，可干热风还是在半道赶上了我。旋风呼啸着，把羽毛和沙土都卷到了空中。四周顿时天昏地暗。太阳突然间变成

① 科斯季克系作者康斯坦丁的昵称。

了红火的毛茸茸的一团，就像火星一样。爆竹柳开始东倒西歪，发出阵阵嘘声。我的身后滚烫发热，好像身上的衬衫着了火似的。嘴里也进了沙子，眼睛都被沙尘眯住了。

我的姑姑费奥多西亚·马克西莫芙娜站在门槛上，双手举着一幅用绣花手巾包着的圣像。

“主啊，快救救我们，饶恕我们吧！”她惊恐万分地喃喃祷告着，“圣洁的圣母，请它不要吹进我家来吧！”

干热风打着旋朝农舍猛扑过来。粘得并不牢靠的玻璃窗被晃得哐啷作响。屋顶的麦秸秆被风刮了起来。一群麻雀打屋檐底下嗖地飞出来，像是一连串被射出的黑色的子弹。

父亲那时候没在我们身边，他留在基辅了。妈妈急得团团转。

记得当时最难以忍受的是急剧上升的温度。我那时想，再过一两个小时屋顶上的麦秸秆就要被点燃了，然后我们的头发、衣服都会着火。想到这里，我不由得哭了起来。

傍晚，密密匝匝的爆竹柳树叶蔫了，树叶耷拉着像一根根灰色的破布条儿。篱笆边，是一堆堆被热风吹到一起的黑乎乎的尘粉。

清晨，树叶变黄，发焦。落下的树叶用手指一捏就成了粉末。风势越来越大。它开始把枯死丑陋的树叶吹落，好多树都只剩下了黑乎乎孤零零的树干，像是到了深秋。

祖父去地里走了走，垂头丧气地回到家，可怜极了。他双手一直在颤抖，抖得连麻布衬衫领口的红色扣结都解不开。他说：

“如果今天夜里风还不停，地里种的都活不成了，不管是果树还是蔬菜。”

可是风没有停。它一连刮了两个星期，稍稍减弱之后又开始了新一轮的猛烈攻势。大地眼看着就变成了一片灰蒙蒙的焦土。

女人们都在屋里哭诉。男人们垂头丧气地坐在屋外靠墙的土凳上，用木头棍子戳着地面，偶尔说两句话：

“简直是石头，哪里是土地啊！真是被鬼拉住了袍子，躲都没地方躲。”

父亲从基辅赶来，把我们带回了城里。我开始刨根问底地询问他有关于热风的事，他则有些不乐意地回答我说：

“颗粒无收了。沙漠正向乌克兰逼近。”

“总该做点什么吧？”我问。

“做不了什么。你又砌不出一道两千俄里长的石头高墙。”

“为什么？”我问，“人家中国人就修了一道万里长城。”

“那是中国人嘛，”父亲回答说，“他们都是能工巧匠，但这也是曾经的过去了。”

随着岁月流逝，这些童年记忆似乎渐渐被淡忘了。但是，它们其实依然还活在我的记忆深处，偶尔还会浮现出来。尤其是遇到干旱的时候，我的心里总会涌起一种难以言说的不安。

长大以后，我便爱上了俄罗斯的中部。也许，这种爱的根由，源自它生机勃勃的大自然，清冽凉爽的河水溪流，郁郁葱葱的树木和淅淅沥沥的小雨。

所以，每当干旱侵蚀俄罗斯中部，热浪决堤般涌入这里，我的不安便立刻会变为对沙漠的无可奈何的愤怒。

泥盆纪的石灰岩

许多年以后，沙漠再一次向我提醒了它的存在。

1931 年，我到奥廖尔州的利夫内去度夏。那时我正在写我的第一部小说，所以我希望待在一个没有熟人的小城，以便集中精力，排除外界的任何干扰。

我是第一次来利夫内。我很喜欢小城市的洁净，喜欢这里无数盛开的向日葵，喜欢桥上铺着的整块石板，还有快流松树河，它在黄色泥盆纪石灰岩中间冲刷出了一个峡谷。

我租下了城郊一座破旧木屋里的一个房间。木屋建在河上的悬崖上。屋后是一大片草木枯竭的花园，半个园子里都长满了河边那种灌木野草。

房东是一位上了年纪、胆小怕事的人，他在车站小报亭当售货员，他的妻子阴郁而纤弱，两个女儿大的叫安菲莎，小的叫波琳娜。

波琳娜是个羸弱白净的女孩，和我说话的时候她总是把她那条金色的大辫子解开又编上。那时她十七岁。

安菲莎十九岁，她身材匀称，面色苍白，声音低沉，灰色的眼睛眼神凌厉。她身着黑裙，像个修女，在家几乎什么也不干——只是整天躺在花园的干草地上看书。

在房东的阁楼上有许多被老鼠咬坏的书，其中大多是索伊金版的外国经典作家文集。我也从阁楼上取下这些书来读。

我好几次从上面的花园里发现安菲莎在快流松树河的岸边。她坐在陡峭的悬崖之下一个山楂树丛边，身旁是一个瘦弱的半大孩子，约莫十六岁，浅色头发，看上去文静，有一双专注的大眼睛。

安菲莎悄悄地带了东西去岸边给他吃。男孩吃的时候，安菲莎温柔地看着他，有时摸摸他的头发。

有一次我看见她突然用手捂住脸哭起来，哭得身体都在发抖。男孩停住吃东西，惊恐地看着她。我悄悄地走开了，但后来一直没法不去想安菲莎和那个男孩。

我原来还天真地以为，在僻静的利夫内没有人能将我从小说的人和事里拉出来！但真实的生活立刻打碎了我曾经的天真想法。在没了解清楚安菲莎的故事之前，我当然压根儿就无法集中精力专心致志地进行写作了。

其实还在我看到她和那个男孩在一起之前，我就看到了她那凄苦的眼神，我就心想，她的生活中一定有什么痛苦的隐情。

还真是如我所料。

几天以后，夜半的隆隆雷声把我惊醒。雷雨天在利夫内简直是稀松平常的事。当地居民们解释说，利夫内位于铁矿矿床上，是地下的铁矿把雷雨“招来”的。

夜晚的窗外正忙得不亦乐乎，天空一会儿被迅捷的白光撕开，一会儿又被埋入深深的黑暗。隔壁传来几个人有些激动的说话声。随后我就听见安菲莎在愤怒地大喊：

“这是谁想出来的？哪条法律上写着我不能爱他？你们把这个法律给我看看！你们给了我生命，就不该把它剥夺！他正一天天衰弱，就像一支蜡烛头。就像一支蜡烛头了！”她大喊一声，都快喘不上气来了。

“她妈，你少说两句吧！”房东对妻子吼了一句，声音不那么果断，“就让这个小傻瓜随心所欲去吧。你说服不了她的。可是安菲莎，我是一分钱也不会给你的。你就别指望了！”

“我才不稀罕你们的臭钱！”安菲莎大声说，“我自己能挣钱，我还要把他带到克里米亚去。也许他在那里还能多活一年。我反正是要离开你们的。你们肯定是会丢丑的。走着瞧！”

我正在猜测这到底是发生了什么事，只听得门外走道上也有人在抽抽搭搭地哭。

我打开门，借着闪电的光亮我看清是波琳娜。她额头贴着墙面站在那里，身上披着一条长长的披肩。

我轻轻地喊了一声。这时，一个炸雷响彻夜空，好像要把小屋从房顶一下子摁到地里去。波琳娜吓得一把抓住了我的手。

“天哪！”她喃喃地喊了一声，“会有什么事情发生吧？这么大的雷！”

她轻声地告诉我，安菲莎死心塌地地爱上了科里亚，他是寡妇卡尔波芙娜的儿子。卡尔波芙娜走街串巷帮人家洗衣服。她是个安静的、少言寡语的女人。科里亚则病怏怏的，患有肺结核。安菲莎爱发脾气，火暴性子，谁也拿她没办法。她要么我行我素，要么就寻死觅活。

隔壁的说话声突然间停了下来。波琳娜跑回了自己的房间。我躺下身，但仍然是竖着耳朵在听，很久都无法入睡。房东家一切都安静下来，我也迷迷糊糊入睡了。睡意蒙眬中，我听到了懒洋洋的雷声和狗叫声。后来我终于睡着了。

大概只睡了一小会儿，一阵急促的敲门声就把我惊醒。是我的房东。

“我家出事了，”他站在门外，垂头丧气地对我说，“请您原谅，我打扰您了。”

“怎么回事？”

“安菲莎跑了。她就是这么个人。我现在要去斯拉波特卡村，去找卡尔波芙娜，她应该去了那里。我想请您照顾一下我的家人。我妻子已经晕过去了。”

我急急忙忙穿好衣服，给老太太带去了缬草酊。波琳娜喊了我一声，我就紧跟着她来到了门廊。我无法解释原因，但是我知道现在要出事了。

“我们去河边看看。”波琳娜轻声对我说。

“你们家有手电筒吗？”

“有。”

“快点拿出来。”

波琳娜拿出一只灯光已经暗淡的手电筒，于是我们沿着悬崖湿滑的小路朝岸边奔去。

我敢肯定安菲莎就在这里，就在附近。

“安——菲——莎！”波琳娜突然大声喊道，声音充满绝望，这一声喊不知为什么把我吓了一大跳。“她喊也不管用了！”我心想，“不管用了！”

对岸的闪电不时还在亮起，但是已没有了刚才的威风，温和多了。雷声在渐渐远去。雨水打在悬崖上的灌木丛中，发出滴滴答答的声响。

我们沿着河边往河水的下游走去。手电筒的灯光十分微弱。就在这时，头顶一道姗姗来迟的闪电照亮夜空，借着亮光我看见河岸的前方有一团白乎乎的东西。

我急忙走过去，低头一看，是安菲莎的裙子和汗衫。她那双湿淋淋的鞋子也在一旁。

波琳娜大叫一声，朝家里飞奔而去。我跑到渡口，叫醒了摆渡人。我们坐上小木船，在两岸间来来回回地划着，聚精会神地察看着水面。

"在这黑咕隆咚的夜里能找着啥呀，而且还下着雨！"摆渡人一边打着哈欠一边说，他还没有完全从梦中醒来，"她还没有漂起来，你怎么也找不到的。看来，死神也不会怜惜美人啊。瞧她干了什么，我亲爱的。她把衣服脱了，这说明她是希望走得轻松啊。唉，这个姑娘啊！"

第二天早晨，人们在河坝上找到了安菲莎。

她躺在棺木里，美得难以言说，湿漉漉的大辫子泛着金灿灿的光彩，苍白的嘴角挂着一丝歉疚的微笑。

一个老太太对我说：

"你别看她，亲爱的。别看。这种美会叫你的心不知不觉就碎了。最好别看。"

但是我不能不看安菲莎。这是我平生第一次见证一个女人无限的爱，这种爱比死亡还要强大。在此之前，我仅仅是在书本上读到过，却并不相信它。不知为什么，我当时就想，这样的爱情多半都是俄罗斯女性的宿命。

参加葬礼的人很多。科里亚远远地落在人群后——他害怕见安菲莎的亲人们。我倒是想到他身边去，但他一见我就跑开了，转身躲进一条小巷，没了踪影。

我的心完全被搅乱了，一个字也写不出来。于是，我又只好从郊外搬进城里，确切地说，不是城里，而是车站，是铁路上的医生玛丽娅·德米特里耶芙娜·夏茨卡雅家低矮昏暗的房子里。

在安菲莎自尽前不久，我有一次打城市公园路过。在夏季影院附近，有约莫四十个小男孩坐在地上。他们显然是在等候什么，嘴里还不停地叽叽喳喳，像一群小麻雀。

一个头发花白的人从电影院里走出来，把电影票分给了孩子们，他们便推推搡搡、打打骂骂地直奔影院去了。

从那张还算年轻的面孔判断，头发花白的那个人不会超过四十岁。他善意地朝我眯了眯眼，看着我挥了挥手，转身走了。

我决定向孩子们打听一下这怪人是谁。于是我进了影院，花一个半小时看了一部老片子《红小鬼》，耳边不停地响起孩子们的口哨声、跺脚声、欢呼声、惊叫声和喘气声。

电影散场时，我和孩子们一起走出影院，我问起那个头发花白的人是谁，他为什么给他们买电影票。

我的周围立刻聚起一群七嘴八舌的孩子，从他们嘴里我或多或少了解了一些情况。

原来，这个头发花白的人是铁路上的医生玛丽娅·德米特里耶芙娜·夏茨卡雅的弟弟。他有病，“神经搭错了”。苏维埃政府每月都会给他发放一大笔退休金。至于其中的原因，谁也不知道。所以，每个月一到领退休金的日子，他就会把车站一带的孩子们召集起来，请他们看电影。

孩子们都准确地知道发退休金的日子。一到这一天，他们一大早就会聚集在夏茨基家附近，坐在站前小花园里，装作是完全偶然在这里玩耍的样子。

这就是我从孩子们那里打听到的情况。当然，还有一些与此事无关的具体细节除外。比如说，亚姆斯克镇的孩子们也想沾点夏茨基的光，但车站的这群孩子给了对方狠狠一击。

自安菲莎死后，我的房东太太就卧床不起，总说心口疼。有一次玛丽娅·德米特里耶芙娜·夏茨卡雅医生上门看病，我就认识了她。她高高的个头，举止果敢，戴一副夹鼻眼镜。虽然上了点年纪，但是她的外表依然保持着高等女校学生的样子。

她告诉我，她的弟弟是一位地质学家，患了精神疾病，的确从政府那里领取一笔特定的退休金，因为他的科学著述在国内和欧洲都有着广泛的影响。

“您别在这里住了，”玛丽娅·德米特里耶芙娜用医生那种毋庸置疑的口吻对我说，“秋天就要到了，常常有雨，道路湿滑难走。再说周围的环境这么凄凄惨惨，还怎么工作呢！搬到我家去吧。我家里只有我妈妈、弟弟和我，五个房间，紧挨着车站。弟弟是个彬彬有礼的人，不会妨碍您的。”

我答应下来，搬到了玛丽娅·德米特里耶芙娜家。这样，我就认识了地质学家瓦西里·德米特里耶维奇·夏茨基——我未来的中篇小说《卡拉-布加兹海湾》中的主人公之一。

夏茨基家的确很安静，甚至可以说有点沉闷。玛丽娅·德米特里耶芙娜整天不是在诊所里就是出诊，老太太一直坐着玩纸牌占卜，地质学家则很少走出自己的房间。他从一大早就开始逐版阅读报纸，接着是奋笔疾书几乎到深夜，一天要写满一个厚厚的练习册。

荒凉的车站偶尔会传来几声火车的鸣笛，那是唯一的调车机车在运行。

夏茨基起初很腼腆，后来与我熟了才开始和我攀谈。通过谈话我了解了他的病情症状。一早，夏茨基还没疲倦的时候完全是个健康的人，一个有趣的谈伴。他非常博学。但只要他稍感疲惫，就立刻开始胡言乱语。他的胡言乱语都基于某个狂躁的念头，而这个念头的延伸演绎却又具有严格的逻辑。

玛丽娅·德米特里耶芙娜把夏茨基的练习本给我看，上面密密麻麻地写满了一个个单独的词汇。没有一个完整句子。能看得明白的比如说有“匈奴，德国，霍亨索伦王朝，文明之死”，还有“利夫内，诡诈，虚伪，谎言”。

这是在某个字母下的一组词。但有时也能从中捕捉到这些词对一种想法的暗示。

每当我写作的时候，夏茨基从来不打扰我，就是在隔壁房间也是踮起脚走路。

夏茨基得病的经过在《卡拉-布加兹海湾》中有所描写。在中亚进行地质勘探时，他不幸被白匪所俘。每天他和其余的俘虏都要被拉出去枪毙。但夏茨基很走运。每逢数到五要被枪毙时他是三，每逢数到二要被枪毙时他是一。他虽然保住了性命，却精神失常了。姐姐千辛万苦在克拉斯诺沃茨克找到了他，当时他栖身在一个被毁坏的火车车厢里。

每天傍晚，夏茨基都要到利夫内邮局去寄一封挂号信给人民委员会。邮政局长按玛丽娅·德米特里耶芙娜的请求不会寄出这些信件，而是把它们退还给她，由她烧毁。

我非常好奇夏茨基在这些信中都写了什么。很快我便有了答案。

有天晚上我正躺在床上看书，他进来找我。我的鞋子在床铺的旁边，鞋尖对着房间的中央。

“千万不要这么放鞋，”夏茨基生气地说，“这样很危险。”

“为什么呢?”

“您很快就会知道的。”

他走了出去，很快拿回一张纸来递给我。

“您读读!”他说，“您读完了就敲敲墙叫我。我立即过来，如果您有什么地方不明白，我解释给您听。”

他走了。我开始读信：

致人民委员会。我不止一次地提请人民委员会注意有关一个巨大危险的逼近，它足以毁灭我们整个国家。

众所周知，地质层中包含着巨大的物质能量（比如说在煤、石油和页岩层之间）。人类已经学会了如何释放和利用这种能量。

但是很少有人知道，在这些地层中还压缩着各个时代所生成的精神能量。

利夫内市就位于欧洲最大的泥盆纪石灰岩地层上。在泥盆纪，地球上刚刚诞生了一种朦胧的意识，这种意识非常残暴，毫无任何人性特征。盾皮鱼类混沌的脑髓主宰了那个时代。

这种原始的精神能量浓缩在了无脊椎动物菊石中。在泥盆纪的地层里，的确藏有丰富的菊石化石。

每一条菊石，就是那个时代一个小小的脑髓，蕴涵着强大而邪恶的精神能量。

很多世纪以来，幸好人类还没有学会如何释放地质层里的精神能量。我之所以说"幸好"，是因为这种能量如果脱离了静止状态，它将可能导致整个人类文明的毁灭。人们一旦被它所毒害，就会蜕变成凶残的野兽，而受卑鄙、盲目这些本能的驱使。这也就意味着文化的消亡。

但是，正如我已多次向人民委员会的呈报，法西斯分子已经找到了释放泥盆纪精神能和复活菊石的方法。

最丰厚的泥盆纪地层就在我们利夫内的地下，法西斯分子也正是准备在这里释放这种精神能量。如果他们得逞，那么将无法遏制人类道德上，进而是肉体上的毁灭。

法西斯分子已制订出在利夫内地区释放泥盆纪精神能量的最详尽的计划。正如一切最复杂的计划都能被轻易破坏一样，只要有一个细微环节没有预见到，那么整个计划就会泡汤。

因此，必须立刻派重兵包围镇守利夫内，而且严令城市居民改变他们已有的生活习惯（法西斯分子制订计划的依据，就是利夫内日常生活习性），采用与他们的意料恰好相反的行为方式。我不妨举个例子。利夫内的所有居民在睡觉时都习惯把鞋子放在床前，鞋尖朝外朝着屋中央。今后要改为鞋尖朝里朝着墙。也许就是这个细节是计划所没有预料到的，因为这一点，整个计划就将落空。

应该补充一点，从利夫内泥盆纪岩层中自然渗透出（当然是极少量）的精神毒素已经导致该城的道德民风较之同等大小规模的城市要粗野得多。总共有三个城市处于泥盆纪石灰岩的岩层上：克罗梅、利夫内和叶列茨。难怪流传着这样一首古老的谚语："克罗梅是小偷的大堂，利夫内是小偷的欢场，叶列茨是小偷的父亲。"

法西斯派驻利夫内的密使，就是当地的药剂师。

读了信我才恍然大悟，为什么夏茨基要把我的鞋子尖朝着墙放。同时我也开始感到害怕。我明白，夏茨基家的平静是不稳定的。每分钟他都有可能发病。

很快我便发现，这样的发作已不是偶尔的事，只是夏茨基的母亲和玛丽娅·德米特里耶芙娜善于掩饰而不被旁人知晓罢了。

第二天傍晚，我们大家正围坐桌前喝茶，闲聊着顺势疗法的话题，夏茨基拿起牛奶壶，不紧不慢地把牛奶倒进了茶炊的烟囱。老太太惊叫起来。玛丽娅·德米特里耶芙娜严厉地盯着夏茨基说：

“你胡闹什么?”

夏茨基抱歉地笑笑，解释说正是这种把牛奶倒进茶炊的做法是法西斯分子的计划所没有预料到的，所以，这样做能够破坏他们的计划和拯救人类。

“快回你的房间去!”玛丽娅·德米特里耶芙娜依然很严厉地说，并气呼呼地起身打开了窗户，让牛奶的焦煳味散出去。

夏茨基耷拉下脑袋，顺从地回自己房间去了。

然而，夏茨基在“清醒”的时候则相当健谈。我了解到，他大部分时间都在中亚工作，是卡拉-布加兹海湾的第一批勘探研究者。

他的足迹踏遍了海湾的东岸。那时候这样的行为几乎就等同于冒死之举。他描述出这个地区的状况，在地图上做标识，而且在海湾附近光秃秃的山里发现了煤矿。

他给我看了很多照片。这些照片非常令人震惊。只有地质学家才可能拍出这种山脉的照片，那是一张张由稀奇古怪、高低不平的沟壑所构成的网状图，与裸露的人类大脑神经沟回图有惊人的相似，还有照片拍的是令人惊恐万状的大断层，那是乌斯季-乌尔特高原。那断层就如同沙漠之上高高耸起的一道黑色的陡峭的墙。

从夏茨基嘴里我头一次听说卡拉-布加兹——这个里海中可怖的谜一般的海湾的名字，知道它水中的芒硝储量大到取之不竭，知道了沙漠是可能被消灭的。

夏茨基憎恨沙漠，其强烈和执拗是活人的仇恨所能达到的最大限度。他称沙漠是干旱的瘟疫、疮疖、侵蚀大地的癌病，是无法解释的对自然的卑劣行径。

“沙漠只会涂炭生灵，”他说，“它就是死神。人类应当明白这一点。当然，这得是他没有神经错乱的时候。”

从一个疯子的口中听到这样的话，让人感觉怪怪的。

“应该彻底征服沙漠，不给它一点喘息的机会，要不断地、毫不留情地、狠狠地打击它，一直打到它咽气为止。然后在它的废墟上建起温暖如春、水分充足的乐园。”

他唤起了我心中沉睡的对沙漠的仇恨——也是我童年岁月的回声。

夏茨基说：“要是人们把互相残杀争斗的时间和精力花上一半在沙漠治理上，沙漠也早就销声匿迹了。他们把人民的所有财富和数以百万计的生命都消耗在战争中。甚至还包括科学与文化。就连诗歌也被变成了大屠杀的同谋。”

“瓦夏！”玛丽娅·德米特里耶芙娜在自己的房间里大声说，“请放心。战争是不会有的。什么时候都不会有。”

“什么时候都不会有——这简直是胡扯！”夏茨基出其不意地回答她说，“不出今夜石菊就要复活。您知道在哪里吗？就在阿达莫夫面粉厂附近。我们去那边溜达一下，看看是不是这样。”

他又开始胡言乱语了。玛丽娅·德米特里耶芙娜带他离开，给他服了“别赫捷列夫片”，安顿他睡下了。

我也想尽快结束手头这部长篇小说的创作，以便开始写一本关于消灭沙漠的新书。于是，脑子里也出现了《卡拉-布加兹海湾》的模糊构思。

我离开利夫内是深秋时节。临走前我特意去以前的房东家告别。

老太太仍然是卧病在床。老头子不在家。波琳娜把我送到了城边上。

天色有些昏暗。车辙里的冰碴儿发出嚓嚓嚓的声响。果园已经凋零，苹果树上还挂着一些泛红的枯叶。在似乎已经冻僵了的天空上，最后一朵被冰冷的夕阳照亮的云朵，正渐渐地熄灭。

波琳娜走在我的身旁，她很信任地拽着我的手。这个动作让我觉得她还是个小姑娘，因此心中不由得对这个孤单、腼腆的孩子充满了温情。

从城市电影院里隐约飘出一阵阵音乐声。家家户户的灯都亮了。花园上空炊烟袅袅。透过光秃秃的树枝，点点繁星闪烁。

一阵莫名的激动激荡在我心中，我想，为了这美丽的大地，或者仅仅为了像波琳娜这样的姑娘，都应该唤起人们去争取快乐而理性的生活。凡是让人忧伤和痛苦的事情，哪怕是让人流一滴眼泪，都应该被连根铲除。包括沙漠，包括战争，包括不公平，包括谎言，包括对人心的践踏。

波琳娜把我送到市区的第一排房子前。我就在那里和她告了别。

她垂下眼睛，开始解她的金色发辫，突如其来地说了句：

“从现在开始我会多读书的，康斯坦丁·格奥尔基耶维奇。”

她抬起羞涩的眼睛，跟我握了握手，疾疾地踏上了回家的路。

我乘硬座车回莫斯科，车厢里拥挤不堪。

深夜，我到车厢连接处去抽烟，打开车窗，探出头去。

火车正飞速行驶在叶落凋零的森林里。旁边的树林几乎看不见。这是凭着声音判断出来的，因为林中响彻着车轮轰轰隆隆的回声。空气好像在冰粒上被冷却了，把一种冻僵树叶的气息吹到了我的脸上。

深秋夜半的星空也在森林上空与火车一起飞奔，火车的蒸汽完全无法阻挡星星的闪烁。火车经过座座桥梁，发出了短促的哐啷声。别看火车跑得快，但也能看清车轮下倒映在一个个黑乎乎的水潭中那忽闪而过的星光——那里是沼泽，或者是小河。

火车隆隆响着，呜呜叫着，车头顶上吐着蒸汽和浓烟。叮当作响的挂灯里，蜡烛渐渐燃尽。车窗外，红色的火花星子顺着铁轨向后飞去。火车一路呼啸奔腾，沉浸在自己勇往直前的行进中。

我深信，火车将把我引向幸福。新书的构想已经在脑中诞生了。我相信自己一定能完成它。

我把头探出窗外，哼唱出一些不连贯的歌词，歌唱夜晚，歌唱俄罗斯这个世界上最亲切的地方。风儿轻拂着我的脸庞，就像姑娘散开的芬芳的发辫。我真想亲吻这发辫，这风儿，这如泉水般清凉的大地。但我无法做到这些，只能像个疯子一样前言不搭后语地唱歌，去赞叹东方天空上出现的那道淡淡的、极其柔美的鱼肚白那惊人的美丽。

我惊叹于东方天际的美丽、清澈和淡蓝，当时还不懂得这是新一道朝霞即将升起。

车窗外的美景和我内心翻江倒海的喜悦，这一切交织在一起并化作了一个决定，那就是写作，写作，再写作！

但是写什么呢？在这一刻对我来说写什么都一样，只要紧紧围绕我对大地美好的赞美和表达我对让大地远离贫困、干旱和死亡威胁的强烈愿望。

过了一段时间，这些想法就渐渐形成了《卡拉-布加兹海湾》的构思。也许，这些想法也可能成为另一本什么书的构思，但它一定是与我在那段时间所掌握的素材和体验到的情感有关。可见，构思几乎总是源于内心的。

从此，生活开始进入了一个新的轨道——即构思的“酝酿”过程，更确切地说，就是以现实的内容去充实这个构思。

研究地图

我在莫斯科搞到了一份里海的详细地图，于是就开始了在它干旱缺水的东岸各地漫游（当然只是在我的想象中）。

还在童年的时候，我就特别痴迷于地图。我可以一连几个小时坐在那里看地图，像是在读一本引人入胜的书。

我研究那些神秘陌生的河流，精巧奇妙的海岸，深入到原始森林的深处，那里只有用小圆圈标识出来的无名货栈。我还反复念着那些像诗一样的地名：尤戈尔海峡，赫布里底群岛，瓜达尔卡纳尔岛，因弗内斯，奥涅加湖和科迪勒拉山脉。

渐渐地，这些地方在我的想象中复活了，它们是如此的清晰，以至于我几乎可以凭着想象写出周游各国各地的游记。

反倒是我的父亲，一位浪漫的幻想家，对我这份对地图的痴迷却有些不以为然。

他说，这会让我今后大失所望。

“如果你今后的生活很成功，”他说，“那么你可能会去旅行，也就会为自己惹下一些烦恼。你看到的将不是你所想象的。比如，墨西哥可能就是个尘土飞扬、贫穷落后的国家，而赤道上的天空也是灰蒙蒙的，单调乏味。”

我不相信父亲的话。我不能想象赤道上的天空哪怕有一刻是灰蒙蒙的。在我看来，它应该是浓浓的蓝色，甚至连乞力马扎罗山峰上的白雪都染得靛蓝。

不管父亲怎么说，我始终没有改掉这癖好。后来，当我长大，一切都在明明白白地向我证明，我父亲的话也不完全对。

比如说，当我第一次去克里米亚时（在此之前很久，我便在地图上仔仔细细研究过这个地方），它当然与我之前的想象完全不同。

但是，正因为我事先对克里米亚有了一些想象，比起我一无所知地去到那里，这些想象会让我加倍敏锐地观察它。

每走一步，我都会发现我想象中所没有的景致，而正是克里米亚这些新的景观让我对它的印象越发深刻。

我认为，这样的情形对人对事都是一样的。

我们打个比方，比如我们每个人都有自己对果戈理的想象。但要是我们能在生活中见到果戈理的样子，那么我们一定会发现很多与我们的想象不相符的地方。而恰恰是这些地方，能够带给我们新鲜和强烈的印象。

但是，如果我们没有任何想象，那么我们便发现不了果戈理身上的许多特征，对我们而言他不过完全是一个普普通通的人而已。

我们习惯把果戈理想象得有些萎靡、忧郁和多疑。所以一见到他，我们便很快能发现他远远不是我们所想的那样——他目光有神，活泼开朗，甚至有点轻佻，爱说笑，衣着雅致，有浓浓的乌克兰口音。

我无法充分地证明我的这些说法，但我相信事实如此。

看着地图神游世界和在想象里游览各地的习惯，帮助我们更正确地认识它们在现实中的样子。

在这些地方，永远都会有您的想象所留下的痕迹，一抹色彩，一道光辉，一层薄雾，这一切使您看到它的时候不再单调陌生。

就这样，身在莫斯科的我，已经遨游了里海阴森的岸边，同时，我还阅读了许多书籍和科学报告，甚至包括描写荒漠的诗歌，总之是在列宁图书馆能找到的一切资料。

我读过普尔热瓦利斯基①和阿努钦②的著作，读过斯文·海定③和瓦姆别里、马克·加哈姆和格鲁姆-格尔日迈洛④的著述，读过谢甫琴科⑤在曼格什拉克半岛上写的日记，读过希瓦和布哈拉⑥的历

---

① 尼古拉·米哈伊洛维奇·普尔热瓦利斯基（1839—1888），俄国旅行家。

② 德米特里·尼古拉耶维奇·阿努钦（1843—1923），俄国人类学家、地理学家、人种志学家和考古学家。

③ 斯文·海定（1865—1952），瑞典探险家。

④ 格鲁姆-格尔日迈洛（1860—1836），俄国地理学家和动物学家。

⑤ 塔拉斯·格里戈里耶维奇·谢甫琴科（1814—1869），乌克兰革命民主主义诗人。曾被羁押在里海岸边的曼格什拉克半岛要塞。

⑥ 指16世纪乌兹别克人在中亚细亚建立的独立封建汗国。

史，读过布达科夫[1]中尉的报告笔记，读过旅行家卡列林[2]的游记，也读过各种地质考察报告和阿拉伯诗人的诗作。

一个人类的探索与知识的辉煌世界，在我面前展开。

终于到去里海、去卡拉-布加兹海湾的时候了，但是我却没有钱。

我去一家出版社求见社长，一位头发花白有点乏味的人，希望他与我签一本卡拉-布加兹海湾游记的出版合同。社长漫不经心地听完我的请求，说：

"为了让出版社出一本这样的书，应该放弃对苏联现实的任何想象，或者干脆就不要有什么想象。"

"为什么？"

"人们正往您的海湾里加芒硝。难道您还真想写一本有关利泻盐的小说吗？或者说您这是在嘲笑我？难道您还指望，出版社的傻瓜们能为这种荒唐的念头花上哪怕一个戈比？"

费了很大的周折，我总算在其他地方凑到点钱。

我先乘车到萨拉托夫，然后从那里乘船沿伏尔加河下行至阿斯特拉罕。在那里我又耽误了一阵子。我那点可怜的旅费花完了，要接着往前走，我就不得不在阿斯特拉罕为《三十天》杂志和当地的报纸写一些特写报道。

---

① 阿列克谢·伊万诺维奇·布达科夫（1816—1869），俄国水文地理学家，海军少将。

② 格里戈里·西雷奇·卡列林（1801—1872），俄国旅行家和自然科学家，曾绘制里海海域图。

为了写这些特写报道，我去了阿斯特拉罕草原和恩巴河。这几趟旅行，对我日后写作关于卡拉-布加兹海湾的书是有帮助的。

我乘船从里海朝恩巴河驶去，岸边是宽阔而茂密的芦苇丛。老旧的轮式船有一个奇怪的名字——“天芥菜”。就像在其他老式轮船上一样，“天芥菜”上也有许多东西是红铜的。扶手，罗盘，望远镜，各种仪器，甚至包括高高的门槛，全都是红铜的。“天芥菜”就像一个被砖头擦得亮锃锃的开始冒着热气的大肚茶炊，在浅海微浪中起起伏伏。

海豹仰着肚皮躺在温暖的水里，就像享受海水浴的人们。偶尔，它们会懒洋洋地动一动胖乎乎的鱼鳍。

在浮桥码头——鱼栈上，一群身穿蓝色水兵服、牙齿洁白的姑娘打着呼哨、嘻嘻哈哈地跟在“天芥菜”后面。她们的脸颊上，沾满了鱼鳞。

雪白的云朵和雪白的沙岛映在油汪汪的水面上，有时候简直让人难以分辨哪里是云哪里是岛。

小城古里耶夫上空弥漫着牲口粪燃烧时升起的炊烟，穿过无水的草原到恩巴河的时候，我乘的是刚刚投入运行的内燃机车。

在恩巴河岸的多索尔地区，许多湖泊的水面泛着鲜艳的粉色。湖泊间，一台台油泵正抽着石油，空气中弥漫着一股盐水味。这里的房屋都没有安窗户，而是用一种又细又密的金属丝网代替。网子外面爬满了吸血小飞虫，整个屋子也因此而变得黑乎乎的。

在恩巴河上，我和领导一起处理石油方面的事务，进行关于“石油屋顶”的交谈，在荒漠上去探险，谈轻油和重油，谈维涅楚埃尔那个著名的含石油的潟湖马拉卡伊巴，恩巴的工程师们都到这里来实习。

我亲眼见到一个工程师被避日虫咬了一口，过了一天他就死了。

中亚地区气候炎热。深夜里，星星透过尘土发出亮光。哈萨克老人们穿着又肥又短的灯笼裤在大街上走着，布料都是鲜艳的印花布，在玫瑰红的底色上是一朵朵大大的黑色芍药花和碧绿碧绿的叶子。

每次出行回到阿斯特拉罕，我都会去阿斯特拉罕报社一个同事家的小木屋。他盛情相邀，我也就会去他家住上几天。

小木屋坐落在瓦尔瓦茨耶夫运河岸边一个小小的花园里，里面盛开着一簇簇旱金莲。

我在花园的小凉亭里写我的特写报道，那个地方很窄，只能容得下一个人待着。我也在那里过夜。

记者的妻子是个病快快的彬彬有礼的少妇，她整天在厨房里摆弄着一件件娃娃衫，偷偷地哭泣——两个月前，她刚刚出生的儿子没了。

从阿斯特拉罕出发，我经马哈奇卡拉到了巴库和克拉斯诺沃茨克。接下来的情形，我都写在《卡拉-布加兹海湾》里了。

回到莫斯科没几天，我又以通讯员的身份被派往北乌拉尔的别列兹尼基和索利卡姆斯克出差。

从难以置信的亚洲酷热，我一下子到了早早入冬、遍布苔藓的山峦地带，那里天空布满阴云，地上到处是沼泽。

就是在那里，在索利卡姆斯克的一家旅馆里，我开始了《卡拉-

布加兹海湾》的创作。房间其实就在一幢过去的修道院里。屋子是拱顶结构，阴冷，除了我，那里就像是在前线，还住着三个化学方面的工程师，其中一个男人两个女人。工程师们在索利卡姆斯克的钾矿矿井工作。

旅馆里弥漫着一股 17 世纪的气息——那是香火、面包和皮革的味道。一到夜里，裹着皮袄的更夫们会敲着铁板报时，在暗淡的雪光中，建于“斯特罗加诺夫朝代”的白石膏古教堂泛着白光。

这里没有什么能让人想起亚洲来，可正因如此，不知为什么我倒感觉写起来轻松一些。

以上我三言两语讲了我写作《卡拉-布加兹海湾》的简略经过。不仅仅是详细讲述不可能，就是简单地历数所有那些会面、旅行、谈话和在路上发生的事情，都不是件容易的事。

当然，您可能也发现了，仅仅是一部分，而且是很少一部分被我放进了小说里。大部分材料都被我舍弃了。

不过这没什么可惜的。这些材料在任何时候都可能在另一本书里鲜活起来。

我写《卡拉-布加兹海湾》时，没有考虑过按照时间顺序来安排材料，而是按照我沿里海海岸收集素材的先后顺序来组织材料的。

《卡拉-布加兹海湾》出版后，批评家们从中找到了一种“螺旋结构”，并对此非常兴奋。但我对此没有刻意花一点心思。

当我写作《卡拉-布加兹海湾》时，我想到的主要是在我们的生活中有许多人和事是可以富有抒情和英雄主义色彩的，应该被生动和准确地表现出来。不管是写关于芒硝的小说，还是写在北部森林建造纸厂的小说，都是如此。

所有这一切都应该是有巨大感染力的，而且同时须有一个重要前提，那就是写小说的人必须追求真实，相信人类理性的力量，相信人类心灵的救赎力量，要热爱大地。

这些天我读到了帕维尔·安东科尔斯基的诗句，找到了其中的两句诗，很好地传达了一颗热爱生活的心灵是怎样的状态。这颗心不可能听不到，它应该能听到

来自遥远的琴声，
它预言着春天的进程，
寂静中有琴声回应
那是淙淙清脆的雪水流淌——

这是全宇宙的音乐，
世世代代流传，
为了人的快乐，
始终纯净不朽……

心灵印痕

啊，心灵的记忆

你比理性的悲伤记忆更加强烈。

——巴丘什科夫

读者常常会问写作者一个问题，为了写一本书他们要以什么方式收集素材，需要多久的时间。当他们被告知写作者通常不会刻意收集素材，往往会非常吃惊。

当然，以上所说不包括作家为了创作一本书而必须对相关科学知识有所了解。我说的仅仅是指对生活的观察。

生活素材，也就是陀思妥耶夫斯基称之为“日常生活细节”的一切，你是没法研究出来的。作家应该生活在这样的细节之中，如果可以这样表达的话，应该在其中生活，痛苦，思考，欢笑，参与到大大小小的事件之中，这样一来，每天的生活自然就会在他们的记忆和心灵中留下印记和痕迹。

我们必须要消除人们这样一种想象，那就是有的读者（甚至包括一些年轻作家）把作家想象成四处游走、手里总拿着笔记本的人，把他们当作窥视生活的职业“记录人”。

谁要是逼着自己去积累观察到的点滴，揣着笔记本到处奔波（“千万别忘了什么”），当然也能收集到各式各样的素材，但这些素材都是死的。换句话说，如果把这些观察从笔记本搬到一部生动的小说中，那么它们几乎总是会失去其表现力，看上去像是硬塞进去似的。

任何时候也不应该去想，这一丛花楸或者是这位头发花白的乐队鼓手说不定可以写进我的短篇小说里去，所以我应该特别仔细，甚至有些刻意地去观察它。这么说吧，就如同为了“尽职”去观察，或是出于纯粹事务性的原因去观察。

千万不要把那些哪怕是很成功的素材硬塞进小说中去。在合适的时机，它们会直接、自动地进入小说中，并且找到自己的位置。作家也常常会感到吃惊，当写作过程中需要它们的时候，那些早已被彻底忘记的事情和细节就会突然在记忆中闪现出来。

写作的基础之一，就是要有好记性。

也许，如果我讲一段我写作小说《电报》的过程，我以上所说的这些道理就更清楚明白了。

一个深秋，我曾在梁赞郊外住过一段时间，住的是当时著名版画家波扎洛斯京的庄园。体弱多病、和蔼亲切的老太太卡捷琳娜·伊万诺芙娜，在这里独自过着孤孤单单的晚年，她是波扎洛斯京的女儿。她的独生女娜斯佳住在列宁格勒，好像完全忘了妈妈，只是每两个月给她寄一次钱来。

这栋大房子空空荡荡，圆木砌成的墙面已经发黑。我占了其中的一个房间，老太太住在房子的另一头。要去她那里，得经过空空的门厅和好几个房间，地板上积满灰尘，走上去发出嘎吱嘎吱的声响。

除了我和老太太，这幢偌大的房子里再没有别人。它已经成了文物保护建筑。

在带用人房的园子后面，还有一个像房子面积一般大小的被废弃了的花园，潮湿，阴冷，在寒风中发出飕飕的声响。

我是来写作的，所以刚开始时我总是从早到晚都关在屋里写作。这里天黑得早。五点钟的时候，就需要点亮那盏老旧的煤气灯了，郁金香形的灯罩是磨砂玻璃做的。

后来，我又把工作时间挪到了晚上。白天短暂的时光在屋子里度过实在是可惜，我何不在这已近晚秋的时节里漫步森林和草地。

我久久地徜徉自然，观察到了不少秋的特征。清晨，草地上一个个水洼面上结着薄冰，冰下的气泡清晰可见。有时候，这些气泡就像一个个水晶球，里面包裹着杨树或桦树的树叶，它们是紫红色或柠檬色的。我常喜欢把冰敲碎，把里面冻僵了的叶子带回家。很快，在我的窗台上就积满了一大堆叶子。这些冻僵的叶子渐渐被暖和过来，散发出了一股酒味。

林中漫步最是惬意。草地上风声呼呼，林中薄冰脆响，一片忧郁的沉寂。也许是因为天上有乌云，林里更显宁静。云层压得低低的，高大的松树枝几乎伸进了云里。

偶尔，我会去奥卡河河汊上垂钓。柳叶的气味又酸又涩，刺激得脸颊都快要痉挛了。河水黑乎乎的，泛着浅绿色的光。秋天的鱼儿很少上钩，胆小谨慎。

随后，天上下起了小雨，浇湿了花园，发黑的草倒伏在地，空气中弥漫着雪的湿润。

秋天的样貌太多样了，可我当时并没有好好地把它们记下来。不过有一点我非常清楚，那就是我将永远不会忘记那秋天的悲愁与我内心轻松和纯真质朴的思绪是怎样奇妙地结合在了一起。

乌云越来越低，就像潮湿的裙裾从地面拖过，雨水也越来越凉，而心境却越发生动敞亮和轻松，文思如泉涌般自然倾泻纸上。

对秋天的感受至关重要，它能唤起你内心的种种情感和思绪。而被称为素材的东西，包括人物、事件、各个局部和细节，凭着我的经验，它们在一定时间内都很好地深藏在这种对秋天的感受之中。只要我在某个小说中触到这种对秋天的感觉，那么这一切便会立刻涌现在我的脑海，随即又会跃然纸上。

我并没有把我住的那栋老宅作为小说素材加以仔细研究。我只是单纯地喜欢它的忧郁和宁静气息，喜欢自鸣钟随意任性的报时，喜欢壁炉里桦树枝烧着散发的气味，喜欢墙上那些古老的版画（卡捷琳娜·伊万诺芙娜收藏的版画所剩不多，其大部分已被当地博物馆拿走）：布留洛夫的《自画像》、别洛夫的《背十字架者》《捕鸟者》和波琳娜·维阿尔多的肖像。

窗玻璃是那种老式的凹凸玻璃。它们闪烁着彩虹般的光彩，烛光映在上面不知为什么竟出现了重影。

所有的物件——沙发、桌子、椅子——都是浅色实木做的，由于年深日久，它们就像圣像一样，闪着亮光，散发出一股柏树的清香。

这栋老宅里还有许多可笑的东西：炬形的铜制夜灯；密码锁；

贴着“巴黎”标签的大肚小瓷瓶，瓶里的雪花膏已经干了；一束落满了灰尘的蜡制茶花（挂在一枚生锈的大铁钉上）；一个圆圆的小毛刷，它是专门用来擦呢面牌桌上的粉笔字的。

老房子里还有三本厚厚的日历，分别是 1848 年、1850 年和 1852 年的。在上面的宫廷女官名册里，我发现了普希金的妻子娜塔莉亚·尼古拉耶芙娜·兰斯卡雅的名字和叶丽扎薇塔·克萨维里耶芙娜·沃隆佐娃的名字，她与普希金也曾经有过情感纠葛。不知为什么，我竟因此而有些忧郁起来。直至今天，我也不明白自己的忧郁从何而来。也许，是因为房子里死一般的寂静吧。在奥卡河远处的库兹明水闸附近，一艘轮船上汽笛响起，这让我不由得想起了一首诗：

阴郁的白日已尽。阴沉的夜晚
如灰色的棉絮铺满了天空。
松林之后，如一个幽灵
朦胧的月亮升起。

这首诗是写给沃隆佐娃的。

一到晚上，我常去卡捷琳娜·伊万诺芙娜那里喝茶。

她的视力已经很差了，附近有个叫纽尔卡的小姑娘每天来家里两三次，帮着干一些家务琐事。纽尔卡性格阴郁，看什么都不顺眼。

纽尔卡摆好茶炊，就和我们一起喝茶。她从盘子里嘬着茶水，发出很大的声响。不管卡捷琳娜·伊万诺芙娜轻声细语地说什么，纽尔卡总是要插上一句：

“瞧您说的！胡诌嘛！”

我要是说她几句，她也会对我说：

“还说呢！好像我什么都不懂，好像我愚昧无知！”

实际上，纽尔卡可能是唯一爱卡捷琳娜·伊万诺芙娜的人了。不过，那倒不是因为卡捷琳娜·伊万诺芙娜有时会送她一顶粘着蜂鸟标本的老式天鹅绒帽子，有时会送她一串缀着玻璃珠子的发饰，有时会送她一条年久发黄的花边。

卡捷琳娜·伊万诺芙娜曾经跟父亲客居巴黎，认识屠格涅夫，也参加过维克多·雨果的葬礼。她跟我讲到这些事情的时候，纽尔卡会对她说：

“瞧您说的！胡诌嘛！”

但纽尔卡并不会坐很久，因为她要回家去安顿她那些“小不点儿”睡觉。

卡捷琳娜·伊万诺芙娜随身一直带着一个老旧的绸缎小钱包。里面装着她的所有宝贝：娜斯佳的信，不多的几个钱，护照，还是那个娜斯佳的照片——真是个美人儿，细细的月牙眉，眼神迷离——还有就是卡捷琳娜·伊万诺芙娜自己当姑娘时候的一张照片，照片已经发黄了，那简直就是温柔和纯洁的化身。

除了年老体弱，卡捷琳娜·伊万诺芙娜从不抱怨什么。不过，她的邻居，一个曾经在消防器材仓库当看门人的老人、善良又糊涂的伊万·德米特里耶维奇告诉我，卡捷琳娜·伊万诺芙娜过的哪叫什么日子啊，就只有苦。娜斯佳这已经是第四个年头没有回来了，看来她已经忘记了母亲，而卡捷琳娜·伊万诺芙娜剩下的日子却屈指可数了。说不定哪一天她就闭眼了，没来得及见女儿一面，没有最后爱抚一下女儿，没有再摸摸女儿那“美得迷人的”浅褐色头发（卡捷琳娜·伊万诺芙娜就是这么说的）。

娜斯佳会给卡捷琳娜·伊万诺芙娜寄钱，但时常也会有中断。在没有收到汇款的日子里，她是怎么生活的，谁也不知道。

有一次卡捷琳娜·伊万诺芙娜请我陪她去花园走走，因为体弱，入春以来她就没有去过。

“我亲爱的，”卡捷琳娜·伊万诺芙娜说，“请原谅我这个老太婆。我是想最后看一眼花园。还是姑娘的时候，我就在花园里读屠格涅夫，读得如痴如醉。我还亲手在花园里种了几棵树呢。”

她花了很长时间穿戴。她穿了一件厚呢大衣，围了一条厚围巾，紧紧拉着我的手，走下了台阶。

天近黄昏。花园里树叶飘零。落叶在我们脚下沙沙作响，发出很大的响声。在发绿的晚霞中，一颗星星在闪烁光芒。一弯月牙高高挂在遥远的天上。

卡捷琳娜·伊万诺芙娜在一棵被风吹得凋零的橡树下站住，一只手扶着树干，失声痛哭起来。

我紧紧地扶住她，生怕她摔倒。就像那些风烛残年的老人一样，她没有因为自己的哭泣而害羞。

“我亲爱的，愿上帝保佑你别孤苦伶仃地活到这么大岁数！”她对我说，“千万别！”

我小心翼翼地扶她回屋，心想如果自己要是有这么一个妈妈，那该多幸福呀！

傍晚，卡捷琳娜·伊万诺芙娜拿出了一沓父亲留下的信件让我读，因为年代久远，信纸都发黄了。

在这些信件中，有画家克拉姆斯柯依和版画家约尔丹从罗马寄来的信。约尔丹谈到了他同丹麦知名雕塑家托瓦尔森的友谊，以及拉特兰宫里那些令人惊叹的大理石雕塑作品。

我总是喜欢在夜里读信。屋外刮着风，吹得湿漉漉的树丛簌簌作响，油灯也发出了噼噼啪啪的声响，就像是因为寂寞在自言自语。就在这里，就在这四周阴霾的深夜，一边听着村里的更夫在外面敲着梆子，一边读着罗马的来信，不知为什么老觉得既奇特又开心。

也就是在这个时候，我对托瓦尔森产生了兴趣，后来我在莫斯科找到了所有谈到他的资料，得知他与童话作家赫里斯蒂安·安徒生是好友。几年后，我还写过一篇有关安徒生的短篇小说，这也得归功于这栋乡村老宅。

又过了几天，卡捷琳娜·伊万诺芙娜几乎是卧床不起了。她没有任何病痛，只是抱冤自己的疲惫衰弱。

我给娜斯佳往列宁格勒发了封电报。纽尔卡搬到了卡捷琳娜·伊万诺芙娜的房间，以方便及时照顾。

有天夜里，纽尔卡一边用力地敲我的墙，一边惊慌地大喊：

“快来啊！老奶奶快不行了！”

卡捷琳娜·伊万诺芙娜已经失去了知觉，只是还有一点呼吸。我试了试她的脉搏——它已经没有了搏动，只有微微的颤动，细如游丝。

我穿好衣服，点上灯笼，出门去找乡医院的医生去了。医院远在森林的深处。一道逆风，从伐木场那边吹来了一股锯屑的气味。夜已经很深了，连狗都闭了嘴不再吼叫。

医生给卡捷琳娜·伊万诺芙娜注射了一针樟脑剂，叹了口气，走了出去。临走时他说，这已经是弥留状态，但这个状况会持续很久，因为卡捷琳娜·伊万诺芙娜的心脏很好。

卡捷琳娜·伊万诺芙娜在黎明前死去了。我替她合上了眼睛。也许我永远也不会忘记那一幕，当我小心翼翼地合上她那半开半闭的眼睑时，一滴浑浊的眼泪突然从她的眼眶里滚落下来。

纽尔卡已经哭得都快喘不上气来了，她将一个皱巴巴的信封递给我，说道：

“卡捷琳娜·伊万诺芙娜在里面嘱咐了，该怎样为她入殓。”

我打开信封，读了几行，那都是老人用一只颤颤巍巍的手写出来的，讲的就是她死后给她穿什么衣服。我把信递给了女人们，请她们明早来帮忙送卡捷琳娜·伊万诺芙娜最后一程。

后来我就去墓地选墓址去了，待我回来，卡捷琳娜·伊万诺芙娜已经被穿戴整齐，安卧在桌子上，我走到旁边停了下来，非常吃惊。

她身材单薄苗条，就像个小姑娘，身上是一件老款式的金色晚礼服，裙摆长长的，随意地盖在了她的脚上。一双小巧的黑色麂皮鞋露在了裙摆外。她双手握着蜡烛，手上戴了一副长及胳膊肘的羊皮白手套。在她的胸衣上，还别着一束鲜红的绢制玫瑰花。

她的脸上蒙着一块方巾，若不是一段干枯皱巴的胳膊肘从袖口和白手套间露了出来，人们一定会以为这里躺着的是一个身材匀称的年轻女子呢。

娜斯佳迟来了三天，她到的时候，葬礼早就举行过了。

以上讲的这一切，就是创作的生活素材，小说将从中诞生。

从本质上看，周围的氛围，所有的细节，乃至于这幢木屋老宅，还有这秋色——所有这一切与卡捷琳娜·伊万诺芙娜的处境完全协调，包括她晚年所承受的这种凄凉悲戚的境遇。

不过，当然并不是我所看到的一切都被写进了《电报》。许多东西都没有被放进去，不过这也是经常有的事情。

哪怕是写一个小短篇，你都需要像人们用创作语言所说的，对大量素材进行“提升”，并从中选出最有价值的东西。

我曾经观察过那些演次要角色的好演员们是怎样工作的。这个演员在整部戏里只有两三句台词，但是他会刨根问底地问剧作家，这个人物的性格、外貌，还有他的经历，甚至还有他的出身背景。

演员需要准确地掌握这些情况，才能把这两三句台词说好。

作家要面对的情况也是这样。为了写一个小故事，他的素材储备应该比所需要的量大得多。

我刚才讲述的是《电报》的创作。不过，每篇小说都有其创作经过和所运用的素材。

有一年的冬天，我住在雅尔塔。一开窗，干枯的橡树叶便会飘落进来。树叶被风吹得在地板上翻来滚去，发出窸窸窣窣的声音。这不是那种百年橡树的叶子，而是长在克里米亚高原坡地上那种低矮橡树的叶子。

入夜，雪山上吹来阵阵寒风。在闪烁的星光下，白雪发出奇幻的光芒。

诗人阿谢耶夫住在旁边，他创作了歌颂英雄西班牙的诗作（当时正值西班牙事件发生之际），就是那首《巴塞罗那古老的天空》。

诗人弗拉基米尔·卢戈夫斯基用他那低沉雄壮的嗓音唱着一首古老的英格兰水手歌曲：

别了，陆地！船正驶向大海，

连海鸥飞翔的痕迹都留在了船尾之外……

每天晚上，我们都聚在收音机旁，一起收听西班牙战况。

我们曾经去过希美伊兹天文台。一位头发花白的天文学家曾教我们看星空——在深邃的苍穹下，稀稀落落的星星在遥远处闪烁着亮光。

望远镜在天文台圆屋顶下缓慢地移动着，钟表的机械发出了叮叮当当的声响。

有时候，黑海舰队舰艇进行实弹演习的炮声会传到雅尔塔。低沉的炮声从高原的草地上滚过，长颈玻璃瓶里的水被震得晃动起来，接着炮声就传到了茂密的松树林中，消失了。

深夜，一架架看不见的飞机在天空中呼啸而过。

我读着弗兰克写塞万提斯的书。这本书篇幅不长，我已经读了好几遍了。

此时，四个爪子的徽标[①]开始在欧洲很快横行蔓延。亨利希·曼、爱因斯坦、雷马克、斯蒂芬·茨威格——这些在德国很有声望的人士——都离开了祖国，他们不情愿充当“褐色瘟神”[②] 和恶棍希特勒的帮凶。在自己的内心深处，这些流亡者对人道主义的胜利有着坚定不移的信念。

盖达尔把一只毛茸茸的大狼狗带到了我们的屋里，大狗瞪着一双笑吟吟的黄眼睛。他说这是一只山地牧羊犬。

盖达尔当时正写着他那部最令自己费神的小说——《蓝色茶杯》。他装着对文学一窍不通。他通常就爱装得头脑简单。

夜里，黑海发出了幽幽的涛声。其实它在白天也会发出声响，只是听不清楚罢了。在涛声的伴随下，写作变得轻松一些了。

这些便是当时“日常生活”的一系列细节。根据这些素材，我写出了短篇小说《猎犬星座》。在这篇小说中，大家可以找到以上我所说过的一切：干枯的橡树叶，头发花白的天文学家，隆隆炮声，塞万提斯，坚定不移地相信人道主义胜利的人们，山地牧羊犬，飞机的夜间飞行，等等。

当然，所有这一切都有另一种关联性，并且进入到构思好的情节中。

当我在创作这篇小说时，我始终努力保持着自己对夜里冷飕飕的山风那种感觉。这感觉似乎成了这篇小说的主题。

---

① 指德国纳粹的徽标。

② 指法西斯党徒。

钻石般的语言

我们语言的价值令人惊异：哪怕一个语音，也是一份馈赠。个个饱满圆润，如粒粒珍珠。的确，有的称名比实物更加珍贵。

——果戈理

矮树丛里的源泉

俄语中有许多词本身就散发着诗意，如同珍贵的宝石天然就散发出神秘的光泽。

当然，我知道宝石的光泽没有什么神秘可言，因为任何一个物理学家都能用光学原理清清楚楚地解释这种现象。

但宝石的光芒仍然会使人感到神秘。让人们难以接受的是，宝石的内部明明没有任何光源，可它依然闪闪发光。

人们对许多宝石是这样的态度，甚至对普普通通的海蓝宝石也是如此。它的色泽真是难以形容。直至今日，大家也没有找到一个合适的词来形容它。

顾名思义，海蓝宝石（原为海水之意）是呈海浪之色的。不过并不尽然。它的深处透出的是柔和的淡绿和浅蓝。但其独特之处却在于，它由内向外放射出一种纯银色的光芒（准确说就是银色，而不是白色）。

如果你仔细观察海蓝宝石，就能看到里面似乎有一片静静的闪烁着星光的海面。

显然，正是海蓝宝石和其他宝石这种独特的色泽和光芒，使它们产生了神秘感。对我们来说，它们的美是无法解释的。

相对而言，我们语言中许多词何以散发出“诗意光芒”则比较容易解释。显然，一个词要显现出诗意，其前提是它所表征的概念对我们来说具有诗意的内涵。

但是，在我们的想象力所及范围，一个词展现的内容（而不是它所表达的概念），比如就类似于“闪光”这种普通的词汇，要解释起来也是相当困难的。这个词的声响本身，就好像是表达一种夜间由远处闪电而传导过来的亮光。

当然，对词语的感觉是相当主观的。我们不应该将其固化，并使之成为共同的准则。我个人是这样来聆听和接收这个词的。但我不会将自己的感受强加给其他的人。

只有一点毫无争议，那就是大多数充满诗意的词汇，都和我们的大自然紧密相关。

俄罗斯语言只有对那样的人才会彻底展现自己神奇的魅力和丰富多彩的宝藏，他对人民要有赤子之爱和“刻骨铭心”的了解，他要感受得到祖国大地所蕴藏的内在之美。

大自然中所存在的一切：水，空气，天空，云彩，太阳，雨滴，森林，沼泽，河流和湖泊，草原和田野，花朵和青草，这一切在俄语中都有大量美妙的词汇和称谓。

为了证明这一点，为了学习掌握丰富和准确的词汇，我们还应该阅读如卡伊戈罗多夫、普里什文、高尔基、阿·托尔斯泰、阿克萨科夫、列斯科夫、蒲宁等其他许多作家的作品，他们都是擅长描述自然和谙熟人民语言的行家，除此，我们的语言还有一个主要的和永不枯竭的源泉——那就是人民的语言：农民的，船夫的，牧人的，养蜂人的，猎人的，渔夫的，老工人的，森林巡查员的，浮标管理工的，手工业者的，乡村画家的，手艺人等一切普通人的语言，他们不说则已，一说字字是金。

与一个护林员的相遇，让我对这一点更加清晰明确。

印象中我好像在什么地方说过这件事。如果属实，那么请原谅我再一次不厌其烦地讲一讲这个老故事。谈到俄罗斯语言的话题，这个故事很有意义。

我和这个护林员在矮树林里漫步。远古时这里曾是一大片沼泽，后来沼泽的水干涸了，长出了植物。现在，只有厚厚的年深久远的青苔，一个个散布于苔藓中的亮晶晶的小水洼和遍地的矶踯躅，才会让人想起来这里曾经是沼泽。

我不大赞同现在人们普遍对矮林树那种不以为然的态度。矮林树自有其独特妙处。里面有各种树的幼龄树：云杉树和松树，白杨和白桦树，它们密密麻麻、和谐地生长在一起。林子里永远都敞亮洁净，就像节前农舍里的客堂。

每一次，当我走进矮林树，我就感觉画家涅斯捷罗夫正是在这里找到他风景画中的各种细节的。这里的每一株细细的树干和枝丫，都像生长在画中一样独立、鲜活，显得十分赏心悦目。

我前面说过，在矮林树的苔藓中有许多小小的水塘。它们看上去真是死水一潭。不过你如果靠近了仔细观察，就能发现从水塘深处有一股股静静的细流一直在往外冒，干枯的越橘树叶和发黄的松针在水塘里打着转。

我们在这样一个水塘边停住了脚步，足足地喝了一通水。塘里的水带着一丝丝松节油的气味。

“泉水！”护林员看到水塘里有一只甲虫从底下冒上来，接着又沉入了水底，“也许，伏尔加就是发源于此吧？”

“是啊，大概是的。”我附和道。

“我是词源研究的狂热爱好者，”护林员冷不丁地说了一句，有些不好意思地笑了笑，“你说怪不怪！常常有这样的事情，一个词儿它缠上了你，让你怎么也不得安宁。”

护林员沉吟了一会儿，扶了扶肩上的猎枪，问道：

“听说您好像在写书？”

“对，是在写。”

“也就是说，您对每个字的含义都该是十分清楚的。可我不管怎么想，也很难找到某个词的解释。走在林子里，一个词接着一个词地浮现在脑海里，可你怎么也想不出来，这些词是怎么来的。无论如何也想不出来。我没知识。没读过什么书。可偶尔也能找到一个词的解释，甭提多高兴了。有什么好高兴的呢？我又不用教孩子们读书。我是个护林员，一个普普通通的看林人。”

“那您现在想到的是哪个词呢？”

“就是眼前的这个源泉。这个词我早就注意到了，一直都在琢磨它。应该考虑到它的来由，而且水是由它而生的。泉源生出了河流，河流一路流啊流，流过了我们的大地母亲，流遍了祖国各地，抚育了我们的人民。您看，它把三个词放在了一起：源泉，祖国，人民。[①] 这三个词就像是一脉亲缘！”他重复了一遍，笑了起来。

这几个普通简单的词汇，为我打开了我们语言最深层的根系。

人民大众自古以来的所有经验，以及他们性格中的全部诗意，都饱含在了这些词汇当中。

语言与自然

我确信，要完全掌握俄语，要不失掉这种语言的语感，不仅仅是必须保持经常与普通俄罗斯人的交流，更需要去亲近牧场、森林、河流、老柳树、婉转啼鸣的鸟儿和榛树丛下点头的每一朵小花。

应该说，每个人都有发现所带来的那种幸福一刻。我的这一刻发生在一个夏季，在树木葱翠、绿草如茵的俄罗斯中部，那是一个雷雨和彩虹交替的夏天。

在这个夏天，有松涛阵阵，有鹤鸣声声，有大朵的白云，有星光闪烁的夜空，有一丛丛芬芳繁茂的绣线菊，有雄鸡英武的打鸣，有黄昏草地上姑娘的歌声荡漾，姑娘的双眸被落日余晖染成金色，第一缕薄雾在山间弥漫缭绕。

这个夏天，我重新认识了——通过触觉、嗅觉和味觉——很多词汇，以前我也认识它们，但显得遥远而缺乏体会。过去，它们对

① “源泉”“祖国”和“人民”这三个词的俄语具有共同的词根（род）。

我而言只是一个普通贫乏的形象。而这个夏天之后，每一个词对我来说都蕴涵了无数生动的形象。

这究竟是哪些词呢？它们多得让我不知从何说起。那就从简单的说起，说说“雨”吧。

当然，我知道雨有毛毛雨、太阳雨、绵绵细雨、蘑菇雨、疾雨、呈带状的雨、斜状雨、骤雨，最后还有暴雨（也就是瓢泼大雨）。

但是，知道这个词是一回事，而亲身体验这些雨，明白它饱含着怎样的诗意，与其他的雨相比有什么独有的特征，这就是另一回事了。

亲身体验之后，这些词汇就生动鲜活起来，就会产生更强烈的印象。在每一个词的背后，你能看见和感受到你所说的是什么，而不是习惯性或机械地把这个词念出声而已。

顺便说一句，作家的语言如何对读者产生影响，这是有其独特规律的。

如果一个作家在写作的时候看不到自己笔下所写的词语背后有什么内容，那么读者也就看不到这些词语后面的内容，哪怕你用的词语是多么的华丽精彩。

但是，如果一个作家非常清楚地知道自己所写词句的内涵，那么，哪怕最普通平凡的字眼也会被赋予新意，对读者产生强大的感染力，唤起作家想要传递给他们的思想、感觉和情绪。

显然，被称作潜台词的秘密就在于此。

让我们还是回到雨的话题。

下雨是有许多征兆的。太阳躲进乌云，炊烟紧贴地面，燕子低飞，公鸡不按时辰打鸣，白云在空中拉出长长的一道雾霭，这都是下雨的征兆。而临到下雨，即使还没有乌云满天，但空气中已弥漫着轻柔的水汽。这水汽大概是从下雨的地区飘过来的。

接着，天上就开始掉点儿了。民间词汇“掉点”就很好地传达了雨初下时的情景，稀稀拉拉的雨滴落在满是尘土的道路和房顶上，留下了一个个小小的黑点。

紧接着，雨开始哗哗落下。刚刚被雨水打湿的土地，散发出了一股清爽奇妙的味道。不过这味道持续得并不久。湿湿的青草，尤其是荨麻的味道很快弥漫开来。

从本质上说，这些并不取决于要下什么样的雨，它刚一开始下，人们总是很温柔地称它为小雨。“小雨快下来了”，“小雨下大了”，“小雨湿透了小草”。

让我们先来分清楚雨的几种不同类型，当我们对它有直接感受的时候，就会明白这个词是怎么生动起来的，这也能帮助作家准确地运用它。

疾雨和蘑菇雨有什么区别呢?

“疾”的字面意思，就是快速的、飞快的。疾雨就是垂直有力地落下的雨。它总是带着由远及近、万马奔腾的喧嚣声。

疾雨落下的时候，河上的景色特别好看。每一个雨滴都在水中打出了一个圆圆的水窝，像个小小的水杯，在雨水落下停留的那个瞬间，还能看到这个水杯的底部。雨滴闪着亮光，像一粒粒珍珠。

与此同时，整个河面响起了一阵阵玻璃碰撞的声响。根据声响的高低，我们便能判断，雨是下大了还是雨停了。

而蘑菇细雨则是从低垂的云中滴落下来，积成水洼，水温总是暖暖的。它从不大声喧哗，而是令人昏昏欲睡的低声絮语，只有在树丛里才能听出它窸窸窣窣的声音，就像一只软软的爪子一会儿挠挠这片树叶，然后又挠挠那一片树叶。

森林中的腐土和苔藓不慌不忙地把雨水充分地吸了进去。所以，雨后就有蘑菇从里面茁壮地生长出来——有黏糊糊的伞菌，黄黄的鸡油菌，牛肝菌，绯红的松乳菇，密环菌和无数的毒菌。

下蘑菇雨的时候，空气中弥漫着一股烟味，狡猾谨慎的鳊鱼在这个时候最容易上钩。

人们把太阳天里下的太阳雨称作“公主哭了”。在太阳光的照耀下，雨滴就像是大滴大滴的泪珠。不是童话里美丽的公主，谁会因痛苦或高兴而流出这么多的眼泪呢！

下雨时光线的变幻和各种各样的声响真让人久看不厌、久听不烦：雨点打在屋顶木板上有节奏的嗒嗒声，水管里急促密集的簌簌声，或者如人们所说像一堵墙似的倾泻而下的哗哗声。

以上这一切还仅仅是关于雨的一个小小的部分。但就是这一点点，也足以让一个作家火冒三丈，拉下脸对我说：

“我宁可描写生气勃勃的街道和房屋，也不去写您说的那些让人厌烦和死气沉沉的自然。除了令人不愉快和不方便，雨当然没什么好处。您就是个幻想家！”

俄语中有多少绝妙的词语可以用来描述这些所谓的天气现象啊！

夏季，雷雨席卷大地后消失在了地平线外。而老百姓爱把乌云过去了说成是乌云散开了。

闪电时而笔直地从天空劈向大地，时而从黑漆漆的云层中迸出，仿佛一株株被连根拔起浑身长满枝条的金树。

在雨烟朦胧的远方，彩虹升起了。雷声时断时续，闷声闷气，像是怒吼，把地都震得晃动起来。

不久前我住在农村，有个雷雨天，一个小男孩跑进了我的房间，他的两眼因为兴奋睁得大大的，他对我说：

“咱们去看打大雷吧！”

他说雷这个词用了复数，他没有错：那天的雷声的确是铺天盖地，响彻四方。

小男孩说的“看打大雷”，让我想起了但丁《神曲》中所说的“太阳光没有出声”。两者都是概念的错位。但是，这样的错位却赋予了词语以更加强烈的表现力。

我也曾经提到“远处闪电反光”一词。

这种闪电光往往出现在七月，那是庄稼成熟的时节。因此民间有一种说法，说是闪电光“照熟了庄稼”，因为它的夜间照明，庄稼就成熟得更快了。

与闪光同样富有诗意的另一个词就是“霞光”，这是俄语中最美的字眼之一。

这个词念出来时永远都是轻声的。你完全不能想象，这个词怎么能大声喊出来。因为它说的是寂静的深夜将尽之时，乡村果园的树梢上已升起一抹清澈的淡蓝。“天刚麻麻亮”，对这个时辰老百姓是这么说的。

在这霞光照亮的时刻，启明星还低低地挂在大地的上空。空气清新，如汩汩的泉水。

在拂晓的霞光中，有一种如处子一般纯洁的东西。霞光中，青草沾满了露珠，树林间散发出一股暖暖的奶香。村外，牧人的笛声已在晨雾中响起。

天色亮了。温暖的农舍里还是一片沉寂，昏暗。黄灿灿的霞光打在圆木搭起的墙面，一根根圆木如同被照亮的琥珀。太阳升起来了。

秋天的朝霞则是另外一个样子，它是阴沉沉慢腾腾的。白昼不大情愿被唤醒，因为朝霞反正也暖和不了冻僵的土地，或者唤回笑吟吟的太阳。

一切都在凋零衰败，只有人不肯屈服。天刚亮，人们就在屋里生起了炉子，炊烟开始在村庄上空袅袅升起，蔓延大地。接着，淅淅沥沥的晨雨就会打在蒙着一层水汽的窗玻璃上。

但霞光不仅仅有朝霞，也有晚霞。我们常常混淆了这两个概念——太阳升起时的霞光和落下时的霞光。

晚霞在太阳西沉后渐渐出现。它主宰着逐渐变暗的天空，向天空抛洒出了丰富的色彩，从赤金色到松石的绿色，最后将天空带入暮色与漆黑的夜晚。

树丛中长脚秧鸡叫开了，鹌鹑和大麻鸻也咕咕叫起来，最初出现的星星在闪亮，而晚霞还停留在雾蒙蒙的远方不肯离去。

北方的白夜，也就是列宁格勒的夏夜，那里则有不消失的晚霞，或者说是两个霞光的接续，即晚霞连着朝霞。

在对白夜准确和生动的描述上，没有谁能超过普希金了：

> 我爱你，彼得建造的城，
> 爱你端庄整齐的容颜，
> 爱涅瓦河滚滚的激流，
> 爱花岗石砌成的河岸。
> 我爱你围墙上铁铸的花纹，
> 还有清澈透明的黄昏，无月的光亮，
> 那时，我独坐自己的书房
> 读书写作，无须点灯，
> 沉睡的高楼那么清晰
> 还有空旷的街道，明亮闪耀的
> 是海军部高高的塔尖，
> 啊，深夜的黑暗并未降临
> 在金光灿烂的苍穹，
> 朝霞飞快地连接起晚霞，
> 只留给夜晚半个时辰。①

这些诗句，不仅仅是诗歌的巅峰。它也不只饱含着准确性、心灵的清澈和宁静，同时也蕴涵着俄罗斯语言的全部魅力。

---

① 出自普希金《铜骑士》的序诗。

如果我们可以提出这样一个设想，那就是俄罗斯诗歌有一天消失了，俄语也消失了，只留下了这么几行诗，那么，诗句中我们语言的丰富性和音乐性对每个人来说也都是清楚明白的。因为普希金的这些诗句就像魔幻的水晶球一样，聚集了我们的语言所有不同凡响的特质。

创造了这种语言的人民，是真正伟大和幸福的人民。我们大家都明白这一点吗？如果我们不守护好自己的语言，允许不学无术和无知的人歪曲滥用甚至把它变得干巴巴含混不清，那么我们就是我们的文化和祖国，乃至于人类最大的背叛者。

花花草草

不只有那个护林员在寻找词的解释。许多人都在找词的解释。在没有找到之前，他们的心总是放不下的。

我记得，有一次在谢尔盖·叶赛宁的诗歌中看到了一个词“свей”，真是令我太惊异了：

> 在风吹起的“свей”
> 绳索拴住了我的脖颈，
> 领着我在沙地上行走，
> 爱上了忧愁……

我不明白“свей”是什么意思，但是感觉它一定包含着诗意。

就像这个词汇似乎与诗意有着天然的联系。

我很长时间都没有理解这个词的词意，而所有的猜测也都没有得出什么结论。为什么叶赛宁会说“被风吹起的свей”？显然，这个词应该跟风有着某种联系。但是究竟是什么联系呢？

后来，我终于从一个作家和方志学家尤林那里知道了这个词的含义。

凡是涉及与俄罗斯中部的自然、生活和历史有关的事情，无论是什么细枝末节，尤林都会锲而不舍、兴致勃勃地进行探究。

尤林的这个特点让我想起那些热爱家乡的地方志行家，他们总是不懈地发掘考察和收集本地在地理学、植物学、动物学和历史学方面有意义和有特色的东西。

尤林来到乡下看望我，和我一起去河边的草地上散步。沿着洁净的河滩，我们向着小桥走去。前一夜曾经刮过风，所以河滩上的沙子就像往常刮过风的沙地一样，起了一道道波纹。

“您知道这叫什么吗？”指着沙地上的波纹，尤林问我。

“不知道啊。”

“叫свей（沙皱），”尤林回答我，“风吹在沙地上就形成了这种波纹。所以就有了这个词。”

我一下子高兴起来，就像那个护林员找到了一个词的解释。

我终于明白了叶赛宁为什么会写出“被风吹起的свей”，还提到了沙子。最令我高兴的是，这个词就像我猜测的那样，是自然界中普通却有诗意的现象。

叶赛宁的故乡康斯坦丁诺沃村（现在叫叶赛宁诺）离奥卡河不

远。高高的河岸凸出部分挡住了我们继续向前。

太阳总是落在那一边。从那以后，叶赛宁的诗歌对我来说就是对奥卡河最壮阔的落日景象和湿润牧场的最完美的描述，牧场上满是雾霭，还有从林子里飘过来的蓝幽幽的烟雾。

在这个似乎渺无人烟的草地上，我曾经遇到过不少事，也有过许多意想不到的相遇。

有一次我在一个小湖边钓鱼，湖岸高耸陡峭，长满了悬钩子。湖的周围密密麻麻地生长着古老的柳树和黑杨，所以风终年刮不到湖面，哪怕是在太阳天，湖面上也是昏暗无光的。

我在紧靠湖边一片浓密的树丛里坐下，从岸上面看根本发现不了我。湖岸边开满了黄色的菖蒲花，再往前是浑浊而又深深的湖水，湖底还不停地往上冒着气泡——大概是鲫鱼在湖底的淤泥里找食物吧。

在我头顶上面，长满了齐腰深的野花，几个乡村的孩子正在里面采酸模。听声音，应该有三个小姑娘和一个更小的男孩。

两个小姑娘正在模仿生养了好多孩子的农村妇女聊天。她们也可能是在模仿自己的母亲罢了。这是小孩子常玩的游戏。另一个姑娘则始终没有说话，只是用细细的嗓音不停地唱：

空袭惊报拉响，

一个漂亮小妞出生……

下面的歌词她就记不得了，停了一会儿，她又从头开始唱这首警报歌。

“惊报，惊报!”一个姑娘沙哑着嗓子气呼呼地说，“我整天忙里忙外地操劳，就是为了让这帮小崽子们到学校去学点东西，可你看他们在学校里学了什么？连一个词儿都不会读！应该念‘警报’，而不是‘惊报’！我去告诉你爹，让他教训教训你。”

“而我家那个别契卡呢，”另一个小姑娘说，“前一阵子才得了两分。算数。我把他一顿饱揍，手都打麻了。”

“你胡扯，纽尔卡!”小男孩用低低的嗓音说，“是妈打的。就轻轻打了几下。”

“一边去，你这个鼻涕虫!”纽尔卡喝住了他，“看你还在我面前多嘴!”

“听着，姑娘们!”沙哑嗓的姑娘高兴地喊道，“嗳，我现在告诉你们一件事儿啊！就在那边鸟滩附近有一棵树。一到晚上，这棵树从上到下都在冒蓝色火苗！火烧得可大了！就这么一直一直烧，直到天亮。谁也不敢接近它。”

“它为什么烧啊，克拉瓦?”纽尔卡怯生生地问道。

“下面有宝藏，”克拉瓦答道，“在树下藏着宝贝呢。是一支金笔。谁要拿到了这支笔，写出自己最希望得到的东西——它们立马就会出现在你眼前。”

“快给我!”小男孩要求道。

“给你什么?”

“金笔啊!”

“快离我远点！”

“给我！”小男孩突然用让人讨厌的粗嗓门哭喊起来，“快把金笔给我，你这个蠢货！”

“好呀，你敢撒野？”纽尔卡大喊一声，随即啪的一声脆响，“简直是我的灾星！我干吗要把你生下来啊！”

不知道为什么，小男孩竟然立刻就老实了。

“你呀，我亲爱的，”克拉瓦用装出来的亲切口吻说道，“别打自己的孩子了。再打的话，用不了多久就会被打死的。你得像我这样，要好好教育他们，懂道理。要不然一个个都是废物，对自己对别人没有一点好处。”

“教什么呀？”纽尔卡生气地回答说，“你来教教看！他照样气死你！”

“不教怎么行！”克拉瓦反驳道，“什么都得教他们。你看他死活要跟我们来，来了又胡闹，你看看周围的花，这朵跟那朵都不一样。这些花起码得有好几百种吧。可他知道吗？他啥也不知道。连这种花叫什么，他都不知道呢。”

“叫鸡肠草。”小男孩说。

“这不是什么鸡肠草，是肺草。你才是鸡肠草呢！”

“是飞草！”小男孩甚至有些兴奋地学舌道。

“不是‘飞草’，而是‘肺草’。好好说。”

“肺草，”小男孩慢慢地重复道，接着又问，“那这又是什么花呢，粉色的这个？”

“这是薄荷。来跟着我念：薄荷！”

“嗯嗯，薄荷。”小男孩随声附和道。

“你别啰唆，跟着我念就是了。而这个是绣线菊。看看它多香啊！看看它多娇美啊！想要吗，我帮你摘？”

看得出来，小男孩挺喜欢这个游戏。他一边气喘吁吁，一边跟在克拉瓦后面念花的名字。而她则不停地说着：

“瞧瞧，这个是猪殃殃。这是睡莲。这还有个带白铃铛的。这还有杜鹃泪。”

我听着，真是吃惊不小。这个小姑娘竟然能知道这么多花的名称。她叫出的花名有：女娄、紫茉莉、石竹、荠草、细辛、皂根、菖蒲、穿心排草、百里香、金丝桃、白屈菜，还有其他许多的花花草草。

可是，这堂令人惊异的植物学课被突然打断了。

“我被刺扎到啦！”小男孩突然间扯开嗓门哭喊道，“你们把我带到了什么鬼地方啊，你们这帮傻瓜?！就往有刺儿的地方钻！我现在家都回不去了！”

“喂，小姑娘们！”远处一个有点苍老的声音喊了一句，“你们干吗欺负一个小男孩呀？”

“嗯，是他自己，帕霍姆大爷，是他自己扎了的！”一直在保持着纯正发音的克拉瓦大声地答道，接着又压低了嗓音对小男孩说：“哎哎哎，你这个没良心的！你自己才在欺负别人呢！”

只听得那位老人走近了孩子们。他朝下面看了一眼，看到了湖面上有我的钓竿，说：

“人家在下面钓鱼，而你们却在上面大吵大闹。这草地这么大，你们就在这里闹!”

“在哪里钓鱼呢?”小男孩急忙问,“让我也钓一会儿吧!”

“你去哪儿?”纽尔卡大喊一声,“还想掉水里去啊,一点儿也不听话!”

孩子们很快就散开了,所以我并没有见到他们的模样。可那个老头仍然站在岸上,想了想,礼貌地咳了几声,有点迟疑地问道:

“公民,您,带着烟吗?”

我回答说有。于是老头就稀里哗啦地从上面冲到我面前讨烟,那悬钩子老是钩住他,气得他一路骂骂咧咧。

老头又瘦又小,可手里却握着一把大刀。刀子是放在皮鞘里的。见我对这把刀有些不放心的样子,老头急忙向我解释道:

“我是来砍柳条的。用来编柳条筐和篮子。我就是做些小玩意儿。”

我对老头说,刚才有个小姑娘很棒,认识所有的花花草草。

“那是克拉瓦吧?”他问,“她是农庄马倌卡尔纳乌霍夫的小女儿。她可没有什么不知道的,她的奶奶可是全地区的植物草药王!您该去跟她奶奶聊聊。准会让您大饱耳福。真的。”他说完沉默了一会儿,叹了口气。“每朵花都有自己的名儿……也就是说花也有户籍登记。”

我吃惊地看了他一眼。老头又要了一支香烟,转身走了。很快,我也就离开了。

走出树丛,我来到牧场的大路上,远远地看见前面走着三个小姑娘。她们手里都握着一大把花。其中一位手里还牵着一个年纪小小的男孩，男孩头戴着一顶大便帽，光着两只脚丫。

小姑娘们走得很快。只见她们的小脚丫不停地挪动着。一阵尖细的歌声传了过来：

空袭惊报拉响，

一个漂亮小妞出生……

太阳已经落到了奥卡河对岸和叶赛宁诺村子的那一边，淡红的余晖斜斜地照在东边那密得像一堵墙似的森林上。

词　典

有时候我会突发奇想，比如，我要是能编几本俄语新词词典该多好啊（当然，现在已有的综合词典除外）。

一部收入有关自然的词汇，一部收入生动准确的方言，一部收入各行各业的行业用语，一部收入生僻不用，以及外来词和俄语中粗鄙不堪的词汇。

最后一部字典是为了告诫人们，让大家远离那些拙劣的文理不通的字句。

自从我在草场湖边听那位嗓音有些沙哑的小姑娘如数家珍般说出各种花草名称的那一天，我的脑子里就突然有了一个念头，那就是收集编撰一本与自然界相关的辞典。

当然，这样一部辞典是一定会有的。每个词不仅有详解，并要附上作家、诗人和学者著作中与该词相关的或科学或文学方面的段落。

比如，在“冰溜”一词的解释中，就可附上普里什文的作品段落：

“在河岸悬崖下黝黑的穹形洞内，自上而下悬挂着的长树根渐渐变成了冰溜，它们越伸越长，眼看就要触到水面。每当微风吹起，哪怕是一阵轻柔的春风吹过水面，小小的涟漪都会触到冰溜的顶尖，让它们微微晃动，彼此触碰，发出叮当的声响，这便是春天最初的音响，是风鸣竖琴的妙音。”

而在“九月”这个词之后，附上一段巴拉丁斯基的诗是最好不过的了：

九月来了！太阳迟迟上升，
清清冷冷的光芒，
洒在镜子般平滑的水面，
闪烁出金色迷蒙的光辉。

我在考虑编撰这些辞典，尤其是有关“自然”辞典时，把它们分成了几个部分：森林词汇，田野词汇，草场词汇，还有四季时令词汇，气象词汇，水文词汇，河流湖泊词汇，植物词汇和动物词汇。

我知道，这样一部辞典应该像是一本容易阅读的书。它给予我们的不仅仅是关于自然的知识，而且还有对我们语言宝藏丰富多彩的认识。

当然，这样的工作靠个人之力是无法完成的。哪怕穷尽一生，他也力所不能及。

每当想到这部辞典，我就恨不得自己年轻二十岁。当然这并不是说我能独自完成它，我对这项工作完全陌生，但是我希望自己能参与其中也好啊。

我甚至开始为这部辞典做笔记，但不巧的是，我把它们弄丢了。靠记忆把它重新写下来，这几乎是不可能的。

我曾经花整整一个夏天来收集花花草草的名称。对照着一本旧的植物图鉴，我弄清了这些花草的名称和特性，并把它们一一记录下来。这其实是一件饶有趣味令人着迷的事情。

在此之前，我从来没有想到自然界里的每一片树叶、每一朵鲜花、每一条根须和每一粒种子既复杂完美，又彼此关联，一切皆天成合理。

这种合理性时常让人仅仅是或者是过分地关注其表面。

有一年秋天，我和朋友在奥卡河偏僻的老河道上垂钓数日。由于奥卡河改道数百年，这段老河道如今已变成了一个长长的深水湖。湖的四周灌木丛层层环绕，让人难以靠近，有几处几乎无法穿行。

我当时穿一件针织毛外套，所以上面沾满了很多扁扁的带刺的草籽，比如牛蒡、龙芽草等。

天气晴朗而寒冷。夜晚我们在帐篷里和衣而睡。

第三天下了小雨，我的外套有些发潮。半夜，我感觉胸前和双手有些刺痛，就像针扎似的。

原来，是那些又扁又圆的草籽在吸足水分以后开始舒展，像螺旋一样钻进了我的外套里。它们进了外套，穿过衬衣，在半夜终于抵到我的皮肤，开始小心翼翼地往里面扎。

这也许是解释合理性最为生动的例子之一。种子落到地上，静静地等候着几场春雨。对它来说，钻进干涸的土地就完全失去意义了。但是，只要土地被雨水浸湿，种子会吸满水分，开始膨胀，苏醒，像螺旋一样往地里扎，时机一到，它就会发芽生长。

我又脱离了“叙述的主线”，讲到草籽的事上来了。不过当我讲到草籽，突然间想起了另外一个奇怪的现象。这里我不能不提一提。何况这种现象跟文学还有某种关系，虽说这关系有点远，但我这么一说也就是个单纯的比拟，也就是它涉及什么样的书能流传下去，什么书经不起时间考验会被丢弃，就像那朵感伤的小花，“未及绽放就凋零在雾蒙蒙的清晨了”。

我讲的是普通椴树那种浓郁的花香。这种树富有一种浪漫色彩，在我们的公园里常常可以见到。

这种花香只有远距离才能闻到。靠近它反而毫无察觉。这种香味就像一个巨大的圆环，将椴树紧紧包围在自己的中央。

这种现象自有其合理性，只是我们对此并不知晓。

真正的文学，就像这椴树的花朵一般。

要检验和评价一本书是否具有魅力和完美，要感受它的气息和不朽之美，就必须要有时间的距离。

如果时间能够像抹去记忆一样泯灭爱情和其他人类情感，那么它则能使真正的文学变为不朽。

我们不妨回忆一下萨尔蒂科夫-谢德林的话，他说文学不受衰亡规律的约束。还有普希金的话："我的心灵将越出我的骨灰，在庄严的七弦琴上逃过腐烂。"还有费特的话："这片树叶虽然枯黄凋零，但会在诗歌中发出永恒的金光。"

我们还可以列举其他各国的许多作家、诗人、艺术家和学者在不同时期的相类似的表述。

这样的看法激励我们使那些"我们喜爱的思想日臻完善"，激励我们永不懈怠，激励我们去攀登艺术的新高峰。同时，它也让我们意识到，人类真正富有创造性的精神成果与灰色的、萎靡和粗俗的文学是有着天壤之别的，后者是人类生机勃勃的心灵应该完全摒弃的。

瞧，关于椴树花的讨论竟然被引申了这么远！

可见，一切都有可能引发人们的思考，所以万万不可轻视身边小事。要知道，像一粒干豌豆或一段碎玻璃瓶瓶颈这类毫不起眼的东西，便可以催生出一个个童话故事。

在以上这些插笔之后，我还是想回到凭记忆所提到的那些笔记，那是我为编撰那部辞典（这几乎就是个幻想）而写下的。

据我所知，我们有不少作家都有自己的"个人"辞典。但他们都从不示人，甚至不愿在人前提及此事。

我前面所提到的泉源、雨水、雷电、彩霞、"波纹"以及各种花花草草的名称，它们就是我凭记忆回忆起来的"为编撰辞典的笔记"。

我最早的笔记都是关于森林的。我生长在没有森林的南方，这也许令我对森林覆盖的俄罗斯中部自然更加钟情。

第一个让我完全迷恋的与“森林”有关的词汇是“荒芜之地”。当然，这个词不仅仅与森林有关，可我的确是从一个守林人口中第一次听到这个词（还有“密林”一词也是如此）。从此，在我的脑海里，它便与遍地的青苔、湿润的密林、被风刮倒的树木、腐烂的树叶和朽烂的木桩所散发的发酵味、淡绿的暮色以及四周的寂静无声等联系在了一起。“你是我亲爱的故土，我古老的荒芜之地！”

后来，我就接触到了真正的森林词汇：船用木材，山杨林，矮林，沙地林，密林，沼泽林，灾后林带，阔叶林，荒原，林边地带，护林哨，桦树林，伐木，剥后树皮，树脂，林间通道，雪松，栎树林，等等许多简单却又饱含丰富内容的词汇。

甚至像“林间路桩”或者“护桩”这种干巴巴的技术词汇，同样充满了难以形容的魅力。如果您熟悉森林，那么就一定会同意我的这个说法。

一根根不太高大显眼的路桩立在林间小道的交叉路口。在这些路桩周围总是有个沙堆，上面是高高的枯草和草莓。这个沙堆是挖桩时掏出来的土堆积而成的。路桩被推平的顶部有烙上的数字，这是“林班”的编号。

总是有好几只翅膀并拢的蝴蝶停在路桩上晒太阳，成群结队的蚂蚁则围着路桩上下忙碌着。

在这些路桩旁比在林子里暖和多了（不过也许这只是一种感觉而已）。所以，你可以在这里停留休息片刻，背靠路桩，仰望天空，听着树梢的轻声絮语。在林班线上，视野非常好。夏日的云镶着银边，在天上缓慢地移动着。或许，就这样坐上一周或者一个月你都看不见一个人。

就像这正午的寂静浸入了天空和云朵，浸入森林和低向地面枯萎的蓝色风铃草花萼，它也同样浸入了你的心底。

有时候，一两年过去后我还能认出熟悉的路桩。每回我都会想，多少时光流过，这段时间我去了多少地方，我经历了多少悲喜，而这个路桩却日日夜夜戳在这里，就像一个忠诚的朋友在等待着我的归来。它还是老样子，只是上面长出了一些黄黄的苔藓，菟丝子爬到了路桩的顶端。由于森林里很暖和，菟丝子已经开花了，散发出一股类似扁桃一样淡淡的苦味。

站在防火瞭望台上欣赏森林非常壮观。可以清楚地看到，森林是如何延伸到地平线后面，又是如何登上山丘，又降至低谷，好似沙沟上耸立起一道道坚实的城墙。有的地方波光粼粼，那是水面如镜子般平滑安静的森林湖泊，或者流淌着浅红色水流的"寒冷刺骨"的林间小溪。

从高处俯瞰，浓密苍翠的低地沼泽和雄伟壮观的林区一览无余，它无边无际神秘莫测，吸引着人们进入它谜一般的密林深处。

这种召唤令人无法抗拒。让你恨不得立刻背上行囊，带上罗盘，进入森林，徜徉在这苍翠的针叶林林海之中。

有一次，我和阿尔卡季·盖达尔就有过这样的经历。我们在森林里转悠了整整一天和几乎一夜，找不到出去的路。星星透过松树的树冠，仅仅为我们两个人照着亮，因为周围的一切已沉寂酣睡。直到天亮，我们才走到一条弯弯曲曲的林间小溪边。小溪被笼罩在一片暖洋洋的雾气中。

我们在岸边燃起篝火，围坐一旁，默默地倾听着溪水的呢喃，还有驼鹿哀伤的嘶鸣。我们就这么久久地坐着，一语不发地抽着烟，直到东方吐露出一抹最柔美的淡蓝色朝霞。

“要是就这样能坐上一百年该多好啊!”盖达尔说，“你觉得够不够?”

“未必啊。”

“反正我觉得不够。把小锅给我，咱们烧茶吧。”

他朝着黑漆漆的河边走去。我听他用细沙子在擦洗小锅，嘴里还骂骂咧咧，因为小锅的铁丝拎把不知怎么脱落了。接着，他哼起了一首我从来没听过的小曲：

茂密的林子里强盗出没
黑漆漆一片看不见人影。
利刀藏在怀里
磨得寒光凛凛。

他的歌声令我身心安宁。森林默默伫立，也在倾听盖达尔的歌声，只有溪水发出低低的嘟哝，对挡住它去路的断枝表达不满。

还有许多词汇与森林无关，但它们同样像这些词一样有感染力，深深地印在了我的心里。

俄语中与四季时令和各种自然现象紧密相关的词语太丰富了。

我们就拿早春的词汇来说吧。在被最后的严寒冻得瑟瑟发抖的时候，春姑娘的背囊中已经装满了很多美好的词汇。

解冻了，雪化了，雪水顺着屋顶滴滴答答落下。白雪积成颗粒，雪堆上开始出现孔洞，开始塌陷，变黑。雾气在侵蚀着它。渐渐地，道路变成了烂泥潭，举步维艰的泥泞季节到来了。冰封的河面上开始出现一些水洼，露出里面黑乎乎的积水。而小丘上，积雪已经化了，露出了光秃秃的斑点。在硬邦邦的积雪边缘，款冬已开始泛黄了。

接下来，河面上的冰开始缓缓移动（确切说就是移动，而不是流动），冰块开始从边缘上裂开，挪动，河水开始从各种冰窟窿和裂缝中涌出来。

不知为什么，冰块的流动常常发生在漆黑的夜里。草地和田野上的积雪也融化了，“移动的冲壑”化开的河水汩汩地流着，一路裹挟着残留的碎瓷片似的冰碴，噼噼啪啪地向前而去。

要细说所有的景象是不可能的。所以我现在要跳过夏天，直接来到秋天，说说初秋那些开始“秋天”的日子。

当大地开始凋零，我们还会遭遇一次“夏大妈”。太阳此时会放射出最后辉煌的光芒，只是这光芒已如贝壳的光泽般清冷，凉爽的空气将天空清洗得碧蓝碧蓝，上面还有一丝丝流云飘荡（至今有的地方还把这样的云称作“圣母的纺线”），纷纷落叶撒满寂寥的水面。白桦树林像一群亭亭玉立的美丽姑娘，身披着绣上了金色树叶的围巾。“秋的时节，是忧郁的眼眸。”

很快，绵绵的阴雨天开始了，呼啸而来的冰冷的“大北风”，纵横交错的阴暗的水沟，冰冻，漆黑的夜晚，冻露，暗淡的朝霞。

这样的天气延续着，直到第一场严寒的来临。大地封冻了，初雪纷纷落下，雪地出现了雪橇滑过的痕迹。冬天真的已经来临：暴风雪，雪暴，地吹雪，鹅毛大雪，田野里的路标，雪橇道上的吱嘎声，阴云密布和大雪纷飞的天空。

我们有很多词汇与雾、风、云和水紧密相关。

俄语辞典中有关河流的词汇尤其丰富：河流深水处，水底沟壑，渡船，浅滩。每当河水在平水位，轮船会难以航行，为了不致搁浅，轮船应该严格在“主航道”航行。

我认识好几位渡船船主和渡船工人。应该向他们学习俄语！

渡船就是热闹的乡村集市。它取代了民间的集会和乡村的茶舍。

哪里还能有比渡船更好的聊天去处呢。女人们一边懒洋洋地拉着缆索，一边假意地骂自己的丈夫是懒鬼；对自己的命运逆来顺受的毛烘烘的驽马一边从身旁的大车里拽出一束干草大口大口嚼着，一边还斜眼瞧着卡车上麻袋里的小猪崽在尖叫、挣扎；男人们则抽着呛人鼻子的绿色烟叶卷成的烟卷，没有烧到手指头就决不松手！

要想知道乡村的——当然不仅仅是乡村的——新闻趣事，要想听到智慧的格言和闻所未闻的故事，就应该到舱板上一道道缝隙都被干草填满的渡船上去，从河的此岸坐到河的彼岸，你只消抽着烟卷听就是了。

几乎每个船主都是久闯江湖的人，他们个个能说会道，而且妙语连珠。特别是黄昏时分，他们的谈兴最浓，这时候人们已不再频繁地来回渡河，太阳正静静地落到陡岸的后面，成群结队的蚊子在空中盘旋聒噪。

这时，他们会在棚子旁的长凳上坐下，暗示一旁不着急赶路的外地客人给一支香烟。他们一边伸出因为拉钢缆手指变粗的手接烟，一边会说“这烟真淡，只能抽着玩，过不了我们的烟瘾”，不过他们最后还是津津有味地抽着烟，眯起眼睛望着河水，打开了他们的话匣子。

总之，河岸边和码头（人们称其为浮码头或“轮渡码头”）上，或是趸船上的生活是热热闹闹和丰富多彩的，这里来来往往的人大多都是两岸的老百姓，他们有着独特的风俗和传统，为我们学习语言提供了丰富的滋养。

伏尔加河和奥卡河流域的语言尤其丰富。没有这两条河流，我们国家的生活真难以想象，如同我们不能想象我们的生活里没有莫斯科，没有克里姆林宫，没有普希金和托尔斯泰，没有柴可夫斯基和夏里亚宾，或者是没有圣彼得堡的青铜骑士和莫斯科的特列季亚科夫画廊。

用普希金的话来说，亚济科夫语言的火花令人最为赞叹，他在自己的一首诗中曾经如此美妙绝伦地描绘过伏尔加河和奥卡河。尤其是对奥卡河的描绘更加精彩。

在这首诗中，亚济科夫以伟大的俄罗斯众多河流之名向莱茵河致敬，这其中当然也包括奥卡河。

> ……河水泛滥，密林森森，
>
> 如帝王般威严、辉煌和荣耀，

流入年罗马族沙漠那一片辽阔，

面向众多可敬的河岸。

不管怎样，让我们记住那“可敬的河岸”，并为此感谢亚济科夫。

我国的方言俚语之丰富，丝毫不亚于“自然”词汇。

不恰当使用方言，往往说明一个作家的不成熟和艺术修养的匮乏。不加选择地使用生僻艰涩的词语，让普通读者难懂费解，这无非是为了炫耀自己，为此甚至不惜让自己的作品失去了生动活力。

我们已经拥有了一座高峰，那就是纯正而灵动的俄罗斯文学语言。要以方言使之更加丰富，那么就一定要有严格的筛选和高超的鉴别。因为在我国的许多地方，方言和口音中既有真正的珍珠，同时也不乏拙劣和不太入耳的字词。

说到发音，很多情况下是听上去有元音的脱落，比如“бывает”和“понимает”读出来都脱落了元音“е”。还有众所周知的“однако”一词。在写到西伯利亚和远东的时候，作家们认为这个词在几乎所有主人公的语言中都具有崇高和神圣的属性。

只有形象、悦耳和易懂的方言词汇，才能让我们的文学语言得到丰富。

要让这样的方言通俗易懂，而无须借助枯燥的释文和注解。应该把这样的词汇放在联系紧密的上下文中，即使没有作者或编者的注释说明，读者也能一目了然。

一个晦涩的字眼，足以破坏读者眼里一篇结构完美的散文的阅读兴致。

无须证明，文学的存在并产生影响力历来是以其畅晓清晰为前提的。晦涩费解和故弄玄虚的作品只有作者自己需要，而大众是绝不需要的。

空气越通透，光线就越明亮。越是朴实无华的散文，就越是美的和直击人心的。列夫·托尔斯泰曾经简洁清晰地表达过这一思想："质朴是美的必要条件。"

在我听到过的许多方言中，比如弗拉基米尔州和梁赞州的方言，其中当然有一部分是难懂和没什么意思的。但是，偶尔也会有表现力非常强的词汇，比如，这个地区至今都在沿用一个古老的词汇"视界"来表示"地平线"的意思。

在高高的奥卡河岸上绵延铺展着一片视野开阔的地带，这就是"视界村"。人们对此有个说法，说是"从视界村就能看到半个俄罗斯"。

地平线就是我们视线所能及的地方，或者换个古老的说法，就是"视线之界"。"视界"一词便由此而来。

"火焰星"一词听起来非常悦耳，这两个州（当然不仅这两个州）的人通常这样称呼猎户星座。

这个词听上去就让人想到冷冷的天空烈焰（猎户星座的确非常明亮，尤其是在秋季，它就像幽暗夜空中燃起的银色火焰）。

这样的词汇是可以为现代语言带来美感的，而像梁赞人把"淹死了"说成是"消停了"，这既没有表现力，也容易让人费解，这样的词汇在全民语言中就没有什么生存力。然而，他们用"可"来表达“可以”，则显得颇有古风古韵。

在梁赞的乡间，你至今还能听见人们这样苛责小孩子：

“唉，小家伙，怎可这样淘气！这绝对不行。”

所有这些词汇——视界，火焰星，可，或是九月变成了动词（表达初秋的寒意）——我都是在跟一位老人聊天时听来的，他有着一颗童心，是个诚实的劳动者和穷人，但他的贫穷只是因为他在日常生活中过得非常节俭。这个孤寡的老农叫谢苗·瓦西里耶维奇·叶列辛，住在梁赞州索洛特奇村。老人故于 1954 年冬。

谢苗老爹具有非常典型的俄罗斯人的性格特征——自尊，高尚和慷慨，但他的生活看上去却显得寒酸。

他对一切都有自己的说法，让人听了终生难忘。他喜欢聊小酒馆，说在小酒馆“男人像开锅的水一夜翻滚到天亮”，他们吵嘴，喝茶，抽马合烟。对农庄的茶铺，他一直表示不满，因为那里总是“凭票”（收据）供应。他觉得这简直是太差劲了：“我要那票干甚！我给了钱，你就给我端上来，这不就完了！”

谢苗老爹曾有个闪闪发光和难以实现的理想——成为一名细木工，以巧夺天工的技艺制作出令全世界为之惊叹的作品。

但是这个理想一直停留在漫长而热烈的讨论中，怎样平整服帖地镶好窗框装饰板，或者怎样修正折了的楼梯。在讨论中，他用了一整套深奥的术语，让人根本不可能记得住。

一个人把他所生活的地方都照亮了！谢苗去世了，从此以后那些地方失去了许多光彩，人们也很难打起精神再去那些地方。据说，在河边辟为坟场的沙丘和垂枝间，人们在他的坟茔上放了一个灰色的磨盘。

在寻找词语的过程中，不能有一丝一毫的疏忽大意。因为你永远也不知道，那个真正有用的词到底藏在什么地方。

为了研究海洋、海事和水手的语言，我开始阅读航海指南——船长手册。其中就有不同海洋的必要信息知识：海水深度，海水流向，风力，海岸，港口，灯塔，暗礁，沙洲，以及安全航海所必须要具备的知识。所有的海洋都有这样的航海指南。

我找到手的第一本航海指南，是关于黑海和亚速海的。当我翻开阅读，就被其中精准、独特和气势磅礴的语言所折服。

很快，我便明白了这种独特语言形成的原因：从 19 世纪开始，每隔一段时间就会出版一本由许多无名者编写的航海指南，每一代航海人都会有自己的补充修订。所以，一百多年来语言变化的图景，都已经非常明显地反映在了这本航海指南中。于是，便有了我的曾祖父辈和祖父辈的语言同现代语言和谐共处的局面。

根据航海指南可以判断，有很多概念已经发生了明显的变化。比如，在谈到最猛烈和最具破坏性的东北风（或西北风）时，航海指南中是这么说的：

“东北风起，海岸被厚重的浓雾所笼罩。”

在我的曾祖父时代，“浓雾”指的是漆黑的雾，到了我们的时代，这个词指的已经是我们人的心理状态了。

所有的航海术语，同样也都像是水手的口头语言，非常生动。几乎每一个词都可以写出一首诗，从“风之玫瑰”到“北纬四十度的轰鸣”（这并不是为写诗而产生的杜撰，在航海文献中这个纬度的确就是这个叫法）。

在这些名称和词汇中，饱含了多少自由奔放的浪漫色彩：三桅巡航船，多桅帆船，纵帆船，快速机帆炮舰，护索，桅桁，绞盘，海军锚，樯楼值守，沙沙声响的沙漏计时器和测程仪，轰隆作响的涡轮机，强音雾笛，舰尾旗，九级狂风，台风，雾，炫目的无浪区，灯船，深水岸，笔直陡峭的海岬，节，链，等等。在这些词汇中，都有着亚历山大·格林所称的“诗情画意的航海劳动”。

水手的语言有力、生动，同时又像海面一样充满着宁静。它值得人们专门去研究，其他许多行业的语言同样如此。

发生在阿勒什万卡商店的故事

1921 年冬，我住在敖德萨一家已经歇业的成衣服装店（阿勒什万卡公司）里。未经官方许可，我占了二楼的一个试衣间。

在我的领地，有三个大大的房间，墙上四处安着波西米亚玻璃镜子。镶嵌在墙上的镜子非常牢固，任我和诗人爱德华·巴格里茨基怎么想办法也撬不下来，我们原打算用它到新市场上去换点吃的。在这些镜面上，我们甚至连条裂缝都没能撬出来。

除了装有烂刨花的三个空箱子，试衣间里没有任何家具摆设。幸好有一道玻璃门可以从铰链上卸下来。每天晚上，我就卸下这扇玻璃门，把它放在两个箱子上，在上面铺上我自己的褥子。

玻璃门的表面上非常滑，所以我在夜里好几次连人带被褥从上面掉到了地板上。

只要床褥一动，我就会惊醒过来，一动不动，哪怕手指头都不敢动一下，傻傻地期盼着床褥不要滑动。可它最终还是缓慢却执拗地滑向了地面，我的心思一点也没帮上忙。

这件事其实一点也不好笑。那是一个天寒地冻的冬天。从港口到小喷泉，整个海面都冻住了。凶狠的东北风把花岗石路面刮得铮亮。雪一次也没下过，可让人感觉天气比街道上铺满落雪更加寒冷。

试衣间里有一只“小铁炉”。可没有柴火点燃它。再说，靠这样一只小铁炉要把整个三大间房子暖和起来，那是完全不可能的。所以我只是在小铁炉上烧胡萝卜茶。烧这点茶只需几张旧报纸就可以了。

我把另外一只箱子当成了桌子。一到晚上，我就在上面放一盏小油灯。

我躺在玻璃门做的床上，把我全部的衣物都盖在身上，就着小油灯的光线读格奥尔吉·申格尔翻译的何塞·马里亚·埃雷迪亚的诗集。诗集是敖德萨在这个饥荒的年份里出版的，我可以证明，饥荒并没有削弱我们的勇气。我们感到自己就像是罗马人一样坚忍不拔，我们甚至想到了申格尔的诗句："朋友们，我们是罗马人。我们正在流血……"

当然，我们并没有流血，但是我们这些年轻而快乐的人的确是饥寒交迫。可是谁也没有怨言。

楼下，也就是商店的一楼，有一个美术合作组十分忙碌热闹，他们的活动也颇有些可疑。合作组为首的是一位唠唠叨叨的老画师，以"招牌大王"的外号闻名整个敖德萨。

合作组承接制作招牌、女帽和"木拖"（一种古希腊罗马式的简洁款女式便鞋：把几根带子往木鞋掌上一钉，就成了），以及画电影海报（也就是把胶漆画在凹凸不平的胶合板上）。

有一次合作组走大运承接了一个订制，就是为当时黑海上唯一一艘轮船"别斯捷里号"制作所谓"鼻部修饰"。它当时正准备着开往巴统的首航。

这种修饰需要先将铁皮制成一个坯子，然后在黑色的底色上绘制出金色的植物图案。

这项工作吸引了所有的人，连民警若拉·科兹洛夫斯基也偶尔会离开他执勤的岗位，跑过来看看进展如何。

当时我在《海员报》当秘书。有许多年轻的作家在这家报社工作，其中包括卡达耶夫、巴格里茨基、巴别尔、奥列沙和伊利夫。有创作经验的老一辈作家中，只有安德烈·索波利常来编辑部，他十分亲切可爱，总像在因为某事而激动不已，一刻也坐不住。

有一次，索波利给报社送来了自己的一个短篇小说，小说有些条理不清，逻辑混乱，但主题有趣，的确是有才气的。

大家读了这篇小说后有些为难了：以这种潦草马虎的样子刊发出去是不行的。可是谁也不敢退回给索波利请他修改。索波利是绝对不会同意的——倒不是因为作者的自尊（索波利恰恰在这方面不计较），而是因为他的神经质：他不能回头面对自己的作品，他已对它失去了兴趣。

我们干坐着冥思苦想：这事到底该怎么办？我们的校对，一个叫布拉戈夫的老人也坐在我们旁边，他曾经是俄国发行量最大的报纸《俄罗斯言论报》的经理，是著名出版家瑟京的左膀右臂。

因为怕自己的历史惹麻烦，他从不多言。在编辑部，外表和举止庄重的他，跟我们这群衣衫破旧、吵吵闹闹的年轻人完全不协调。

我把索波利的稿件带回阿勒什万卡商店，准备再好好读一遍。

夜晚（其实还不到十点，但整个城市都笼罩在黑暗之中，就是黄昏时分，也只有风在十字路口处幸灾乐祸地呼啸），民警若拉·科兹洛夫斯基来敲商店的大门。

我把报纸卷拢成一个卷，点燃后像举着火炬似的举着它去开门，商店那道沉甸甸的大门是用一节生锈的煤气管顶着的。举着小油灯去是绝对不行的，别说空气中最微弱的流动会让它熄灭，就是凑近了看它一眼都会把它吹熄。

我一边这么看着一边想着，它立刻抱怨似的发出了噼里啪啦的声音，忽闪一下，最后静静地熄灭了。我最后索性不看它了。

“有一个公民要见您，”若拉说，“需要验证一下他的身份，然后我才能放他进来。这里可是画室。听说，光颜料就值三亿卢布。”

当然，如果考虑到像我这样一个月在报社能收入一百万卢布（按市场价这些钱只够买四十盒火柴），那么这个数目也不像若拉说的那么了不得。

站在门口的人是布拉戈夫。我证明了他的身份，若拉把他放进商店，并说两小时后他会到这里来取取暖、喝杯热水。

“是这么回事，”布拉戈夫说，“我始终在想索波利那篇小说。那是有才气的作品。不能把它放弃了。我嘛，您知道，就好比一匹报业的老马，已经养成抓住好作品不放手的习惯了。”

“那怎么办呢！”我回答说。

“把稿子交给我吧。我保证，我决不动里面一个字。我今晚就留在这里，因为要回兰热龙街的家已经不可能——我的衣服恐怕都会被扒光。我当着您的面把稿子改好。”

“什么叫‘改好’？”我问，“‘改好’就意味着是修改。”

“我说过，我绝不会增加或者减少一个字。”

“那您会怎么做呢？”

“您会看到的。”

布拉戈夫的话让我感觉有些迷惑。有某种神秘伴着这个平和安静的人，在这寒风呼啸的冬夜进入阿勒什万卡商店。应该解开这个谜，于是我同意了。

布拉戈夫从衣服口袋里掏出了一截异常粗壮的蜡烛头。金色的线条螺纹似的绕在蜡烛上。他点燃蜡烛头，把它放到箱子上，随后往我的破箱子上一坐，手握一支木匠用的扁铅笔，一头扎进了稿子里。

半夜，若拉·科兹洛夫斯基来了。我正好把水烧开，于是泡了茶，但这次泡的不是干胡萝卜茶，而是切碎烘干的甜菜茶。

“你们得注意，”若拉说，“打远看过来你们就像在制造伪钞。你们这是在干什么?”

“改稿子，”我说，“这一期要用。”

“你们得注意点，”他又说一遍，“并不是每一个民警局的工作人员都知道你们在干吗。感谢上帝吧，当然也没有什么上帝，幸好是我在这里执勤，而不是其他什么不明白的人。对我而言文化高于一切。说到伪钞制造者，他们就是一些演员，他们能用这一坨或那一坨牲口的粪便，做出美钞或者居住证。据说，在巴黎卢浮宫一个黑丝绒的展台上，就陈列着一只美妙绝伦的大理石手模。这不是莎拉·伯恩哈特的手，也不是肖邦或维拉·霍洛德纳雅的手。这是欧洲最著名的伪钞制造者的手模。我忘记他叫什么名字了。他当时被砍了头，可是手却被当成了展品，就好像他是一位小提琴大师一样。这是一个很有教育意义的故事吧?”

“倒不见得，”我说，“您有糖吗?”

“有的，”若拉回答，“是糖片。我可以分一些来。”

布拉戈夫直到天亮时才完成手稿修改。他当时没有把手稿给我看，而是到了编辑部，请打字员重新誊了一遍。

我把小说读了一遍，简直惊呆了。这是一篇流畅清晰的作品，一切都明明白白且富有表现力。原来那种层次混乱和措辞潦草的影子都看不到了。同时，的确没有增加或者减少一个字。

我看了看布拉戈夫。他正抽着烟叶黑得像茶叶似的库班烟卷，微微笑着。

“这简直是奇迹！”我说，“您是怎么做到的？”

“我只是正确地打上各种标点符号而已。索波利的标点用得一团糟。我特别仔细地打上了标点。而且还分了段落。这可是一件天大的事儿，亲爱的。就连普希金都专门谈到标点的使用。标点的存在，就是为了让意义明确，把词语放在合适的关系之中，让句子的意思更加明白易懂。标点符号就像是乐谱的音符。它们能将文章紧紧地联系在一起，而不致松散破碎。”

小说刊出了。索波利在第二天就急急地冲进编辑部。他照例没有戴帽子，头发乱蓬蓬的，两眼放出莫名的目光。

“是谁动了我的稿子？”他扯着嗓子喊道，边喊边用拐杖敲着堆满报纸合订本的桌子。桌面霎时升腾起一股浓烟般的灰尘。

“谁也没动过，”我回答说，“您可以再看一遍。”

“撒谎！”索波利大喊一声，“骗子！我总会查出来是谁干的！”

眼看就要出事儿。胆小怕事的同事开始飞快地从办公室溜走。像往常一样，只有我们的两个打字员柳欣娜和柳霞飞快地跑来看热闹，脚上的“木拖”发出嗒啦嗒啦的声响。

这时，布拉戈夫平静甚至是有点沮丧地说：

“如果您认为在您的文章中准确地打上标点符号算是改动的话，那么很对不起，是我动的。我这是在完成一个校对员的职责。”

索波利朝布拉戈夫奔了过去，一把抓住他的双手，使劲地摇晃着，接着又抱住了老人，照着莫斯科人的方式一连亲了他三次。

“谢谢！”索波利激动地说，“您给我上了多好的一课啊。遗憾的是现在有点晚了。想到自己过去那些东西，我觉得自己就是个罪人。”

晚上，索波利不知从哪里搞来半瓶白兰地，把它带到了阿勒什万卡商店。我们叫来了布拉戈夫，巴格里茨基和下了岗哨的若拉·科兹洛夫斯基也来了。为文学和标点符号的荣光，我们把酒喝了个精光。

从此以后，我彻底地懂得了，在合适的地方打上句号，这会对读者产生多么巨大的影响。

似乎都是小事

几乎每个作家都有自己的激励者，自己的守护神，且往往也是一位作家。

哪怕读上这位激励者的几行文字，你就立刻希望自己成为一名作家。就像从这些书中溅出琼浆玉液，它让我们沉醉，让我们受到感染，促使我们拿起了笔。

令人吃惊的是，这位我们的守护神，他往往和我们自己的创作风格、创作手法和主题完全不同。

我认识一位作家，他是一个坚定的现实主义者，善写日常生活，为人果断冷静。可他的守护神却是奔放的幻想家亚历山大·格林。

盖达尔称狄更斯是自己的守护神。至于我自己呢，司汤达的《罗马来信》中任何一页，都能激起我写作的愿望，而我写的文字和司汤达的散文则是南辕北辙，这让我自己都非常惊异。有一年秋天，我一边读着司汤达，一边写着我的短篇小说《273 护林区》，一个普拉河畔禁伐林区的故事。在这篇小说中，你完全找不到与司汤达有丝毫相同的地方。

说实话，我对这种现象并没有多加思考。这显然也并非是无法解释的。我在此提到这种现象，只是想说许多看似无足轻重的事情都可能帮助和激发作家的创作。

众所周知，普希金在秋天时创作力最旺盛。难怪“波尔金诺的秋天”会成为创作成果异常惊人的同义词。

“秋天临近，”普希金在给普列特廖夫的信中说，“这是我最爱的季节，一般来说我的身体此时会比较强壮，我的文学创作时刻来了。”

这其中的道理是不难想见的。

秋天里，天气晴朗微凉，清新的空气和清晰的远景都在展现着秋天那“谢幕的美丽”。它把一幅凋零的画卷带入了自然。深红和金黄色的高低树丛每小时都在委顿飘零，树林的轮廓线变得越来越稀落生硬，最后就剩下了光秃秃的树枝。

眼睛开始习惯秋天景色的清澈明朗。这种清澈明朗感渐渐主宰了作家的知觉、想象和手。诗和散文的泉源里奔淌出洁净冰凉的水流，还时时发出小冰块碰撞时的叮当声。头脑清醒，心跳平稳有力。只是手指有些冰凉。

秋天，人的思想也到了收获的季节。巴拉丁斯基就此说得很好：“珍贵的庄稼成熟了，你也会在谷粒里收获思想，人的命运由此而圆满充盈。”

用普希金自己的话说，每到秋天他都感觉神清气爽，好像又重回年轻时代了。显然歌德说的是对的，他说天才在一生中会有几次的青春焕发。

就是在这样的秋天里，普希金写下诗句，表现了诗人创作中那些不平常的复杂的创作过程：

我忘记了世界，在甜蜜的寂静中

我甜蜜地沉睡于自己的想象，
于是诗歌在我心中醒来：
心儿因抒情的激荡而娇羞，
它颤抖，发出声响，寻找，仿若梦中，
它终要找寻自由的表达——
此刻有一群无形的客人向我走来，
那是早年的熟人，是我想象的果实。

思绪在脑中波涛般起伏汹涌，
韵律轻盈地迎着它飞跑而来，
手伸向了笔，笔奔向了纸，
瞬间——诗句们开始自由地流淌。

这是对创作过程非常惊人的分析。只有胸中激情澎湃，才能写下这样的诗句。

普希金还有一个特别之处。在创作中遇到不顺的时候，他从不作停留继续往下写，而是索性跳了过去。直到有了他称之为灵感的创作激情，他才重新回到被略过的地方。他从不勉强刻意呼唤灵感。

我曾见过盖达尔是怎么创作的。那情形跟一般作家创作时的情形完全不同。

那时我们同住在麦肖尔林区的一个村子。盖达尔住在一间面向乡村街道的大房子里，而我则住在果园深处一间废弃的澡堂子里。

盖达尔当时正在创作《一个鼓手的命运》。我们说好了，午饭之前大家各自老老实实地工作，不以钓鱼为诱饵引诱对方。

有一天，我在澡堂子敞开的窗户边写作。我还没写到四分之一页，盖达尔就从大房子里出来，从我的窗前走过，一脸事不关己、漫不经心的表情。

我假装没看见他。盖达尔在园子里转来转去，嘴里念念有词，最后又转到了我的窗前，这次是很明显地想跟我搭讪。他吹了声口哨，还假装咳嗽了一声。

我没吭声。于是盖达尔第三次来到我的窗前，气呼呼地瞪了我一眼。我依旧没理睬他。

盖达尔绷不住了。

“喂，”他说，“别装傻！反正你写得快，不在乎耽搁一会儿。你觉得自己是博博雷金吗！我要是能这么快，早就写出一百一十八卷的全集了。”

他非常喜欢这个数字，于是很得意地重复了一遍。

“一百一十八卷！一卷也不会少！”

“行了，”我说，“你快说说，你要干什么吧？”

“我想让你听听，我想出了一个多么妙的句子。”

“什么句子？”

“你听听，‘“受罪啦，老人家，受罪啦！”——乘客们说。’不错吧？”

“我怎么知道好不好！”我回答说，“这要看它放在哪里，有什么样的上下文。”

盖达尔火了。

“上下文，上下文!”他模仿着我的腔调说，“哪里合适就放在哪里呗！去你的吧！你就坐着写你的全集。我要去把这个句子赶快记下来。”

但是他并没能忍耐多久。过了二十分钟，他又来到了我的窗户前。

“你又想出什么天才的金句了?”我问道。

“你听着，”盖达尔说，“以前我只是隐隐地怀疑，觉得你是个缺乏自制力又爱挖苦人的知识分子。现在我对此深信不疑。而且，我很难过。”

“去吧，去忙你的!”我说，“我是真心希望你不要打扰我!”

“你以为你是拉热齐尼科夫吗!”盖达尔说，不过他终归还是离开了。

五分钟之后，他又回过来，老远就开始大声读一个新的句子。说真的，这个句子的确是出乎意料的漂亮。我对此赞不绝口。盖达尔需要的就是这样的句子。

“就这样啊!”他说，“我现在不会再过来了。再也不来！没你帮忙我也能写出来。”

他还突然冒了一句蹩脚的法语：

“再见，苏俄作家先生!”

那时候他对法语十分入迷，刚刚开始学习。

盖达尔后来数次回到园子里，但没有来打扰我，而是沿着远处一条小路漫步，嘴里自言自语地说着什么。

他就是这样工作的：一边走一边想，想好了就去写下来，写好了再边走边想。一整天他都在屋子和园子之间进进出出。我很吃惊，并且相信他的小说写作进展很慢。可是事实证明，他就像往常一样滑头，他写出来的远比他走一次想一句多得多。

两个星期后，他终于写完了《一个鼓手的命运》。来澡堂子找我的时候，他兴高采烈、得意扬扬，问我说：

“想不想让我读给你听？”

“我当然非常想听一听。”

“那么你听好啦！”盖达尔站在屋中间，两手插在衣服口袋里。

“稿子在哪儿？”我问。

“只有蹩脚的指挥，”盖达尔用一种教训的口吻说，“才会把乐谱放到谱架子上。我要稿子干什么！它现在躺在我的桌上休息呢。你到底是听还是不听呢？”

于是，他从头到尾把小说给我背了一遍。

“你在某个或某些地方总会出点错的吧？”我有些质疑。

“咱们打赌！”盖达尔喊了一声，“一定不会超出十个错！如果你输了，那明天你就去梁赞，到旧货市场上去把那只晴雨表买来送我。我早就看上眼了。在一个老太婆的摊上，记得吗？就是下雨时把灯罩顶在头上的那位。我现在就去把稿子拿来。”

他取来手稿，把小说又念了一遍。只有几个地方他记错了，但都不是什么大错。为这事我们俩争吵了好几天，是盖达尔赢了还是没赢，但是这和小说已经无关了。

不过我还是把晴雨表买了回来，这让盖达尔乐得欢天喜地。我们俩决定按照这个笨重的铜制晴雨表来安排钓鱼的日子，可我们很快就发现自己像傻瓜一样，晴雨表预告说有“大旱”，结果却连续三天降雨，我俩被淋成了落汤鸡。

那些日子真是太美妙了，开不完的玩笑，“打赌”，争论文学问题，到湖边或旧河床上去钓鱼。这一切都以不知不觉的方式对我们的写作大有帮助。

在费定开始写他的长篇小说《不平常的夏天》时，我恰好在他身边。

请费定原谅我大胆写下这件事。我觉得，每一位作家的工作方式，尤其是像费定这样的文学大师，他的工作方式不仅对其他作家，也对所有的文学爱好者们都同样是有趣和有益的。

那时我们住在加格拉海岸边一幢并不大的房子里。就像革命前那种“带家具”的廉租房，这房子已经是相当破败了。

每当风暴来临，小屋就在风浪中摇摇晃晃，发出吱吱嘎嘎的声响，仿佛顷刻间就会坍塌。一阵穿堂风刮来，锁头早已脱落的房门会自动地不怀好意地慢慢打开，它停留那么几秒钟，好像若有所思，然后会砰的一声关上，声音震得天花板上的墙皮噗噗地往下落。

新加格拉和旧加格拉的流浪狗们会跑到这幢房子的凉台上过夜。有时候，它们会趁着主人不在家溜进房间，往床上一躺，舒舒服服地打起呼噜来。

不管溜进你房间和占着你床铺的野狗是什么习性，每次回自己的房间你都必须加一个小心。那种有点良心又胆小的狗会失望地尖叫一声，跳下床来拔腿就跑。如果你不巧挡住了它的去路，它还会因为恐惧而咬你一口。

如果你遇到的是一只见过点世面又厚颜无耻的狗，那么它会继续赖在床上，用恶狠狠的目光看着你，发出可怕的吼叫，让你不得不去求助于邻居帮忙壮胆。

费定的房间里面有一扇窗户正对着靠海的凉台。每到暴风雨的时候，人们会把藤椅码放在这扇窗户底下，以免被浪花打湿。常常会有几只狗坐在这堆藤椅上面，俯视着正伏案写作的费定。它们低声吠叫，好像在表达希望进入到明亮和温暖房间的愿望。

起初，费定抱怨说那些狗简直让他害怕得发抖。只要他稍稍抬起头来想望望窗外，就会看到几十双狗眼正愤怒地盯着他。这让他感到很别扭甚至愧疚，因为他待在温暖的屋里却做着很没意义的事，而且只需要摇摇笔杆子。

这当然在某种程度上影响了费定的工作，不过他很快也适应了这样的环境，不再跟狗一般见识了。

我想，我们这种简陋和杂乱无章的生活无疑是让他回忆起了自己的青春时代，那时候我们能在窗台上写，在煤油灯下写，在墨水都能结冰的屋子里写，总之是在任何的条件下都能写作。

大多数作家通常在早晨工作，但也有一些是白天写作，只有极少数是在深夜里创作。

费定可以在一天中的任何时候工作。只有在需要休息的时候，他才会暂时停下来。

每逢深夜，他都在海浪不停的喧嚣声中写作。这熟悉的海浪声不仅没有影响他，反而会令他文思泉涌。相反，安静倒会让他心绪不宁。

有一个深夜，费定叫醒了我，激动地对我说：

“你知道吗，海现在沉默不语了。我们到凉台上去听听看。”

一种深邃与弥漫在天地间的寂静笼罩在海岸上。我们屏住呼吸，努力在黑暗中捕捉哪怕是一丝的海涛声。可是，除了耳蜗里的嗡嗡声，什么声音也听不见。那嗡嗡的耳鸣，其实是我们血液流动的声音。在像太空一样深远高邈的黑暗苍穹下，闪烁着几点孤星。习惯于海浪声声不息的喧闹，我们也被这静谧所震慑了。在这一夜，费定只字未写。

我不由自主地开始观察费定，发现他在开始创作一个章节之前，都会对其进行缜密的思考和反复的斟酌，用思考和回忆去充实丰富它，甚至是对每一个句子都要打磨使之妥帖。

动笔之前，费定会非常仔细地构思自己未来的作品，构思它的每一个细微处，而且他只写他所看清楚的、与整体紧密相关的东西。

费定有清晰坚定的思想和异常明锐的眼光，这使他无法容忍构思和表达上的模糊含混。他认为，小说就应该被打磨得毫无瑕疵且具有钻石般坚硬的风骨。

福楼拜终其一生都在苦苦追求文体上的完美。他希望自己的小说像水晶般晶莹无瑕，否则绝不停手。对他来说，修改手稿有时候与其说是使之尽善尽美，不如说是修改这一行为本身。他失去了判断力，不停地修改，绝望中将自己的作品改得枯燥无味，或者如果戈理所说，“他画啊，画啊，画入了迷”。

然而在修改作品这方面，费定却知道适可而止。他脑子里的批评家从来不会打盹，也从来不会把作家折磨得不堪。

福楼拜极具一种作家的禀赋，那就是文学理论上所说的“人格化”，简单地说，就是在自己的主人公（按照作家的意旨）身上强烈地表现出自己所遭遇的一切，达到了与主人公完全交融和感同身受。

大家都知道，在描写艾玛·包法利服毒自尽的情节时，福楼拜自己也感觉到了中毒的各种症状，最后不得不赶紧去向医生求救。

福楼拜简直就是个受难者。他的写作速度非常缓慢，以至于他自己也绝望地说：“这样的写作真让我想抽自己一耳光。”

福楼拜曾经居住在塞纳河畔的克鲁阿斯，就在鲁昂附近。他书房的窗户都朝着塞纳河。

一整夜，灯光透过绿色的灯罩照亮了福楼拜那间摆满各种奇异陈设的书房。他总是在夜间写作。那间书房的灯光，一直要亮到黎明才会熄灭。

书房的灯光整夜亮着，就像是夜间的灯塔。事实上也的确如此，福楼拜的窗户在暗夜里就是塞纳河上的渔夫们，甚至是在加夫尔到鲁昂这段航道上航行的船长们的灯塔。他们知道，在这个河段上要想不偏离航道，“就得朝着福楼拜先生的窗户那个方向去”。

偶尔，人们会看见一个身穿色彩鲜艳的东方式袍子的壮实男子。他来到窗前，把额头靠在窗户上，眼望塞纳河。完全是一副疲惫不堪的样子。但水手们不一定知道，窗前站着的是一个伟大的法国作家，他正在为小说的完美而进行着艰苦卓绝的斗争，也因这“该死的无论如何也不能接受必要形式的东西”而备受折磨。

对巴尔扎克来说，他笔下所有人物都是活生生的，都是他的亲戚朋友。他会大骂他们的愚蠢和鲁莽，也会笑吟吟地亲切地拍拍他们的肩膀表示赞赏，还会笨嘴拙舌地安慰遭遇不幸的他们。

他坚信自己笔下的主人公都是真实的，他也相信他的所写无可非议，巴尔扎克的这种自信有时候简直到了神乎其神的地步。他生活中有一件趣事便能证实这一点。

在巴尔扎克的一个短篇小说中有这么一位年轻的修女（我不记得她的名字，姑且叫她让娜吧）。修道院院长派温顺的让娜去巴黎为修道院办些事。首都灯红酒绿、五光十色的生活令年纪轻轻的让娜大吃一惊。在煤气灯明晃晃的灯光照射下，她一连几个小时站在橱窗前，看着那些从没见过的宝物。周围的女人们都身着薄如蝉翼、香气四溢的衣裙。这些衣裙穿在身上反倒像是为这些美人们脱去了衣裳，把她们纤细的后背、长长的双腿和小巧坚挺的乳房凸显出来了。

她也听到过男人们奇妙醉人的表白、暗示和甜蜜的絮语。她年轻漂亮，走在大街上也不断被人盯梢。也有人对她说一些奇奇怪怪的话。而她的第一次接吻是被强迫的，发生在公园里一片浓浓的法国梧桐树荫下。那一吻就像一个炸雷，着实把她震得晕头转向。

她留在了巴黎。为了变成一个迷人的巴黎女郎，她把修道院的钱全部花光了。

一个月后，她就到大街上去当了站街女郎。

在这部小说中，巴尔扎克的确提到了当时一家女子修道院的名字。这本书偶然间又落到了这家修道院院长手里。而这家修道院里正好有一个小修女叫让娜。修道院院长于是把她叫到跟前，厉声问道：

“您知道巴尔扎克先生都写了您一些什么吗?!他羞辱了您！他诽谤了我们修道院。他就是个造谣诽谤者，就是个渎神者。您自己看看吧!”

姑娘看了小说之后失声大哭。

“快去!”修道院院长义愤填膺地说，“快快去巴黎！去找巴尔扎克先生。让他通告全法国，说他自己是造谣诽谤，让一个从未去过巴黎的清清白白的姑娘蒙羞。并且说他还侮辱了修道院和我们所有的教徒，让他为自己这种疯狂犯下的罪恶忏悔。您必须做到这一点，否则最好别回来。”

让娜去了巴黎。她打听到了巴尔扎克的住处，费了好大劲才让巴尔扎克见她一面。

巴尔扎克身穿一件旧睡袍，呼哧带喘地坐着，像一头骟猪。他的房间里一片烟雾缭绕。书桌上，堆满了一张张匆匆写就的文稿。

巴尔扎克蹙着眉。他可没有空闲时间，因为他早就计划此生要写出不少于五十部小说。不过他的目光犀利，一直在注视着让娜。

让娜两眼低垂，满脸绯红，她一面暗自祈求上帝保佑，一面向巴尔扎克先生讲述了发生在修道院的事，并请求他还修道院和她本人一个清白，因为她不知道巴尔扎克先生出于什么原因要让她这位圣洁和贞洁的修女蒙羞。

巴尔扎克完全不明白这位美丽温顺的修女向他提出的请求。

“什么侮辱名节?”他问道，“我所写的，永远都是真实的。”

让娜又重复了一遍自己的请求，并轻声补充说：

“您可怜可怜我吧，巴尔扎克先生。如果您不帮我，我真不知道该怎么办了。”

巴尔扎克一下子蹦了起来。两眼冒着怒火。

“什么?!”他大吼道，“您不知道怎么办？我在书里已经清清楚楚地写下了您所发生的一切！明明白白的！还有什么值得怀疑的?”

“难道，您的意思是我该留在巴黎?”让娜问道。

“是啊!”巴尔扎克大喊大叫地说，“真是见鬼!”

“您是要我去……”

“不是！见鬼!”巴尔扎克又开始吼叫，“我只是想让您脱掉这身黑乎乎的袍子，让您年轻美好如珍珠般的身体体会到什么是快乐和爱情，让您学会笑。您走吧！只是别去站街!”

巴尔扎克一把抓住了让娜的手，把她拽到了门口。

“我在书里都写清楚了啊，”巴尔扎克说，“走吧！您很可爱，让娜，但是因为您，我少写了三页。那是怎样的文稿啊!”

让娜没能回到修道院去，因为巴尔扎克先生没有为她洗去那个耻辱。她留在了巴黎。有人说一年以后看见了她，当时她正和一帮年轻人在一家叫“银袋子”的大学生小酒馆里。她看上去很快乐、幸福、迷人。

有多少作家，就有多少种写作习惯。

在我上文提到过的那栋位于梁赞郊外的小木屋里，我找到了我国著名版画家约尔丹写给版画家波扎洛斯京的信（这些信我以前也曾提到过）。

约尔丹在一封信中说，他为复刻一幅意大利画曾经花了两年时间。工作的时候，他手拿雕版一刻不停地围着桌子转，以致在砖地上都走出了一道深深的脚印。

“我很疲惫，”约尔丹这样写道，“但是我总是在走动着的。而尼古拉·瓦西里耶维奇·果戈理该会多累啊，他是习惯在一个斜面的桌子前站着写作的。他才是自己事业的真正殉道者呢！”

列夫·托尔斯泰只在早晨写作。他说，每个作家的脑袋里都住着一个他专有的批评家。这个批评家在早晨最严苛，入夜他就睡了，这样一来作家在夜里就变得任意随性起来，不管不顾地写出许多废话和蠢话。为了证明这一点，托尔斯泰还举出只在早晨写作的卢梭和狄更斯为例，同时他也指出，是常在夜间的写作妨碍了陀思妥耶夫斯基和拜伦天才的发挥。

陀思妥耶夫斯基的写作之苦并不仅仅因为他在夜间工作，或者是工作期间不停地喝茶。说到底，这些因素对他写作质量的影响也并不那么大。

陀思妥耶夫斯基的苦恼在于他要摆脱贫困和债务，所以他不得不拼命地写，永远都在赶稿。

他总是在交稿时间非常紧迫的情况下创作。没有一部作品他是静下心来、尽心竭力地完成的。他总是缩短自己的长篇小说（不是指篇幅的长度，而是指描写的广度）。因此，这些长篇小说最后都不如构思时想象的那么好。“构思一个长篇往往比写出来的长篇好很多。”陀思妥耶夫斯基曾经说过这样的话。

小说未完成的时候，他常常会让它在脑子里多停留一段时间，以便随时改动和充实小说的内容。所以，他总会千方百计地拖延写作时间，要知道每一天、每个小时都可能有新的想法产生，如果写作完成以后要加进去当然已经不可能了。

债务常常逼得他匆匆交稿，尽管他自己也意识到小说还不成熟。有许多思想、形象和细节白白浪费掉了，因为它们来得太晚了，要么是小说已经完成，要么是作家自己都觉得小说已糟得不可救药！

“贫穷逼得我不得不匆匆忙忙地写作，”陀思妥耶夫斯基这样说自己，“而且像是完成一件工作一样写作，其结果当然是很糟糕的。”

席勒只有在喝了半瓶香槟酒、把双脚泡在盛着冷水的盆里时才能写作。

契诃夫年轻时还能在莫斯科一间又小又挤的公寓窗台上写作。他的短篇小说《猎人》甚至是在澡堂里写出来的。不过随着年龄的增长，这种写作时的轻松状态也不再有了。

莱蒙托夫总是随手就能写下自己的诗句。这使人觉得这些诗句是瞬息间出现在他意识中的，他先是在心中写下它们，随即又匆匆地、不加修饰地把它们书写了出来。

只有当面前摆放着一沓洁净漂亮的纸时，阿列克谢·托尔斯泰才能进行写作。他承认，坐到桌子跟前的时候他还不知道该写什么。在他的脑子里，只有一个生动的细节。他就从这个细节开始，像是拽着了一根有魔法的细线，渐渐把所有的故事都引了出来。

托尔斯泰对工作状态和灵感有自己的一种叫法。“如果是涨潮，”他说，“我就写得快一点。如果是落潮，我就应该搁笔了。”

当然，托尔斯泰很大程度上说也是一个即兴作家。他的思想比他的手更快。

每个作家都应该知道，当一个新的思想或一幅新的画面像闪电一样突如其来地从意识深处迸发出来，那是一种多么美妙的工作状态。如果不及时将它们记下来，那么它们就可能会消失得无影无踪。

这样的迸发伴随着光和战栗，如梦幻一样容易消失破碎。在醒来的那一刻，我们还会依稀记得刚才的梦境，但它们很快便被忘记了。事后不管我们怎么努力回忆，但始终还是想不起来。这些梦仅仅让我们保留了一种不同寻常的、谜一般的感觉，姑且借用果戈理的话说，就是一种“奇妙的”感觉。

应该把它们及时地记下来。哪怕是一瞬间的耽搁，这样的思想也会稍纵即逝。

也许正因为如此，许多作家都不能像记者那样在一张又窄又长的纸条上写字。手不能频繁地脱离开纸。因为一点点的耽搁，其结果都是灾难性的。显然，意识的活动速度完全是难以想象的。

法国诗人贝朗瑞能在那种蹩脚的咖啡馆里写自己的歌谣。据我所知，爱伦堡也爱在咖啡馆里写作。这是可以理解的。因为没有什么环境，能比在纷纷扰扰的人堆里更能保持个体的孤独了。当然，前提是没有人跑来打断你的思路和分散你的注意力。

安徒生喜欢在森林里构思自己的童话。他有超乎寻常的目力，能够很清楚地看到一小块树皮或是一个老松果，能够把上面的每个细节都放大，用这些细节他就能很轻松地构筑他的童话。

总之，森林中的一切都能变成童话，包括每个长满青苔的树桩，还有每只褐色的强盗蚁，它正努力地拽着一只长透明翅膀的昆虫，就像抢夺一个美丽的公主。

我本来不想谈自己的创作经验。对于以上我们已经说过的内容，我的经验也未必是什么实质性的补充。但我还是觉得有几句话需要说明。

如果我们希望我们的文学有真正的繁荣提高，那么就应该明白，作家的社会性活动是最有效的创作形式，这就是他的创作性工作。在作品没有问世前，作家的工作是不为人知的，一旦作品出版，他的事就会变成全社会的事。

应该珍惜作家的时间、精力和才华，而不是让他们将其耗费在不必要的、文学之外的繁杂事物和会议上。

作家需要安静的工作环境，尽可能不被打扰和分心。如果当前面临着某种烦心事，哪怕是暂时还不会发生的麻烦，那么最好也不要动笔。因为在如此状态下写作，往往也不会得心应手，甚至还会写出一些莫名其妙的空话废话来。

我这一辈子曾经遇到过几次非常轻松的心情状态，使我得以专心致志、从容不迫地进行写作。

有一年冬天，我乘船由巴统去往敖德萨，船上乘客稀少。海面是灰色，阴冷和寂寥的。海岸线隐匿在灰蒙蒙的雾霭中。厚重的乌云，如沉睡一般静静地躺在远处的山峦之上。

我在船舱内写作，偶尔也会站起身，走到船悬窗跟前，望望远处的海岸。大功率的轮机，在轮船的铁皮肚子里静静地欢唱。海鸥发出阵阵低唱浅吟。那真是一个轻松的写作环境。谁也不会来打断我正沉醉其中的思路。除了正在创作的小说，我完完全全地抛开了其他的一切。我感觉对我来说这就是最大的幸福。开阔的大海，为我屏蔽了所有的世间烦扰。

此外，当你意识到自己在这宽阔的空间里移动，当你对即将到达城市的港口有某种模模糊糊的期待，也许还会是一场使人愉快的邂逅，这一切对写作都是有帮助的。

轮船用钢铁的艏柱划开了冬日苍白的海水。我仿佛觉得，它好像是要带我奔向那必然的幸福。我之所以有这样的感觉，那显然是因为我的小说写得很顺利。

我还记得，在一个乡村小楼的顶层里也曾经有过这样愉快的工作经历。那是一个秋天，在噼噼啪啪的燃烛声中，我独自埋头写作。

温和无风的九月夜色包围着我。它像一片海洋，将我与尘世远远地隔开。

我很难说清楚是什么原因，但当我意识到墙外那古老的果园里整夜都落叶飘零，这样的感觉是非常有助于写作的。我把果园当作了一个活生生的存在。它沉默着，急切地等待着那一刻来临，这就是我每天夜晚去井边汲水煮茶的时刻。也许，只有当它听到水桶的咣当声和人的脚步声，它才能轻松熬过这漫漫长夜了。

不管什么时候，当我意识到有一座果园，有一片绵延数十公里寒意逼人的林子，还有那些林中的湖泊（当然，在这样的夜晚，那里是不可能有一个人的。只有星光映照在水面上，就像一百年前、一千年前一样）。这样的感觉会令我文思泉涌。也许可以这么说，在这样的秋夜，我是真正幸福的人。

当有一件愉快的、有趣的，或是你喜欢的事情在前面等着你，哪怕是比如说去远处旧河床边茂密的柳树荫下钓鱼这种微不足道的事情，那你写作时的心情也会是相当愉快的。

车站餐厅里的老人

在迈约里车站餐厅的一个角落里，坐着一位瘦削的老人，他的脸上满是硬得像刷子一样的胡碴子。寒冬的风雪，一阵紧似一阵地从里加湾上空呼啸而过。近岸的海水已经结了厚厚一层冰。透过漫天雪雾，隐约传来海浪拍打在坚冰上所发出的轰隆声。

老人走进餐厅显然是为了取暖。他什么也没点，神情有些怅然地坐在木椅上，双手插在袖筒子里，身上那件短大衣上已层层叠叠地打满了歪歪扭扭的补丁。

跟老人一起进来的，还有一条毛茸茸的小白狗。它趴在老人的脚边，浑身发抖。

邻桌坐的是一群年轻人，他们正热热闹闹地喝着啤酒，结实的后脖颈红红的。他们帽子上的雪已经开始融化了，流淌的水珠都滴进了啤酒杯和夹着香肠的面包上。小伙子们正聊着足球比赛的话题，对此丝毫没有察觉。

一个年轻人拿起一块三明治，一口咬掉了一半，小狗开始按捺不住自己了。它来到小桌前，立起身子，谄媚地看着年轻人的嘴。

“彼吉！”老人轻声喊道，“你真不害臊！为什么要去打扰别人？彼吉……”

但是彼吉依然立在那里，直到前腿累得哆嗦起来，才不得不放下。可当双腿触到湿漉漉的肚子上，它又意识到了自己在这里的目的，于是又把腿举了起来。

年轻人们并没有察觉到它的存在。他们继续高谈阔论着，时不时地往自己的杯子里续上冰啤酒。

落雪都快糊上了窗户。在这样的风雪天里喝冰冷的啤酒，让人看了都感觉后背直发凉。

“彼吉!”老人又喊道，“彼吉！快过来!”

小狗快速地摇了摇尾巴，好像在说它已经听见和明白主人的意思了，但是它自己也很无奈，所以它并没看主人，而是把眼睛望向了另外一个地方。它似乎在说：“我也知道这样不好，但是你又给我买不起这样好吃的三明治。”

“唉，彼吉啊彼吉。”老人轻声唤着。因为有些激动，他的嗓音甚至有点颤抖。

彼吉又摇了摇尾巴，顺便央求地看了看老人。它好像在求他别喊它了，也别数落它了。因为它自己心里也不好受，若非不得已，它是无论如何也不会去乞讨的。

终于，有个戴绿帽子的高颧骨青年发现了小狗。

“要东西吃吗？狗杂种。”他还问：“你的主人在哪里?”

彼吉开心地摇了摇尾巴，朝老人这边看了一看，甚至还尖着嗓子叫了起来。

“您怎么搞的，公民?”年轻人说，“既然您养了狗，就应该喂饱它，否则就不文明了。您的狗正跟我们要饭吃。我们的法律可是禁止乞讨的。”

一帮年轻人哈哈大笑起来。

"瓦利卡，你这话说得太过分了!"有个年轻人大声说了一句，把一段香肠扔给了小狗。

"彼吉，不许吃!"老头喝道。被风吹得粗糙的脸和青筋暴起的脖颈，被涨得通红。

小狗缩着身子，夹着尾巴，朝老人身边走过来，它甚至没看那香肠一眼。

"他们的东西，哪怕是一粒面包屑，都不许吃!"老人说道。

他急急忙忙地翻着自己的每一个衣兜，从中找出了几枚银币和铜币，把它们放在手心里数了数，一边数一边吹着沾在硬币上的脏东西，手指头一直在不停地颤抖。

"瞧他还生气了!"那个高颧骨的年轻人说，"挺硬气的嘛!"

"别搭理他了！跟他啰唆什么!"一个年轻人一边劝解，一边倒着酒。

老人什么也没说。他走到柜台跟前，把那几枚硬币放在了潮乎乎的柜台上。

"买一个三明治!"他说话的声音有些嘶哑。

小狗夹着尾巴，紧紧跟在他脚边。

女服务员把一个装了两块三明治的盘子递给了老人。

"一个!"老人说。

"拿着吧!"女服务员轻声说，"我不会因为多给一个就破产了……"

"谢谢!"老人说道，"谢谢了!"

他拿起三明治，径直朝站台走去。那里一个人也没有。一阵风雪刚刚过去，新的一轮风雪即将来临，不过它目前还远在地平线上。此刻，甚至有一丝微弱的阳光，落在利耶鲁佩河对岸那片白皑皑的森林上。

老人在长椅上坐了下来，把一个三明治丢给了彼吉，用一块灰不溜秋的手帕将另一块三明治包起来，揣进了怀里。

小狗欢快地吃着。老人望着它，说道：

“唉，彼吉啊彼吉！你可真是一只糊涂的狗！”

小狗顾不上听他说话，继续吃着。老人看着它，撩起袖子擦了擦自己的眼睛。兴许是风把他吹得流泪了吧。

这就是发生在里加湾迈约里车站上一则小故事的全部情节。

我为什么要讲这个故事呢？

在写这个故事的时候，我思考的完全是另外的事，我想的是细节在小说中的意义。如果回忆这段往事中不加入主要的细节，那么这个故事会显得不那么生动感人。如果没有小狗如何千方百计乞求主人原谅的细节，如果没有小狗那个讨好的神态动作，这个故事就远不如它原本的样子打动人了。

而如果抛开了另外一些细节，比如那件打满补丁、暗示老人是鳏夫或孤老的短上衣，还有从年轻人的帽子上滴下来的雪水，还有冰啤酒，还有从口袋里掏出的沾着碎屑的硬币，最后当然还有从海上刮来的白茫茫像一堵墙一般的风雪，那么，这篇小说将会显得愈加干巴和乏味。

最近这些年，细节从我们的小说中，尤其是年轻作家的作品中消失了。

没有细节，小说就没有生命力。没有细节，任何一篇小说都会变成契诃夫所说的那种熏鲑鱼用的干木棍儿。鲑鱼被拿走了，就只剩下一根干木棍儿竖在那里。

细节的意义在于，用普希金的话来说，细微的事常常会从我们眼前滑过，却能在众人眼里散发出熠熠光辉。

另一方面，也有一些作家深受枯燥无聊和难以忍受的观察之苦。他们把自己所收集的细节加以堆砌，丝毫不加以选择。他们没有明白一个道理，那就是只有当细节得到性格化的处理，或者是像一道光亮刹那间照亮黑暗中的一个人或一个事件，它才有生存的权力。

譬如，要写出大雨已来临的场景，你只要写出雨点噼里啪啦打在窗户下的一张报纸上就足够了。

或者，要写出婴儿死亡的恐怖感，只消像阿列克谢·托尔斯泰在《苦难的历程》中那样的描写就足够了。

精疲力竭的达莎睡着了，当她醒来，她的孩子已经死去。纤细柔软的头发直直地竖在头顶上。

“当死神来临，我却睡着了。”达莎哭着对捷列金说，“你想想，他的发毛就那么笔直地竖着……他是独自在受苦啊……而我却睡着了。”

不管怎么劝说，小男婴独自和死神搏斗的情景始终在她的眼前挥之不去。

这个细节（婴儿那稀疏柔弱却直直竖起的头发）抵得上花费许多笔墨对死亡所做的最精确的描写。

以上两个细节都精准地达到了目的。细节就应该是这样：它决定着整体，同时它也是必不可少的。

在一个青年作家的手稿里，我看到了这样一段对话：

“您好，巴莎大婶！”阿列克谢进门打着招呼。（此前作者已经说过阿列克谢用手打开了巴莎大婶家的房门。好像房门可以用脑袋开似的。）

“你好啊，阿廖沙！”巴莎大婶礼貌地招呼了一声。她停下手里的针线活，朝阿列克谢看了一眼。“你怎么好久不来了？”

“总是没空。开了整整一个星期的会。”

“你是说整整一个星期？”

“一点没错，巴莎大婶。整整一个星期呢。沃洛季科不在家？”阿列克谢问道，用眼睛扫了扫整个房间。

“不在，他做工去了。”

“那我走了。再见，巴莎大婶！祝您健康！”

“再见，阿廖沙，”巴莎大婶回答说，“也祝你健康！”

阿列克谢朝门口走去，开门，走出去。巴莎大婶望着他的背影，摇了摇头说：

“真是个风风火火的小伙子。脑瓜子好使。”

这个片段的问题是，不但写得马虎潦草，而且全是不必要的空话废话（我已做了标记）。这些细节都是不必要的，毫无个性化，而且说明不了任何问题。

在寻找和确定细节时，我们必须要进行严格的挑选。

细节通常与我们称之为直觉的现象紧密相连。我认为直觉就是一种能力，它通过局部和细节，或者哪怕是一个微小的特性，能够呈现出整体的画面。

直觉不仅可以帮助历史小说作家再现出过去时代的真实生活画面，而且还能再现当时的社会氛围、人们的生活和心理状态，与我们现在的心理相比，它当然还是有所不同。

直觉也帮助了普希金，他从没有去过西班牙和英国，却写出了有关西班牙的诗篇，写出了《石客》，而在《瘟疫流行时期的盛宴》中他所描绘的英国，甚至丝毫不逊色于出生在这个雾之国的瓦尔特·司各特或彭斯。

一个好的细节，可以建立起读者或是对一个人及其境遇，或是对一个事件，最后或是对一个时代的直觉和正确的想象。

白　夜

一艘旧轮船从沃兹涅先尼耶的码头出发，驶向奥涅加湖。

正值白夜时节。我平生第一次置身这样的夜晚，不是在涅瓦河上或列宁格勒那些宫殿的上空，而是在北方广阔的茫茫林海和湖泊之间。

一轮白色的月亮低垂在东方，没有一丁点亮光。

轮船掀起的海浪悄无声息地向远处奔去，水面的松树树皮被摇晃得上下翻飞。岸上，大概是某个乡村的小教堂里吧，看门人正好敲响了午夜十二点的钟声。虽然离岸边还很远，但钟声的回响依然传到了我们的耳畔。它绕过船侧，沿宁静的湖面向挂着一轮月亮的透明的夜空中飘去。

我不知该怎么来形容白夜那让人感觉有些疲惫的幽光，有些神秘，抑或有些魔幻?

这样的夜晚总让我觉得大自然过于奢侈，它竟把如此多苍白的空气和锡箔与银子所散发出的幻影般的光辉都消耗在了夜晚。

眼看着这样的美景和如此迷人的夜色无可挽回地逝去，任何人都不可能无动于衷。也许正因如此，白夜才会以自己的短暂去唤起人们心中淡淡的哀愁，如同世间一切稍纵即逝的美妙。

我是第一次来北方，但这里的一切对我来说是那么熟悉，尤其是暮春时节的荒芜果园中稠李树那飘飘洒洒的洁白花瓣。

这种艳若冰霜又芳香四溢的稠李花在沃兹涅先尼耶尤其多。当地没有人去摘它们，也不会有人把它摘下插到桌上的花瓶里。或许，是因为它们现在已经开败的缘故吧。

我到了彼得罗扎沃茨克。当时，阿里克谢·马克西莫维奇·高尔基正打算出一套《工厂史》丛书。他吸引了很多作家参与这项工作，同时决定组织突击队进行集体创作。“突击队”这个词就是在这时候被第一次用到了文学创作上。

高尔基让我挑选几个工厂。我选中了彼得罗扎沃茨克一家历史悠久的工厂——彼得罗夫厂。这个厂由彼得一世创建，起初生产大炮和铁锚，后改为生产铸铜，革命后转产铁路车辆。

我拒绝参加突击队的集体创作。我当时坚信（现在依然这样认为），在人类活动的某些领域进行所谓组合式劳动生产是不可想象的，尤其是写书这种事情。其最好的结果也只能是完成一部内容五花八门的特写集，而不是一本完整的书。在我看来，不管素材有多么特殊，但作家的个性、对现实的看法和创作风格与语言，都会被体现和反映到书写中去。

我认为，就像两个人或三个人不能同时拉一把小提琴，几个人也不可能合作写一本书。

我把这个想法告诉了阿列克谢·马克西莫维奇。他皱了皱眉头，习惯性地用手指在桌面有节奏地敲着，想了想，对我说：

“年轻人，人家会责备您自命不凡的。不过您去干吧！只是别丢脸，一定要带一本书回来，一定！”

在船上我回忆起了这段谈话，并且相信自己一定能写出这本书来。我很喜欢北方。当时我觉得，这种环境应该大大地减少我在写作上的困难。显然，我希望将令我痴迷的这些北方景色都写进这本关于彼得罗夫厂的书里：白夜，静静的湖水，森林，稠李花，诺夫哥罗德人唱歌那种好听的口音，船头像弯弯的天鹅脖颈一般的黑色舢板，还有在五颜六色的花草映衬下的蜻蜓。

当时的彼得罗扎沃茨克市十分偏僻，人口稀少。城市街道的马路上铺着大块的鹅卵石，石头上布满青苔。一种云母石般的光泽笼罩着整个城市，也许，这是淡白色湖面的反光照射，或是不那么漂亮却很亲切的淡白色天空映衬的效果。

在彼得罗扎沃茨克，我一头扎进了档案馆和图书馆，开始阅读一切与彼得罗夫厂相关的资料。这个工厂的历史复杂而有趣。彼得一世，苏格兰工程师，我国那些农奴出身的天才的工匠，卡隆铸铜法，水利机械，还有本地的风土人情——这一切都为我的书提供了丰富的素材。

我首先抛开了我的写作计划。里面虽有足够多的史实描述，但就是缺少人物。

读完资料，我花几天时间去了趟基瓦奇瀑布和基热村，那里保留着一个世界仅存、结构上非常优美的木质教堂。

基瓦奇瀑布的水奔腾咆哮着向前冲去，透明而雄浑的水中时而会泛起一些松木树枝。

我是日落时分去参观基热教堂的。看上去，要建造这样的建筑，需要无数的金匠和数百年时间才能做到。而我们的普通木匠，却只是在一个十分平常的期限内建成了它。

这一趟出行，还让我领略了许许多多的湖泊和森林，那里的太阳光不那么炽烈，空气也并不那么澄明，而且人烟相对稀少。

在彼得罗夫厂，我首先拟定了书的大纲。里面包含了许多故事和史料，但缺少人物。

我决定留在卡累利阿写作这本书，于是就在退休教师谢拉菲玛·约诺芙娜家租了一个房间。除了戴一副眼镜和懂点法语，她完全没有一点中学老师的样子，倒像是个没文化的老太婆。

我开始按照提纲写作，但不管我怎么努力，这本书在我手里都像是一盘散沙。我无法成功地组织素材，使之凝聚为一个整体，形成一道自然流淌的水流。

素材显得凌乱无序。有趣的点与点之间毫无关联，也得不到其他有趣部分的支撑。这些档案材料各自孤立，形不成一个整体，缺乏一种内在的生命力，也就是生动的细节、时代的气息和让我感觉贴近的人物的命运。

我写水利机械、生产过程和工程师们，同时也陷入一种深深的苦恼。因为我知道，如果我对自己所书写的一切没有一个具体的态度，如果没有哪怕一丝丝最微弱的抒情气息让这些素材复活，那么这本书是写不好的，甚至可能根本就写不出来。

（顺便说一句，那个时候我就明白，写机器必须像写人一样去写。要去感知它，爱它，要与它同悲喜。我不知道其他人怎么样，反正我自己总能体会得到机器的疼痛。就拿“胜利牌”汽车来说，当它使出最后一点力气爬一个陡坡时，我是会感到紧张的，我的劳累恐怕一点也不亚于汽车。可能这个比喻不太准确，但是我的确相信，如果要写好机器，就应该像对待活生生的人一样去看待它。我发现，好的工匠和工人就是这样对待机器的。）

没有什么事比面对一堆素材一筹莫展无计可施的情形更加糟糕的了。

我觉得自己成了一个外行，就像被逼非得去跳芭蕾或编辑康德的哲学著作一样无奈。

而记忆中高尔基的那句话还时时地刺激着我："只是别丢脸，一定要带一本书回来。"

让我认输投降的还有一件事，那就是我历来追崇的写作技巧之一坍塌了。我一直认为，只有善于轻松并不失个性地处理好任何素材的人，才能够被称为作家。

我的这种状态一直持续到我最终决定彻底放弃，一无所成地离开彼得罗扎沃茨克。

除了谢拉菲玛·约诺芙娜，当时无人能倾听我的痛苦。就在我打算把自己的失败告诉她的时候，我感觉她好像已经察觉出一些蛛丝马迹，大概是凭着老教师的敏感吧。

"您现在跟我那些傻里傻气的女中学生在考前的情形一样，"她对我说，"她们不管不顾使劲往自己的脑袋里装东西，搞不清楚哪些重要哪些不重要，可能是疲惫不堪的缘故吧。对您的写作事业我虽一窍不通，但我想只是蛮干可不成。那样只会使自己的神经紧张过度，不仅无济于事，甚至也十分危险。您别一时冲动就要走。先休息休息吧。到湖上划划船，到城里走一走。我们这个城市既可爱又朴实。也许，您会有所收获。"

但是我最终还是做出了离开的决定。临行前，我去彼得罗扎沃茨克转了转。此前，我还没好好认识一下这个城市呢。

沿着湖畔向北走了一段，我就到了城郊。那种低矮的小房子没有了，眼前是一片菜地。有一个个十字架和墓碑零零星星地散落在菜地里。

有个老人正在一块胡萝卜地里锄草。我向他打听那些十字架是怎么回事。

“这里以前是一个公墓，”他回答说，“好像是一些外国人葬在这里。现在这片地被辟为菜地，那些墓碑就被掀了。剩下的，也不会搁太久。最多到明年春吧，不会更久。”

墓碑的确所剩不多，总共也就五六块吧。其中一块墓碑周围还围了一圈华丽的沉甸甸的生铁栅栏。

我走近墓碑。在已经断裂的花岗石表面，法语的铭文还依稀可辨。高高的牛蒡草几乎把碑文完全遮挡住了。

我拔掉牛蒡草，读到了墓碑上的文字：“拿破仑皇帝陛下大军炮兵工兵夏尔·欧根·朗塞维尔。1778 年生于佩皮尼昂，1816 年夏卒于远离祖国的彼得罗扎沃茨克。愿主赐他备受痛苦的心灵安息。”

我意识到，眼前安息的是一位非同寻常的人，他有着悲惨的命运，就是他可以将我救出困境。

回到家，我告诉谢拉菲玛·约诺芙娜自己决定留在彼得罗扎沃茨克，说完我就立刻去了档案馆。

档案馆的工作人员是一位干瘦得就剩一副骨架的老头，他戴着一副眼镜，曾经当过数学老师。档案馆并没有完全整理好，但老人把它收拾得井井有条。

我说明了来意，老头子顿时显得兴奋不已。他已经习惯于接受一些枯燥的查询，主要是教堂的教徒生卒登记簿之类，而且这样的查询也少之又少，现在好难得来了一个有难度有意思的查询——找寻一位一百多年前不知何故客死彼得罗扎沃茨克的拿破仑军官的谜一样的档案。

老人也好，我自己也好，我俩都很急切。或许我们能在档案中找到朗塞维尔的线索，借此便可或多或少地复原他的生平？抑或我们会一无所获？

最后，老人竟出乎意料地表明自己不回家过夜了，他要夜以继日地待在档案馆。我原本想留下来跟他一起找，但是被拒绝了，因为外人是不允许留在档案馆里的。于是我只好去城里买来些面包、香肠、茶和糖，把这些东西留给老人，让他在夜里喝茶加餐。办完这些事我便离开了。

这样的查找延续了九天。每天早晨老人都会给我看一个档案目录，上面是根据他的猜测都有可能涉及朗塞维尔的线索。在最有趣的档案目录前，老人会打一个“√”，但作为数学家他仍然习惯称其为“根号”。

直到第七天，我们才在公墓的下葬登记目录中找到埋葬被俘法军上尉夏尔·欧根·朗塞维尔的记录，当时的情形颇为奇特。

第九天，我们找到了两封提及朗塞维尔的私人信件。第十天，我们找到了一份残缺的、没有署名的奥洛涅茨省长的通报，内容是“朗塞维尔的遗孀玛利亚·采齐利亚·特里尼德由法国来处理为其立碑事宜”曾在彼得罗扎沃茨克作短暂停留的事。

这就是我们所能挖掘出来的全部档案材料了。但就是这样的收获，也让我们的档案管理员喜形于色，同时也足以令朗塞维尔在我的想象中复活。

朗塞维尔一出现，我就开始了我的写作。那些关于工厂史的材料前不久还令人绝望地散乱，现在突然都轻松就位了。它们如今都妥帖而恰当地围绕着这位炮兵军官及法国大革命的参加者：他在格日阿茨克城下被哥萨克所俘，后被遣送到彼得罗扎沃茨克的工厂，最后在这里死于热病。

就这样，我的中篇小说《夏尔·朗塞维尔的命运》写成了。

在没有出现人物的时候，素材是没有生命的。

此外，我事先为这本书列的提纲也被彻底推翻了。现在，朗塞维尔信心十足地引领着小说故事的展开。他就像一块磁铁，不仅仅把史料，而且把我在北方所见到的许多风土人情都牢牢地吸引到了自己的周围。

在小说中，有一个为朗塞维尔哭丧的场景。女人哀悼他的挽歌歌词，就源自我听到过的一首哀歌。这件事值得说一说。

有一次我乘船沿斯维里河北上，从拉多加湖进入奥涅加湖。大概是在斯维里察吧，有人将一口松木棺材从码头抬上了甲板尾部。

原来，斯维里河上一位最年长和最有经验的引水员在斯维里察去世了。他的朋友们，也是一些引水员，决定将装有他遗体的棺材放到船上，顺河而下，由斯维里察到沃兹涅先尼耶，让逝者与他心爱的河流告别。同时，也让沿岸的居民们和这位在当地受人敬重、从某种程度上来说也应该是个名人的人告别。

斯维里河水流湍急、暗礁丛丛，如果没有有经验的引水员指引，轮船根本无法通过河中的激流险滩。所以，斯维里河流域自古就有引水员行帮，他们亲如兄弟。

当我们通过那些激流险滩，即使轮船开足马力，也需要两条拖船来牵引，否则就无法通过。

如果轮船是顺流而下，那么它得逆流倒退着向前，用这种方式来减缓下行速度，避免触礁。

我们这艘船上载有引水员遗体的事，已被提前告知了上游的人们。因此我们的船每到一地，都会有成群结队的居民们来迎接。站在人群队伍最前列的，是一些包着黑头巾的哭婆。船刚一靠岸，她们就开始呼天抢地、撕心裂肺地哭起来。

那诗一般的哭词是从来不会重复的。据我观察，每一处的哀歌都是一种即兴创作。

其中一首这样唱道：

为什么你要离开我们飞向死亡之地，为什么你要离开我们留下我们孤苦伶仃？莫非我们不曾用善意亲切的话语欢迎对待你？看一眼斯维里河吧，老爷子，最后再看一眼吧，陡峭的河岸凝结着鲜血，滔滔的河水是我们女人的眼泪。唉，死神为什么这么早将你夺走？唉，为什么整条斯维里河上都点着送葬的蜡烛？

就是这样，哭声一路伴随我们到达了沃兹涅先尼耶，甚至夜间也没有间断。

到达沃兹涅先尼耶，一群表情肃穆的引水员走上船，开启了棺材盖。棺材中安卧着一位满头白发、身材魁梧的老人，脸面看上去饱经风霜。

人们用亚麻长巾抬起灵柩，在一片响亮的哭声中将它抬到岸上。灵柩后面走着一个年轻的女人，披肩遮住了她那张苍白的脸。女人牵着一个浅色头发的小男孩。离女人几步远的地方，还跟了一个穿河运船长制服的中年男子。他们分别是死者的女儿、外孙和女婿。

轮船下半旗志哀。在灵柩被抬往公墓的路上，轮船拉响了阵阵汽笛，久久回荡。

我对北方的另一个印象也被写进了小说。这个印象并没有什么特别的意义，但不知为何在我的记忆中却与北方紧密相连。这就是金星那不同寻常的光辉。

我从未见过如此清澈明亮的光辉。在拂晓渐渐泛青的天空上，金星就像一滴融为液体的钻石般流光溢彩。

它是名副其实的天国使者，是灿烂朝霞的先驱。不知为什么，我在广袤的中部和南部时从未注意过它。可是在这里，我觉得仿佛只有这一颗星星在用它那处子般美好的光辉，照耀着茫茫原野和森林，主宰着黎明前最后一刻的北方大地，主宰着奥涅加湖和扎沃洛奇耶，主宰着拉多加湖和扎沃涅什耶。

生机勃勃的发端

有一次，左拉在同几个朋友聚会时说，作家根本不需要想象，他的工作只要以精确的观察作为前提就行了。像他左拉一样。

当时在场的莫泊桑问道：

“那么您根据某张报纸上刊载的一则新闻就写出了自己的皇皇巨著，而且是一连数月足不出户，这又怎么解释呢?”

左拉不吱声了。

莫泊桑拿起帽子便离开了。他的离开可以被看成一种羞辱。但他已经毫无畏惧。他不容许任何人，哪怕是左拉，对想象力的作用有所贬损。

就像我们每位作家一样，莫泊桑极其珍视想象力这催生创造性思想和培育诗歌与小说的金子一般的土壤，在他眼里那是一个壮丽辉煌的国界。

想象力是艺术生机勃勃的发端，如同拉丁地区激情洋溢的诗人所说，它就是“永恒的太阳与上帝”。

不过，想象力这辉煌的太阳只有在接近大地时才能燃烧。它不仅无法在虚空中燃烧，反而会在其中熄灭。

什么是想象力呢？最轻松简单的办法，就像盖达尔那样回答。盖达尔疑惑地看了看对方，问道：

“你想让我出丑吗？见鬼吧，我不会说的。”

如果我们希望多多少少搞明白一些概念，最好就得要像跟孩子们交谈一样，打破砂锅问到底。

孩子们会问："这是什么?""这是干什么?""为什么会这样?"如果我们不被逼得绞尽脑汁找到好歹像样的答案，他们是绝对不会善罢甘休的。

如果我们能找到一个孩子进行交谈，即便他也会说"想象力"这个词，那么谈话很可能是这样的：

"那什么是想象力呢?"

如果我们用诸如"艺术的太阳"或"诸神之神"之类的话去回答，那么这样的回答会让我们陷入难以摆脱的囧境。要逃离这样的局面只有一条出路，那就是从交谈者身边赶快逃离。

孩子们要求的是清晰的答案。所以我们只能回答我们的交谈者说：想象是人类天然的本性。

"什么样的本性?"

"这就是人的本能，他会利用生活观察、思考和情感的经验，去创造一个以现实为依据的虚构的生活、虚构的人物和故事。"（当然，应该用更加简单的语言告诉孩子们。）

"为什么呢?"他们又会问，"我们已经有了真实的生活，为什么还要去虚构另一种生活?"

"那是因为真正的生活既丰富又复杂，一个人是不可能去认识它的整体和千差万别的局部的。他能看见和经历的事情不可能很多。比如，他不可能回到三百年前去当伽利略的学生，或者去参加1814年攻打巴黎的战斗，或者是待在莫斯科却可以亲手摸一摸卫城的大理石圆柱，或者是漫步罗马街头与果戈理交谈，或者是在国民公会听马拉的演讲，或者在甲板上眺望满天繁星下的太平洋，其实这个人一辈子连大海都没有见过。可是他却想知道、想看到、想听到和去经历一切。于是，想象力便可以满足这一切，让没做到和不可能做到的事变成现实。想象力填补了人类生活的空白。”

于是您会渐渐忘了自己的谈话对象，开始讲一些他听不懂的东西。

在想象与思想之间，谁能够划分出一条明显的界线呢？不能，因为这个边界是没有的。

想象力创造了万有引力定律、牛顿二项式定理、特里斯丹和绮瑟的伤感故事、原子的裂变、列宁格勒的海军部大厦、列维坦的《金秋》《马赛曲》、无线电收音机、电灯、哈姆雷特王子、相对论和电影《小鹿斑比》。

没有想象力，人类思想就不会结出果实。同样，脱离现实，想象力也不会结出果实。

法国有一句谚语，“伟大的思想来自人的心灵”。请允许我更确切地说，伟大的思想都源于人的一切存在。人以自己的全部存在促使了思想的产生。心灵、想象和理性，这就是诞生出我们称之为文化的土壤。

但是，也有一件事情是我们强大的想象力所想象不出的。那就是想象力的消失，也就是能诞生出想象力的一切消失。如果想象力消失，那么人将不再是人了。

想象力是自然界给予人的巨大恩惠。它深藏于人的天性之中。

正如我前面所讲，想象又是不能脱离现实的。现实孕育了它。而另一方面，想象又经常在某种程度上影响着我们生活的进程，影响我们的事业和思想，影响着我们对他人的态度。关于这一点，皮萨列夫有很精辟的论述。他说，如果一个人不能以一幅幅清晰的、尽善尽美的图景想象出自己的未来，如果他不善于想象，那么他就不能为着这样的未来去承受考验，去进行顽强的斗争，甚至是献出自己的生命。

我偶然在一把小刀上
发现了一粒异国的尘埃，
于是世界又变得奇异，
被缤纷的雾氤所围绕。

这一首来自勃洛克。另外一位诗人说：

在每一个水洼里，有海洋的气息，
在每一块石头上，有荒漠的印记……

异国的一粒尘埃和路上的一块石头啊！无可抑制的想象往往就是从这一粒尘埃和一块石头开始的。由此，我想到了一个年老的西班牙贵族的故事。

也许，这个贵族曾经是过过好日子的，但我们的故事开始的时候，他在自己位于卡斯基里叶的领地里已经过得十分清苦了。他的封地，其实也就是一小块地，上面是一栋阴森可怕像要塞囚室一般的石头房子，连这也是他从祖辈那里继承下来的。

贵族是个孤老头。他家里还有一位同样年迈的老用人。她就是做点简单的饭食已经很吃力了，而且什么也记不住了。跟她说话都显得多余了。

老贵族整天坐在尖拱形窗下的一个破沙发上看书。只有书脊上糨糊干裂所发出的噼啪声偶尔打破着屋内的宁静。

老贵族不时会望望窗外。窗外支棱着一节干枯的树枝，黑得像根铁棍，直直伸向枯燥乏味的天空。西班牙这个地区既荒芜又令人难以忍受，但老贵族却习以为常。

他已经上了年岁，如果让他离家去进行风尘仆仆、旅途劳顿和险恶多端的旅行，已经不可能了。再说，如果在偌大一个西班牙都没有他的亲戚朋友，那他旅行做什么呢！

老贵族过去的生活中都发生了些什么，没有人知道。据说，他也有过妻子和一个美丽的女儿，但她们都在同年同月死于鼠疫。从那以后，他就闭门不出，也不欢迎那些偶然因为天气不好或半夜三更投宿的路人。

一天，有位身穿粗呢风衣、显得风尘仆仆的男子敲响了他的门。他把自己的一匹老马拴在了那根黑乎乎的树枝上。在熊熊燃烧的火炉旁吃晚饭时，男子对老贵族说，多亏圣母保佑，让他得以从西行的冒险航行中安然无恙地回来，都是因为国王听信了一个叫哥伦布的意大利人的花言巧语，派出了好几艘帆船去冒险。

他们花了好几个星期横渡大洋，还听见了海女塞壬的声音。她们谄媚妖娆地央求水手们把她们拉上船，让她们在甲板上取取暖，用自己那特别的长发像块布似的把一丝不挂的身体裹起来。

船长下令不得答应她们的请求。水手们对此大为不满，因为他们正渴慕着爱情和女人丰满圆润的大腿。

这一切以一场失败的哗变告终。三个带头闹事的被吊死在了横桁上。

他们继续航行，看见了一片从未见过的大海，海面上漂浮着海草。水草中间，是一朵朵硕大的蓝花。于是，他们举行了一场弥撒，开始围绕这片漂浮着海草的洋面环游，直到远远的地平线上突然显现出新的大陆。那是一个他们从未见过的美丽的新大陆。风儿将海岸上森林的阵阵喧嚣和花草醉人的芳香吹了过来。

船长登上舰桥，拔出长剑，指向天空，剑尖上燃起了金色的火焰，宣告他们最终发现了一个黄金国，这里漫山遍野都是宝石、黄金和白银。

老贵族默默地听着来客的讲述。

临行前，客人从皮囊里掏出一只他从黄金国带回来的玫瑰红海贝壳，把它送给了老贵族，以答谢他的晚餐和留宿。这贝壳不值钱，老贵族就收下了。

客人走了，当夜又下起了雷雨。闪电缓缓地照在满是小石子的台地上，忽明忽灭。

小贝壳被老贵族放在了床头柜上。

他醒来时，看见贝壳已被闪烁的天火照亮。在贝壳的深处，仿佛有个忽闪忽闪的奇幻王国，里面有玫瑰色的光芒、翻卷的浪花和白色的云朵。

闪电熄灭了。老贵族在下一次闪电的间隙又看见了贝壳里那个魔幻国，比起初见时更加清楚了。宽阔的大瀑布从陡峭的岸上飞泻而下流入大海，水珠飞溅，闪烁发光。这是什么？这应该是一条条河流吧。他甚至感受到了河水的清凉。水花似乎都溅到他的脸上了。

他认为自己这是在做梦呢，于是起身把沙发椅挪到了桌子跟前，坐在了贝壳的对面，俯下身，仔细打量起藏在贝壳里那个国度的所有细节，不知为什么心跳也怦怦地快了起来。但是闪电越来越稀，很快就完全停止了。

老贵族不敢点亮蜡烛，生怕突兀的亮光会让他明白刚才的一切只是错觉，贝壳里根本没什么魔幻国。

他就这样一直坐到了天亮。晨曦中，贝壳丝毫也没有显现出有什么美妙之处。除了一条明显的烟色透光，贝壳里什么也没有，仿佛那个奇幻国一夜之间就挪到千里之外了。

老贵族当天就去了马德里，跪求国王下一道谕旨，恩准他自费装备一艘轻型帆船，向西航行去寻找那个神秘的王国。

国王很仁慈，恩准了他的请求。老贵族离开后，国王对自己的近臣们说：

“这老贵族就是个疯子！靠这一艘可怜的帆船他能找到什么？不过上帝还是会给疯人指路的。这个老头要是能给我们的王国增添一点国土，那也没什么不好的。”

老贵族向西航行了好几个月。一路上他只喝水，很少吃东西。激情在消耗着他的身体。他尽量不去想那个奇幻王国，他怕自己永远也无法到达那里。或者是他到达了那里，却只见一片杂草丛生、荒芜孤寂之地，狂风肆虐，吹起了一道道尘柱。

老贵族祈求圣母，保佑他千万别陷入如此令人失望的境地。

做工粗糙的木质圣母雕像被牢牢地钉在船头。她左右摇晃着，在前面的船头上引领帆船乘风破浪向前挺进。她那双鼓出来的蓝眼睛，紧紧地盯着海面的远方。在她那金粉斑驳的头发和有些褪色的紫色长袍上，沾满了晶莹剔透的水珠。

“引领我们吧！”老贵族向圣母哀求着，“那奇幻王国不可能不存在。我看得太清楚了，不管是在梦中还是醒来的时候。”

一天傍晚，水手们从水里打捞起了一段折断的树枝。这说明陆地已经很近了。树枝上长满了大大的树叶，就像鸵鸟的羽毛。树叶散发出一种甜丝丝的清香味。

这一夜，船上无人入睡。

终于，在清晨的霞光中，一个重峦叠嶂，像是围着一堵堵五彩缤纷的高墙的国度，横亘在大海上。一条条清澈的河流，飞流直下落入海中。在一片片绿色森林上空，飞着一群群快乐的小鸟。树叶茂密，鸟儿们因无法飞入树林而只能在树梢上空盘旋。

岸上飘来了一阵花果沁人肺腑的香气。每往胸中吸入一口，都好像可以使人长生不老。

太阳升起来了，这个被瀑布的水雾笼罩的王国，突然间放射出了五彩斑斓的色彩，就像太阳光照在多棱的水晶器皿上一样。

这个国度熠熠生辉、光彩夺目，宛如天空与光的女神遗落在海边的钻石腰带。

老贵族扑通跪到了地上，将瑟瑟发抖的双手伸进了这片神奇的土地，说道：

“感谢你，上帝！在我生命的尽头你给了我对新事物的动力，让我的心灵因对幸福之境的渴望而备受煎熬。否则我永远也不可能看到它，我的双眼也会因整日看着台地上单调的景象而干涸。我想以我女儿弗洛伦西亚的名字来命名这片幸福之地。”

数十道小小的彩虹从海岸向帆船飞奔而来。这景象看得老人眼花缭乱。阳光在瀑布的水雾上燃起了这一道道彩虹，但不是它们奔向帆船，而是帆船在飞快地向它靠近。

桅杆上的风帆噼里啪啦地发出了庄严的声响，船员们升起的节日彩旗也在哗啦啦地欢呼着。

老贵族扑倒在温暖和潮湿的甲板上，不再作声。他那疲惫的心脏承受不住这一天之内所获得的空前巨大的欢乐。他去世了。

因此，据说这个后来叫作弗洛里达的地方就是这样被发现的。

我们未必要去对这个故事追根溯源。但我还是想指出这个故事的主旨，以便明白无误地说明一个思想，那就是源于生活的想象，有时候也会再次获得权力来对生活产生影响。

那个披着粗呢斗篷的人触发了老贵族的想象力。从那一刻起，想象力便控制了他，于是，在贝壳的深处他才看见了那个奇幻王国。

想象力有一个非凡的特质，那就是人必须要相信它。没有这样的信任，它就是空泛的智力游戏和毫无意义的儿童玩具万花筒。

这种对想象的确信具有一种力量，它会使人在生活中去寻找所想象的事物，去为它的实现而奋斗，去听从想象的召唤，就像老贵族所做的那样，最终，他的确在生活中创造出了他所想象的事物。

然而，与想象力结合得最密切的，首先是艺术、文学和诗歌。

想象以记忆为基础，而记忆又是以现实生活为前提的。记忆的积累并不是一种杂乱无章的堆积。它有某种规律，也就是联想的规律，或者如罗蒙诺索夫所说的“浮想规律”，是把这堆杂乱无章的记忆按照其类似程度或时间空间的接近程度加以归类，换句话说，就是综合概括，从中找出环环相扣的链条。这条联想的链条，就是想象的导引线。

联想的丰富就表明一个作家内心世界的丰富。有了这种丰富的联想，任何思想和主题就会立刻有了生动的轮廓。

有这样一种富含丰富矿物质的泉眼。你只要把树枝或钉子放进去，用不了多久上面就会附着许多白色的晶体，就能把它变成一件真正的艺术品。同样，如果人的思想沉浸在我们的记忆之泉里，沉浸在丰富的联想中，也会发生这样的现象。

有关联想的例子还能举出很多。在此我们还应该记住，每个人的联想都与他的生活、经历和记忆有密切关系。所以，一个人的联想与旁人是完全不同的。同样一个词，在不同的人身上会引发出不同的联想。作家要做的事情，就是把自己的联想转述，或如人们所说是传达给读者，以唤起他们的联想。

在《雄辩书》一书中，罗蒙诺索夫就联想举了一个最简单不过的例子。他说，联想“就是一种精神禀赋，它能由一种已知的事物联想到其他与此有关的事物，比如：当我们想到船，那我们就会想到它在上面航行的大海，从大海又想到风暴，从风暴又想到海浪，从海浪又会想到海岸的喧嚣，从这喧嚣又会想到岩石，以及其他更远的东西”。

这就是所谓“文选式”联想。而通常的联想往往要复杂得多。

我不妨举个例子。

此时我在里加湾海滨沙丘上的一幢小房子里写作。隔壁那位乐呵呵的拉脱维亚诗人伊弥尔玛尼斯正大声朗读自己的诗作。他穿着一件大红色的毛衣。这种毛衣我老早以前见过，那还是战前，导演爱森斯坦穿过。有一天我在阿拉木图的大街上遇见他。他拎了一捆刚刚买的书。他买的书让我感到有些吃惊：《排球指南》，还有中世纪史文选，代数课本，诺维科夫-普里波伊的《对马》。

“导演应该是个通才，”爱森斯坦说，“而所有的东西都要找到表演的表达方式。”

“连代数公式也需要表演吗？”

“毫无疑问！”爱森斯坦回答道。

那时，诗人弗拉基米尔·鲁戈夫斯科伊正在创作一首长诗。诗中有一章写到爱森斯坦，题目是“阿拉木图——梦之城”。长诗里甚至写到挂在爱森斯坦书房中的墨西哥面具。那是他出访中美洲带回来的。顺便说一句，墨西哥还生活着几乎灭绝的玛雅人。他们有像金字塔形式存在的神殿和少量的文字。有一个传说，认为许多古老的玛雅文字是学者们从生活在无法穿越的尤卡坦丛林里的鹦鹉那里学来的。是鹦鹉们将这些词一代代传了下来。

总之，征服美洲的历史，就是一段人类卑鄙无耻的历史。应该给这段历史加一个标题。这部历史小说的题目叫《卑鄙无耻》就最好不过了。听上去就像是打耳光一样响亮。

噢，起名字常常就是一件让人大伤脑筋的事！

起名字可是需要一种特殊的才能。有些人写出了好作品，却不会给自己的作品起名字。有些人则相反。就像有的人非常善于演讲，却不善于写作。他们只是夸夸其谈。需要有像高尔基一样的大才华，一个故事哪怕讲过无数遍，但是写出来依然是不同的，是一个全新的完全新鲜的故事！高尔基的口才也极好。一个真实的事件，他便可以从中提炼出很多细节。每一次新的讲述，这些细节又有新的扩展延伸和改变，使之变得愈加有趣。其实他的口头讲述本质上就是一种创作。所以高尔基无法忍受跟那种缺乏才华又刻板的，或者怀疑其讲述真实性问题的人在一起。他会皱着眉头，一声不吭，好像在说："同志们，跟你们一起生活在这世上多无聊啊！"很多作家都有根据真实的事件，讲述出一个精彩故事的本事。马克·吐温就是一个突出的例子。有一个主张绝对真实的批评家，指责马克·吐温是编造撒谎。马克·吐温被激怒了。他对这个批评家说："如果您从不说谎，甚至都不知道什么是撒谎，您怎么来判定我在说谎呢？要大胆判定这一点，需要对此很有经验。而您完全没有这方面的经验，所以就不可能有判断。在这个领域里您完全是个不学无术的无知之徒。"

伊里夫曾经告诉我，他在马克·吐温的家乡小城里看到了汤姆·索亚和哈克贝利·芬的纪念碑。在纪念碑上，芬抓住一只死猫的尾巴。的确，我们为什么不可以给文学主人公树纪念碑呢？比如，给堂吉诃德或格列佛立个碑，或者给保尔·柯察金、塔季扬娜·拉林娜、塔拉斯·布尔巴、皮埃尔·别祖霍夫、契诃夫的三姐妹、莱蒙托夫的马克西姆·毕巧林或贝拉立碑。

以上所说的一切，就是一个联想的链条。链条上的罗列还可以无限延伸。而如果把这个链条上的头和尾——红色高领毛衣和贝拉纪念碑——连接在一起，那么这个完全自然的联想过程却像是一通胡言乱语了。

关于联想我讲了很多，那是因为它与创作有着非常紧密的关系。

以上关于想象的话题说了很多，就是想清楚地说明一点，即没有想象就没有真正的散文和诗。

也许，别斯土舍夫·马尔林斯基关于想象的阐释最为贴切：

> 混乱是某种真实、崇高和诗意创作的前奏。只待天才之光将这黑暗刺破。敌对的、相互抗衡的微尘将因爱与和谐的力量而获得重生，它们将迅速集合成一个强有力的整体，牢牢地黏合，变成一粒粒闪闪发光的水晶，升腾出高山，漫延出大海，一股生机勃勃的力量，将会在这个新世界的额头上写满硕大无朋的象形文字。

黑夜来临，精神之力正慢慢复苏——它还是未知的。怎么来给它命名呢？是想象，幻觉，对人的意识的洞察力或灵感？还是心灵的亢奋与宁静？或是欢愉与忧伤？谁知道呢！

我关上灯，夜色渐渐亮了起来。雪光渗进了夜的黑暗。海湾水面结冰了。它像一面巨大光洁的镜子，反照着暗夜的天空，把它变得通透深远。

能看见波罗的海松树树林那黑黢黢的树梢了。一列电气列车从远处驶过，发出阵阵由弱渐强、节奏分明的轰隆声。世界复归寂静，静得好像能听见窗外针叶最微弱的窸窣和隐隐约约似有若无的噼啪声。这声响应和着星星的闪烁起伏。也许，这是霜花从星星上飘落，小心翼翼地落到地面所发出的声响吧。

屋内空空荡荡。我独自一人。一旁，是数百海里宽的大海。沙丘后，是一片片沼泽和低矮的树林……近处没有人烟。但是，只要打开台灯，坐到桌前，拿起笔来写点什么，孤独感就立刻消失了。我已经不是独自一人。在这间斗室，我能和成千上万的人，和全世界对话。我可以跟他们讲述各种各样的故事，让他们欢笑，使他们忧愁，引发他们的沉思和愤怒、爱与怜悯，就像一个引路人，牵着他们的手在生活中行走。这生活，是在这里，在这四堵墙里创造出来的，但是它却能冲向整个世界。

我牵着他们的手去迎接朝霞。朝霞一定会来的。它已在东方微微揭起黑漆漆的夜幕，用现在还在远处的、勉强能看出的鱼肚白照亮着天边。

现在，我也不知道自己要写什么。我脑中的思想如同汹涌澎湃的热望，想与旁人分享此时我的思考、我的心灵和我的整个存在。思想就在我的脑海，但是它会产生什么样的结果，以什么样的路径表达出来，我自己也不是很清楚。不过我知道自己将为谁写作。我将向全世界诉说。但是要想象出全世界在面前的样子，几乎是不可能的。

于是我就总会想到一个人，一个有一双忽闪忽闪的大眼睛的小姑娘，她飞快地从草地上跑到我跟前，一把拽住我的胳膊，气喘吁吁地说：

“我早就在这里等候您，已经采了一大束花，背了九遍《叶甫盖尼·奥涅金》的第二章了。我们大家都在家里等您，没有您，我们感到寂寞。您快给我们讲讲您在湖边的见闻，也可以编点有意思的故事。或者索性别编了，有什么就说什么吧，草场已经够美的了，野蔷薇也再次开放出花朵！多漂亮啊！”

或许，我会为一个女人写作。许多年来，她将自己的生命同我紧紧相系，与我同甘共苦、相濡以沫，这样的结合已强大得让我们无所畏惧。

或许，我会为朋友们写作。在我这个年纪，他们正渐渐离我而去。

不过归根结底，我是在为那些希望读到这些文字的人写作。

我不知道自己要写什么。也许我想写的东西太多，暂时还没有从纷纷思绪中捡出那块磁铁，把所有的思想都吸引聚合，让它们乖乖地进入叙事的框架之中。

所有的写作者都熟悉这种状况。

“难怪诗人们要谈灵感，”屠格涅夫说，“缪斯当然不会自己从奥林匹斯山上下来，把现成的诗句给予他们，但他们经常会遭遇一种与灵感相似的特殊情绪。费特的一些诗句被人们嘲笑，因为他在诗中说自己都不知道要写什么，‘那首歌是自己成熟的’，其实这就生动地传达了那种特殊的情绪。有时候你会产生一种写作的冲动，但并不知道要写什么，只是想写点什么。诗人们将这样的状态称为‘神的降临’。这样的时刻对艺术家来说就是一种极致的喜悦。没有这样的时刻，恐怕谁也不会开始创作。之后，当你要把头脑中的一切头绪纳入有序，并且将其诉诸笔端的时候，折磨人的时候就开始了。”

半夜，我突然听到一种声响。那是远处轮船的汽笛。它在何处，是不是来自茫茫的冰原？

昨天里加的报纸上说，有一艘从列宁格勒来的破冰船已驶入里加湾。显然，这是破冰船在鸣笛。

突然，我想到一位破冰船的大副给我讲过一件事。当时他们的破冰船正穿过芬兰湾，他竟然在冰面上发现了一束被冻住的野花。是谁把它抛在了这茫茫冰原？显然，是冰还很薄的时候有一艘轮船破冰而行，有人随手扔在冰面的。

一个形象出现了。冥冥之中，它开始把我引向了一个暂时还不清晰的故事。

应该解开这束冻僵了的野花的秘密。所有人都会参与这样的解密。看见这束花的人，都会有自己的想象和推测。

我也有我的想象与推测，虽然我并没有亲眼见到那束花。这会不会是那个在草场上迎面向我跑来的小姑娘扔下的？想必正是。可它们是如何被扔到了冰面？这一切只能在童话里才会发生，因为童话故事不会受时间和空间的限制。

同时，我也想到了女性对待花的那种特别态度，与我们男性简直截然不同。对我们男性来说，花就是一种装饰。而对女性来说，它就是活生生的生命，来自一个我们这些成年的忙于各种事务的男人们偶尔发现和报之以冷漠俯就的世界。

可惜的是，朝霞很快就漫天铺开。白日的光亮很快便会将这些思想吞没，让它们在正经人眼中变得滑稽可笑。

阳光底下，许多童话都会蜷缩起身体，像蜗牛一样躲进自己的硬壳。

是这样的，不过一个童话——目前它还很模糊——已经诞生了。要想阻止一个童话、一个故事、一部小说的问世几乎是不可能的。这无异于杀戮一个生灵。它们已经在我们的意识中自然生长、蓬勃健壮。

终于到了可以将故事诉诸笔端的时刻。写作的绝大部分难度，是如何用语言描述青草那种淡淡的香气。写作的时候，你最好屏住呼吸，否则会吹走覆盖在上面那些最细微的花粉。而且，你还要迅速地写，因为光影的移动和那一幅幅画面，都会飞快地在你面前一闪而过。不能拖拉，不能落后于飞驰的想象。

童话写完了。多想感激和再看看那双忽闪明亮的眼睛，童话就常驻在这双眼睛里。

夜行驿车

我原本想单独写一章，谈谈想象力及其对我们生活的影响。不过一转念，又把这一章改成了讲述诗人安徒生的故事。我认为，这篇小说不仅能替代这个章节，比起那些有关这个问题的讨论，它甚至能更清晰地说明何为想象力。

在威尼斯一家又旧又脏的旅店，要想搞到墨水是不可能的。它怎么会给客人提供墨水呢？是让你记下如何被他们敲竹杠吗？

不过，在赫里斯蒂安·安徒生入住这家旅店时，锡制墨水瓶里倒是真的还剩下一点墨水。他就蘸着这点墨水开始写自己的童话。但是，写下的字迹眼看着越来越淡，因为安徒生已经往里面加了好几次水了。即使是这样，墨水也没能坚持用到最后，童话的欢乐结局只好留在墨水瓶底了。

安徒生微微一笑，决定给自己这篇童话取名为《留在干涸的墨水瓶底的故事》。

他非常喜欢威尼斯，称它为“枯萎的百合”。

秋日低垂的乌云聚集在大海的上空。运河里哗啦啦地流淌着浑浊的河水。寒风从十字路口呼啸而过。但是当太阳冲破乌云，墙上的绿霉下便展露出玫瑰色的大理石墙面，放眼窗外，整个城市犹如威尼斯绘画大师卡纳莱托的一幅画作。

是啊，这是一座美妙的城市，虽然它带有几分忧郁。不过，现在是离开它到其他城市去的时候了。

所以，当安徒生差旅店仆役为他买去维罗纳的夜行驿车票时，他并没有感到特别遗憾。

有什么样的旅店就有什么样的仆役——这仆役又懒手脚又不干净，整天喝得醉醺醺的，倒是长着一张朴实诚恳的脸。他从来没收拾过安徒生的房间，就连石板地也不曾扫过。

大红色的天鹅绒窗帘后，时常会飞出一些金黄色的飞蛾。勉强能用的洗脸瓷盆已经有了裂缝，上面画着一些胸部高挺的浴女图。油灯已经破了。桌上放着一副沉甸甸的银烛台，上面插着油脂蜡烛头，由它代替了油灯。这烛台大概从提香时代就没有擦拭过了。

旅店一层是个廉价的小饭馆，弥漫着一股烤羊肉和大蒜的气味。一群年轻女子整天都在小饭馆里嬉笑打闹，让人耳根不得清静。她们的天鹅绒胸衣又脏又破，腰间胡乱地扎着一条破带子。

女人们偶尔还动武，互相揪扯着对方的头发。遇到正在打架的女人，安徒生总会停下脚步，赞叹地看着她们被揪乱的发辫、红扑扑的脸庞和燃烧着复仇火焰的眼睛。

但最好看的是她们眼里流出的愤怒的泪水，它们滴滴滚出眼眶，沿着两腮流下，好像粒粒晶莹细碎的钻石。

看到安徒生，女人们安静下来。在这位鼻子细长、瘦削文静的绅士面前她们有些害羞起来。她们认为他是外地来的魔术师，尽管她们礼貌地喊他“诗人先生”。在她们看来，这是个古怪的诗人。他似乎并不那么激情澎湃。他从不弹着吉他唱一曲曲令人肝肠寸断的情歌，也没有挨个儿跟她们谈情说爱。仅有一次，他把玫瑰花从纽扣孔里拿出来，递给了一个长相难看的洗碗女童工。这女孩还是个瘸子，走起路来像只鸭子。

就在仆役刚刚出门买票的时候，安徒生急急地走到窗前，拉开厚厚的窗帘，只见仆役正边走边吹着口哨，沿运河边走到半路，还随手摸了摸一个红脸蛋卖虾女的胸脯，结果挨了人家一记响亮的耳光。

接着，仆役又长时间专心致志地站在拱桥上往运河里吐唾沫，想击中下面的半个空蛋壳。那空蛋壳此刻正漂浮在桥墩旁。

最后，他终于击中了蛋壳，蛋壳沉下去了。随后，他又走到一个戴着一顶破帽子的小男孩身边。那孩子正在钓鱼。仆役在他身边坐下，傻呆呆地看着浮漂，想等一条游来荡去的鱼儿上钩。

“我的天哪!”安徒生绝望地喊了一声，“难道我今天会因为这个蠢蛋走不成吗?”

安徒生砰的一声推开窗户。窗玻璃被震得哐哐直响，下面的仆役听见后也不由得抬起头来。安徒生先向天上举了举双手，随后愤怒地朝仆役挥舞着拳头。

仆役一把摘下小男孩的帽子，兴高采烈地朝安徒生挥了挥，然后又重新扣到了小男孩的头上，跳起身来，很快消失在了一个拐角处。

安徒生笑了起来。他一点儿也没生气。这种逗趣的小插曲，甚至让他对旅行的渴望一天胜似一天。

旅途中总是会发生一些意想不到的事情。你不会知道，女人的睫毛下什么时候会向你投来一个狡黠的眼神，什么时候远处会出现一个陌生城市的塔影，什么时候在遥远的海平面上会出现一艘艘巨轮的桅杆，当雷雨在阿尔卑斯山间咆哮，你的脑海里又会出现怎样的诗句，而又有谁人会对你唱出一段歌唱青涩爱恋的歌谣，如旅途上的铃铛。

仆役买回了驿车车票，但没有把零钱还回来。安徒生拽住他的衣领，客气地把他推到了走廊里。然后开玩笑似的打了一下他的脖颈，仆役顺着摇摇晃晃的楼梯一蹦三跳地跑了下去，扯开喉咙唱起了歌。

离开威尼斯这家旅店的时候，淅淅沥沥地下起了雨。夜幕降临在湿漉漉的原野上。

马车夫说，把威尼斯到维罗纳的驿车安排在夜里出发准是魔鬼的主意。

乘客们没有吭声。车夫沉默下来，愤愤地啐了口唾沫，最后向大家通告，除了洋铁提灯里那个蜡烛头，再没有蜡烛了。

乘客们对此并没在意。于是，出于对自己的乘客是否有正常思维判断力的怀疑，车夫又补充说，维罗纳是个偏僻荒芜的地界，正经人去那里没事可做。

乘客们知道事实上并非如此，但谁也不去跟他争辩。

乘客一共有三个：安徒生、一个上了年纪不苟言笑的神父和一个披着深色斗篷的太太。安徒生时而觉得她年轻，时而觉得她年老，时而觉得她是个美人儿，时而又觉得她丑陋。这都是提灯里那个蜡烛头在作祟。它每一次都把这位太太换了个模样，完全是兴致所至。

“要不把蜡烛灭了?”安徒生问，“现在还用不着点亮。否则等需要的时候我们就没有用的了。”

“意大利人无论如何是不会有这种想法的!”神父大声说道。

“为什么?”

“意大利人不善于深谋远虑。等到一切都无法挽回，他们才恍然大悟、捶胸顿足。”

“您显然不属于这个轻浮的民族吧?”安徒生问道。

“我是奥地利人!”神父气呼呼地说。

谈话中断了。安徒生吹熄了蜡烛。一阵沉默之后，那位太太开口了：

“在意大利这个地区，夜间赶路还是不点灯为好。”

“车轮声还是会出卖我们的，”神父反驳说，接着还不满地加了一句，“女士出门旅行应该带上个亲戚，也好有人陪伴。”

“陪伴我的人，就在我身边呢。”太太顽皮地笑了笑，回答说。

她指的是安徒生。他摘了摘帽子，对自己这位女同伴说的话表达了谢意。

蜡烛刚一熄灭，各种声音和气味顿时活跃起来，就像在为对手的退场而欢欣鼓舞。马蹄的嗒嗒声、车轮在沙土路上的碾压声、弹簧颤动的吱吱声和雨点打在车棚顶上的滴嗒声，都越来越欢实响亮。湿漉漉的青草和沼泽的气息飘进车窗，越来越浓郁密稠。

“太令人惊奇了!”安徒生说，“我原本期待在意大利能感受到酸橙树的气息，可我现在呼吸到的是我北方老家那种空气。”

“现在一切都会改变的，”太太说道，“我们正在爬山。到了上面空气会暖和一些。”

驿马放慢了步子。驿车的确是在爬一道缓坡。

但是黑夜并没有因此而变得明亮。相反，道路的两旁延伸着一排排老榆树。在树叶茂密的枝丫下，夜色更浓更静，似乎能听得见黑暗与树叶和雨滴的絮语。

安徒生放下了窗帘。一根榆树枝伸进了车窗。安徒生从上面摘下几片树叶，留作纪念。

就像许多有丰富想象力的人，安徒生也有在旅途中收集各种小东西的癖好。但这些小东西有一个共同点，那就是它们能让过去复活，当安徒生捡起一块镶嵌着瓷砖的碎片、一片榆树树叶或一块小小的驴蹄铁，当时的心境就会重现。

“这夜啊！”安徒生自言自语地发出感叹。

此时，夜的黑暗比阳光更令他感到惬意。黑暗有助于他平心静气地思考一切。当安徒生感到乏味了，黑暗又可以帮助他想象出各种故事，而这些故事的主人公都是他自己。

在这些故事里，安徒生会把自己想象成一个永远年轻、帅气和充满活力的小伙子。他慷慨地把那些被多愁善感的批评家称为“诗之花朵”的甜言蜜语洒向四周。

实际上，安徒生的相貌很丑，他也深知这一点。他长得又瘦又高，十分腼腆，胳膊和两腿走路时摆动的样子就像小孩玩的提线木偶。家乡的孩子们会把这种长相的人称为“木头杆儿”。

因为长相丑陋，他已经对女性的青睐不抱任何希望。但是，每当年轻女人走过身旁而把他视同路灯柱子时，他的内心依然会感到十分委屈。

安徒生打起了盹儿。

当他醒来，一颗硕大的绿色星星展现在他的眼前。这颗星星悬在大地上空。显然，此时夜已经很深了。

驿车停了下来。车窗外传来了一阵说话声。安徒生侧耳倾听。车夫正和几个拦下驿车的女人谈价钱。

这几个女人的声音非常清脆娇媚，使得这场讨价还价就像古典歌剧的宣叙调那么悦耳动听。

车夫不答应让她们搭车去一个特别小的城镇，嫌她们出的钱太少。女人们争先恐后地抢着说，这些钱还是她们三个人凑的，再没有多的了。

“别说了！”安徒生对车夫说，“其余的钱我来出，您别再强人所难了。如果您对乘客不这么粗鲁少讲点废话，我还会多给一些。”

“好吧，美人们，”车夫对女人们说，“快坐上来。你们得感谢圣母，让你们碰到这位慷慨大方的外国王子。他只是不想因为你们耽误了行程。在他看来，你们不过是去年的通心粉。”

“哦，我主耶稣！”神父痛苦地呻吟道。

“快坐到我身边来，姑娘们，”那位太太说，“我们挤一块儿能暖和点。”

姑娘们轻声商量了几句，然后把行李递上车，钻进车厢，向大家问好，还怯生生地向安徒生道了谢，随后就坐了下来不再作声。

一股羊奶酪和薄荷的气味立刻弥漫开来。尽管车厢内黑漆漆的，但安徒生还是能隐隐分辨出姑娘们廉价耳环上那玻璃珠子的闪光。

驿车启动了。沙砾又开始在车轮下喋喋不休起来。姑娘们也开始了窃窃私语。

“她们想知道您是谁。”太太开口说话了，安徒生在黑暗中都能感觉到她在微微笑着，“真的是一个外国王子呢，还是一个普普通通的旅行者?”

“我是个预言家，”安徒生不假思索地说，“我能预知未来，在黑暗中也能看清一切。不过我可不是骗子。也许可以这么说，我是哈姆雷特曾经生活过的那个国家里一个类似不幸的王子之类的人。”

“在这么黑的地方，您能看见啥?”一个姑娘惊异地问道。

“比如我就能看见你们啊，”安徒生回答说，“我能非常清楚地看见你们，我的内心充满了对你们的可爱的赞美。”

他说这话的时候感觉自己的脸在发冷。每一次在构思自己的诗歌和童话的时候，他常常感受到的那种状态在渐渐临近。

在这种状态中，有一种轻微的焦灼，不知从何而来迸发出的语言的激流，一种突如其来的诗意的力量感，似乎自己是人类心灵的主宰。

就像他在一个故事中所说，一个古老的魔盒砰的一声被打开，那里面藏着还没说出的思想、沉睡的情感，还有大地上一切迷人的事物——各种各样的花朵，色彩，声音，令人心醉的风，大海的辽阔，森林的喧嚣，爱的痛苦煎熬和孩童的咿呀学语。

安徒生不知该怎样来命名这种状态。有的人称它为灵感，有的人称它为亢奋，有的人称它为即兴的天赋。

“我一觉醒来，在黑夜中猛然听见了你们的声音。”安徒生从容地说，说完又停顿了一下，“可爱的姑娘们，这就足以让我了解你们，甚至更进一步说是爱上你们，就像爱自己多年不见的姐妹。我能清清楚楚看到你们。你们都长着柔软浅色的头发，你们爱笑，你们爱一切动物，所以你们在菜园里干活的时候野鸫鸟都会落到你们的肩上。”

“哟，尼科琳娜！他这是在说你呢！”其中一个姑娘对身旁人耳语道，声音却很响亮。

“尼科琳娜，您有一颗火热而温柔的心，”安徒生继续从容地说道，“如果您的爱人遇到不测，您会毫不犹豫跋山涉水，越过白雪皑皑的高山，穿过干涸无人的沙漠，去看望和搭救他。我说得没错吧？”

“我大概会去的吧……”尼科琳娜不好意思地低声道，“既然您都这么说了。”

“你们都叫什么，姑娘们？”安徒生问道。

“尼科琳娜，玛丽亚，安娜。”一个姑娘自告奋勇地替大家回答道。

“玛丽亚，我本不想说您的美丽的。我的意大利语说得不好。不过我年轻时就对诗神发过誓，不管我在哪里看到了美，我就一定要赞美它。”

“我主耶稣！”神父轻声说，“他这是被毒蜘蛛咬了，完全失去了理智。”

“世上有这样的女人，她们具有惊人的美貌。这一点让她们几乎与人隔绝。她们独自忍受着会把她们化为灰烬的热情。这热情从里到外简直把她们的脸都烧红了。您就是这样的，玛丽亚。这种女人的命运往往会是不平常的。她们要么非常不幸，要么非常幸福。”

“那您遇到过这样的女人吗?”那位太太问。

“就在眼前啊，”安徒生回答，“我所说的不仅仅指玛丽亚，也是对您说的，夫人。”

“我想，您这么讲不只是为了消磨打发这漫漫长夜吧，”太太声音有些颤抖，“这对这么一个可爱的姑娘实在是太残酷了。对我来说也是。”最后她还压低嗓子补充了这么一句。

“我从来没像此刻这么认真过，夫人。”

“那到底会怎么样?”玛丽亚问，“我会幸福呢，还是不幸?”

“您想从生活中获取很多，尽管您只是一个普通的乡村姑娘。所以您想要获得幸福并不那么容易。但您会在生命中遇到一个与您心灵要求相符的人。您的意中人当然应该是一个非常出色的人。也许，他是个画家，诗人，为意大利自由而战的勇士……但也可能是一个普通的牧人或水手，不过他心灵高贵。这一点，说到底都是必需的。”

“先生，”玛丽亚羞涩地说，“因为我看不见您，所以斗胆问一问。如果有这么一个人占据了我的心，那我该怎么办呢？我跟他总共也没见过几次，我甚至不知道他现在在哪里。”

“那就去找他!”安徒生大声说，“去找到他，他一定会爱上您的。”

“玛丽亚!”安娜兴奋地说，“说的不就是那个维罗纳来的年轻画家吗……”

“住嘴！”玛丽亚冲着她喊了一声。

“维罗纳还没有大到找个人都困难的程度，”那位太太说，“您记住我的名字。我叫伊莲娜·格维乔里。我就住在维罗纳。每个维罗纳人都能告诉您我家住在哪里。玛丽亚，您来维罗纳吧。您可以住在我家，直到我们这位亲爱的旅伴所预言的那个幸福的时刻降临。”

玛丽亚在黑暗中抓住了伊莲娜·格维乔里的手，把它紧紧地贴向自己滚烫的脸颊。

大家都不再出声。安徒生发现，那颗绿色的星星已经不见了。它落到了地平线外。这就意味着，长夜已经过半了。

“那么，您怎么没对我的未来说点什么呢？”安娜问道，姑娘中数她最爱说话。

“您会生很多孩子，”安徒生十分肯定地回答说，“他们会排着队到您跟前要牛奶喝。每天早晨，您会花很多时间给他们洗脸、梳头。您未来的丈夫也会帮您做这些事的。”

“难道是比特罗？”安娜问，“我倒是真少不了他，这个傻乎乎的比特罗！”

“您每天还得花很多时间，一遍又一遍地吻孩子们那充满好奇的闪闪发亮的眼睛。”

“在教皇的统治下，竟然还会有如此荒唐和毫无理性的言辞！”神父气呼呼地说，可谁也没在意他说的话。

姑娘们又开始嘀嘀咕咕地说开了。她们的耳语还时常被她们的笑声打断。最后，玛丽亚说：

“我们现在很想知道您是什么样的人，先生。我们在黑暗中可看不清。”

“我是个流浪诗人，”安徒生回答说，“我还年轻。我的头发浓密卷曲，脸膛被晒得黑黑的。我的蓝眼睛几乎永远都露着笑意，因为我无忧无虑，到目前为止没有恋爱过。我唯一的事情，就是做一些小礼物或者干一些有点冒失的事来取悦我周围的人。”

“什么样的事呢，比如说?”伊莲娜·格维乔里问。

“怎么跟您说呢?去年夏天我曾在日德半岛一个熟悉的护林员家小住。有一天我在林子里散步，最后竟来到了一片长满蘑菇的林中空地。当天，我又返回这片空地，在每一株蘑菇下面都藏了东西：一颗锡纸包的糖果，一颗枣，一小束蜡制花，一枚顶针，一条缎带。第二天一早，我领着护林员的小女儿进了这片林子。她七岁。在每一株蘑菇下面，她都找到了那些不同寻常的礼物。只是没找到那颗枣。也许是乌鸦把它叼走了吧。要不是亲眼所见，怎么也难以想象她的双眼是怎样因为兴奋而放光！我让她相信，这些礼物都是地精藏在下面的。”

“您欺骗了天真的孩子!”神父已经是怒不可遏了，“这真是弥天大罪!”

“不，这不是欺骗。她一辈子都会记住这件事。我保证，她的心不会像那些没有经历过这个故事的人那样容易变得冷酷无情。另外我还要告诉您，尊敬的神父，我不习惯听别人强加于人的训斥。”

驿车停住了。姑娘们一动不动地坐着，像是着了魔。伊莲娜·格维乔里默默地低着头。

“嘿，漂亮的姑娘们!”车夫大声喊道，“快醒醒！到了!”

姑娘们又是一阵嘀嘀咕咕说着什么，最后才站起身来。

黑暗中，一双有力而纤细的手抱住了安徒生的脖子，热烈的嘴唇也贴近了他的嘴唇。

“谢谢！”这火热的嘴唇开口说话了，安徒生听出来是玛丽亚的声音。

尼科琳娜向安徒生道了谢，矜持而温柔地吻了吻他，头发蹭得安徒生的脸痒痒的，而安娜则给了他用力响亮的一吻。姑娘们都跳下了车。在铺满沙砾的道路上，驿车又开始摇摇晃晃向前驶去。安徒生两眼望向窗外。除了黑乎乎的树梢映衬着渐渐泛青的天空，四下里还什么都看不见。天将破晓了。

维罗纳那些恢宏的建筑令安徒生赞叹不已。建筑物正面的气势一座比一座富丽堂皇。和谐的建筑理应给人带来平和安宁的心态。可安徒生的内心却平静不下来。

傍晚，安徒生摁响了格维乔里家那座古老宅第的门铃，这老宅坐落在一条通向城堡的窄窄的小巷里。

伊莲娜·格维乔里亲自给他开的门。一条绿色天鹅绒连衣裙紧紧地包裹着她那苗条的身体。天鹅绒的反光映着她的眼眸，安徒生觉得这双眼像瓦尔基里女神的眼睛一般清澈碧绿，美得无法形容。

她伸出双手，冰凉的手指紧紧地握住了安徒生那双宽大的手掌，一边向后退一边将他让进了小客厅。

“我真是太想念您了，”她直率地说，并带着些歉疚笑了，“我已经离不开您了。”

安徒生的脸唰地白了。一整天他都带着隐秘的狂热在思念她。

他知道，自己会死心塌地爱上这个女人的每一句话、掉落的每一根睫毛和她裙子上的每一粒尘埃。他明白这一点。他想，如果听任这爱火燃烧，他的心将容纳不了这样的爱情。这爱将带给他无数的烦恼和快乐、眼泪和欢笑，他也将无力应对这爱带来的改变和种种意外。

而且谁又知道，也许因为这爱，他那五彩斑斓的童话会黯然失色，离他而去，永不再回来。那么他的人生还有什么价值呢！

总之他的爱情是不会得到回应的。这种事情在他身上发生过多少次啊。像伊莲娜·格维乔里这样的女人总是反复无常的。在某一个令人悲伤的日子，她一定会发现他的丑陋。他自己都嫌弃自己。他经常都感觉到了身后那些嘲讽的眼光。这时候他走起路来就像木头一样僵硬，跌跌绊绊，随时都准备找个地缝钻进去。

"只有在想象中，"安徒生这样告诫自己，"爱情才会是永恒的，才会被闪闪发亮的诗的光环所围绕。看起来，我想象爱情的能力比我在现实中感受它的能力强多了。"

带着这种坚定的决心，安徒生才来找伊莲娜·格维乔里，就是为了看看她，然后决绝地离开她，永不再见。

他不能把这一切直接说出来。因为他们之间什么也没有发生。他们只是昨天在驿车上萍水相逢，而且彼此什么也没有说。

安徒生在大厅门口停住，四下打量起来。客厅的角落里，一尊狄安娜女神的大理石头部雕像在枝形烛台照耀下愈显苍白，仿佛她因自己的美貌而激动得失去了血色。

"是谁将您的美貌注入了这尊狄安娜像？"安徒生问。

“是卡诺瓦。”伊莲娜·格维乔里回答，垂下了眼帘。看来，她已经猜到了他的心思。

“我是来辞行的，”安徒生喃喃地说道，嗓音有些嘶哑，“我这就要逃离维罗纳。”

“我早已认出了您，”伊莲娜·格维乔里望着他的眼睛说道，“您是赫里斯蒂安·安徒生，著名的童话家和诗人。不过，您显然害怕自己生活中的童话。哪怕面对的是一次短暂的爱情，您也缺乏力量和勇气。”

“这对我来说就是个沉重的十字架。”安徒生承认道。

“好吧，我亲爱的永远漂泊的诗人，”她凄然地说道，把一只手放到了安徒生的肩上，“快逃吧！快解脱吧！愿您的双眼永远充满笑意。您别顾念我。但是，如果有一天您因为衰老、贫穷和疾病而痛苦，那么只要您一句话，我就会毫不犹豫跋涉千里，翻越雪山和干涸的荒漠去找您安慰您，就像尼科琳娜那样。”

她颓然地坐到沙发椅上，双手捂住了脸。烛台里的蜡烛因燃烧而发出噼噼啪啪的声响。

安徒生看到，一颗晶莹的泪珠从伊莲娜·格维乔里那细细的手指间滚落到她身上的天鹅绒连衣裙上，然后又慢慢地向下滚去。

他扑到她跟前，跪倒在地，将脸紧紧地贴向她那温暖柔软和有力的大腿。她依然闭着眼睛，但伸手搂住了他的头，俯下身去吻了吻他的嘴唇。

又一滴泪珠落到了他的脸上。他都感觉到了眼泪的咸味。

“走吧！”她轻声说，“愿诗神宽恕您的一切。”

他站起身，拿起帽子，快步走了出去。

晚祷的钟声响彻了整个维罗纳城。

他们再也没见过面，但始终都在互相思念。

也许正因如此，安徒生在去世前不久才对一个年轻的作家说：

“我为了我的童话付出了极大的，甚至可以说是无法估量的代价。我为了它牺牲掉自己的幸福，错过了时机，不管想象多么有力多么辉煌，它都应该让位于现实。”

我的朋友，要善于驾驭想象，让它为人们带来幸福，为自己带来幸福，而不是带来悲伤。

早就想写的一本书

很久以前，大概有十年了，我就打算写一本难写的书，而那个时候，当然包括现在我也认为这是一本很有趣的书。

这本书的内容，应该是杰出人物的传记。

他们的传记也应该是简短而生动的形式。

我甚至开始为这本书开列这些杰出人物的名单。

我打算将一些我认识的、最普通的人的生平事迹列进书中，他们籍籍无名，常被人所遗忘，可实际上他们一点也不比那些受人爱戴的名人差。他们不过是不走运罢了，而且身后没有留下一丝一毫的线索供后人们缅怀。他们大多是淡泊名利的苦行僧，整个身心唯有对某一件事情的痴迷。

这其中有一位曾在江轮上当船长，他叫奥列宁-沃尔加里，他的人生简直就是一个传奇。他出身音乐世家，曾在意大利学习声乐。但是他因为想周游欧洲，于是抛弃学业，真的像一名流浪歌手一样游历了意大利、西班牙和法国。每走一个国家，他都能弹着吉他用这个国家的语言唱歌。

我是 1924 年在莫斯科一家报社编辑部认识奥列宁-沃尔加里的。一天下班后，我们请奥列宁-沃尔加里唱几首他在街头演唱的歌曲给我们听。人们不知从哪里搞来了吉他，这位个子不高、身穿船长制服的干巴老头立马就变身为一个技艺高超的艺术家，一位令人赞叹的演员和歌手。他的嗓音跟年轻人完全一样。

他唱的意大利歌自如流畅，把巴斯克人的歌唱得如同阵阵铿锵的雷声，他唱出的《马赛曲》就像硝烟中的阵阵号角，把我们个个都听呆了。

漫游欧洲之后，奥列宁-沃尔加里在一艘海轮上做了水手，还通过了远洋领航员的考试，曾经多次穿越地中海。最后，他回到俄罗斯，在伏尔加河上当了一名船长。我认识他的时候，他在莫斯科至下诺夫哥罗德之间的游船上工作。

他是第一个敢于冒险的人，曾领着一艘伏尔加河上的大游轮穿过莫斯科河上那些狭窄和陈旧的闸口。所有的船长和工程师都曾经劝他，说这完全是不可能的事情。

他也是第一个建议把莫斯科航道上著名的马尔丘格改为直线的人。这一段河道弯曲得非常厉害，就是在地图上看也像一团乱麻，让人一看就晕。

奥列宁-沃尔加里写过许多关于俄罗斯河流的高水平文章。现在这些文章都已经遗失和被人们遗忘了。他知道数十条河道上的漩涡激流、险滩沉木。对改造这些河道的通航条件，他都有着自己简单直接、出人意料的办法。

他还忙里偷闲将但丁的《神曲》翻译成了俄文。

他是个严肃、善良和闲不住的人，他认为所有的职业都值得尊敬，因为他们都是在为人民服务，这些职业让每个人都有机会证明“自己是这个美好世界上的好人”。

我还有一个朴实而可爱的朋友，他是俄罗斯中部一个小城的地方志博物馆馆长。

博物馆设在一栋老房子里。馆长除了他妻子没有别的帮手。他们夫妇俩不仅把博物馆维护管理得井井有条，而且还自己亲自动手修缮房屋，准备劈材，做各种脏活累活。

有一次，我碰到他俩正在干一件奇怪的事。他们正在博物馆旁边一条小巷里走来走去，这里安静但杂草丛生，他们正捡拾着洒满一地的碎石和碎砖头。

原来，有一群孩子用这些碎石砸博物馆的窗户。为了让他们找不到这些顺手的武器，馆长决定把所有的碎石头破砖头都清理出去，把它们堆到院子里去。

博物馆里的每一件藏品，从古代的花边到罕见的 14 世纪扁砖，从泥炭样本到前不久放到附近沼泽地里繁殖的阿根廷大水鼠标本，他都做过逐一研究，并有详细的说明。

就是这样一个谦逊的，说话永远都压低嗓音，并且还会因为羞涩而装作咳嗽清嗓子的人，在为我介绍一幅别列普廖奇科夫的画作时却变得眉飞色舞。他是在一所关闭了的修道院里找到这幅画的。

的确，这真是一张非常出色的风景画，是从一扇非常深邃的窗户向外看到的景色——北方一个明亮的夜晚，几株入睡的小白桦亭亭玉立，还有一片小小的，亮得好像锡纸一般的湖水。

这个人就是如此辛劳地工作着。很少有人去关注他。他默默地做事，从不打扰别人。即使他的博物馆没有多大的贡献，但这种人的存在对当地人，尤其是青年人，难道不就是一个献身事业、谦虚待人和热爱家乡的好榜样吗？

前不久，我找到了为这本书列出的杰出人物名单。这份名单十分庞大。在此我不可能全部列出。所以我随手从中选出了一些作家。

在每位作家的名字旁边，我都记下了简短和随意的笔记，谈论我对这些作家的认识。

以下，我就援引自己关于几位作家的札记，并为了清晰而做了修饰。

契诃夫

我们许多人都有一个坏习惯，就是把自己的想法、印象和电话号码三言两语地写在香烟盒上。然后又很自然地把这些烟盒纸随手扔了，而我们生活中的日子也就随着它们从记忆中消失了。

一天的生活，其实完全不像我们所想象的那么简单和枯燥。请您试着回忆您生活中的任意一天，其中的每一分钟都不要漏掉：遇到的人，你们的谈话，你的想法，做过的事，发生的事情，情绪状态，有自己的，也有别人的——您就会相信，要还原这段时间之流，也许不写两本的话，也需要写一大本书，说不定还能写出三本呢！

有一次，契诃夫的传记作者安·约·罗斯金建议我们这些打算冬天聚集在雅尔塔作家之家的作家们，做这项他所戏称的“功课”。

我们非常高兴地接受了罗斯金的提议。每个人都开始写作自己的“一日之书”，但很快，大家又都搁置下来。原来这项“功课”其实很难，甚至对那些经验丰富、技艺娴熟的大师们也不是件容易的事。尽管它不需要我们绞尽脑汁去考虑主题、情节和结构这些让人挠头的问题，但它需要我们不间断地紧张回忆，需要花我们很多的时间，当然这一切也是生活本身给予我们的。

我也习惯把自己的点滴想法记下来，包括记在香烟盒上。我原本也总是打算把它们保存下来，可转身就弄丢了。

事实证明这样的随手记是必要的，因为有一次爱德华·巴格利茨基给我读了他的一首诗《小船从鱼儿和星星中间划过……》，这首诗就是写在一张“格尔策戈维纳·弗洛尔”牌香烟的纸盒上的。

不过我最后还是保留了几个烟盒。其中一张跟契诃夫和契诃夫在雅尔塔的故居有关。这段笔记很短，烟盒上的字迹已经有些模糊不清，我只能尽量将保留下来的内容还原“破译”出来。

我曾答应一家报社写一篇关于契诃夫的文章。可是刚一动笔，我就坚信，用我们现在称之为“文章”的体裁来写契诃夫是非常困难的，也许根本就是不可能的。我觉得，俄语中能用在契诃夫身上的所有词语都被说尽了、用完了。对契诃夫的爱已经超出了我们词汇的丰富容量。就像任何一种伟大的爱，这种爱很快让我们最有表现力的词汇也被穷尽了。因此，重复和雷同的风险是必然会出现的。

关于契诃夫，该说的大家好像说尽了。不过，人们很少谈及一点，那就是契诃夫在品德方面为我们留下了什么遗产，契诃夫以自己的存在是怎样决定和影响了与他亲近的那些人在今天的生活。

几乎没有人谈到“契诃夫情结”。对我们来说，他永远都是生动和亲切的人。对他的情感，是一种强烈的感激之情。

于是，我决定不写文章，而是去研究自己在烟盒子上写的那些随笔札记。说不定那里面就存在，或者多少能透露出我还不能准确说明白的“契诃夫情结”。

正如前面所说，我的那些札记非常简短。比如：“1950 年。我独自在家。一条毛茸茸的小狗在下面狂吠。人们照惯例叫它卡士坦卡。”

记忆经这么轻轻地一触碰，往事又浮现在眼前。

这是 1950 年秋天。我到契诃夫在雅尔塔的住地去拜访玛丽亚·巴甫洛夫娜①。她不在家，去附近邻居家串门了，于是我留在家里等她回来。一位上了年纪的女工作人员把我领到了阳台。

雅尔塔的秋天真是有令人意想不到的迷人，你简直分不清这是百花盛极而衰的暮春，还是繁花如许、天空明澈的秋天。柱形栏杆外，一丛不知名的花朵如处子般洁白，在阳光的照射下熠熠生辉。

每一阵微风，或者更准确地说是空气的每一次呼吸，都会使花瓣纷纷飘落。我知道，这个花丛是安东·巴甫洛维奇亲手种下的，所以没敢去碰它，虽然我是多么想去摘下一枝最细的枝条留作纪念。最终，我还是鼓起勇气把手伸向了花丛，但很快又缩了回来，因为一只叫卡士坦卡的毛茸茸小黄狗从下面的花园里蹿了出来，冲着我狂叫。它的两条后腿蹬着地面，冲我叫的时候跟契诃夫描写得一模一样：

“呜一呜一呜……汪一汪一汪！呜一呜一呜……汪一汪一汪！”

我不由得笑了。小狗蹲了下来，竖起两只耳朵仔细地听着。阳光照亮了它那善良的黄眼珠。

---

① 玛丽亚·巴甫洛夫娜（1863—1957）是契诃夫的妹妹，也是契诃夫纪念馆的馆长。

四周宁静而温暖。远处的海面，一道蓝色的光氲向天空升腾，仿若一面宽阔的帷幕，帷幕的后面，一艘内燃机船拉响了嘹亮的汽笛，正威风凛凛、气势豪迈地行驶着。

屋里响起了玛丽亚·巴甫洛夫娜的声音，我的心猛然间揪了一下，眼泪差一点就掉了出来。为什么？因为生活太无情了，它虽然无法给人以永生，但起码也应该让一些人的寿命更长一些，让我们时刻能感受他们轻轻搭在我们肩上的那只手，因为没有他们，我们就难以生活下去。

我拼命想驱赶这些念头，但忧伤并没有消散。心已经不再听从理智的驱使。如果此刻能听到主人那从容舒缓的脚步声在门里响起，如果能听见早已不在的房主人那轻轻的咳嗽声，就是让我用后半辈子的生命去换取这刹那一刻我也愿意。时间过去很久、很久了！他已经离世四十六年。我觉得这段时间既短暂易逝，也痛苦悠长。

栏杆外花丛上的花瓣正静悄悄地飘落。我望着那些轻盈的花瓣纷纷落下，心里担心我此刻激动的样子被即将走出来的玛丽亚·巴甫洛夫娜撞见。为了让自己的心情平复，我转而去想，这个花丛中的每一条细枝都存在着某种永恒的东西，树皮下的汁液也在日夜不停地流动着，就像夜间的繁星永远闪烁在静静涌动翻腾的大海之上。

玛丽亚·巴甫洛夫娜出来了，她跟我谈起了列维坦，她说自己曾经爱过他。讲述这一切的时候，她的脸颊像个小姑娘一样羞红了。

听完玛丽亚·巴甫洛夫娜的讲述，我也不明白自己为什么会说一句这样的话：

“也许每个人都有自己的《带小狗的女人》。如果过去不曾有，将来也一定会有。”

玛丽亚·巴甫洛夫娜宽容地笑笑，什么也没有说。

此后，我在一年四季不同的季节里多次去过契诃夫的故居。我很少进到里面，通常是靠在院墙边上站一会儿，然后就走了。

这幢房子在冬天是非常吸引人的。黑压压的天空低低地罩在海面。透过蒙蒙夜色，轮船边上的舷灯隐约可见。据水手们说，站在轮船的甲板上有时候可以借助望远镜看见契诃夫书房的窗户，里面亮着一盏罩着绿色灯罩的台灯。

想来也很奇特，这盏灯就亮在祖国的尽头，俄罗斯的领土在大海边就到了尽头，再往前，在大海的另一端，黑暗天空下就是古老的小亚细亚各国了。

我还辨认出一行字迹：“雅尔塔的冬天，雅伊拉山上的雪，雪光映在阿乌特卡河上。”是啊。每到冬季，雅伊拉山上就会轻轻覆盖着一圈薄薄的雪。积雪在月光下闪闪发亮，夜的宁静仿佛是从山顶向雅尔塔倾泻而来。

契诃夫看到并了解这一切，正如我们今天的所见。据玛丽亚·巴甫洛夫娜说，契诃夫有时候会关了灯，久久地独坐在黑暗中，望着窗外那一动不动、熠熠闪光的积雪。

有时，他会去花园走走，不过为了不惊扰母亲和妹妹，他走路总是轻手轻脚的。失眠症折磨着他，他常常独自一人在深夜里久久地徘徊，仿佛被所有人遗忘了，尽管此时他已享有了世界性的声誉。在这样的夜晚，世界性的名声是不会给他造成困扰的。

他旁边是那栋白楼，它已经成了俄罗斯文学的栖息之地。库普林、高尔基、马明-西比尼亚克、斯坦尼斯拉夫斯基、蒲宁、拉赫玛尼诺夫、柯罗连科的声音虽然沉寂已久，但余音似乎还久久响彻回荡其中。这房子还在等待着他们的归来。房子的主人也在等待着，他只是在独自一人度过漫漫长夜时才会变得忧心忡忡，这时候谁也不可能发现这一点，而他的任何疾病、痛苦和焦虑都不会令任何人不安。

在卷帙浩繁有关契诃夫的回忆录中，几乎没有人提到契诃夫什么时候哭过。

但还是有人看到过契诃夫流泪，比如作家吉洪诺夫（谢列布罗夫），那是契诃夫去世前不久他和萨瓦·莫罗佐夫去乌拉尔的时候。一个实际上患了不治之症且濒临死亡的孤独的人，背着大家在深夜里流下了眼泪。

因为契诃夫极其善良、勇敢和高尚，他隐藏了自己的眼泪和苦痛，以避免给亲人带来痛苦，让周围人的生活蒙上哪怕是一点点的阴影。

我还辨认出了另一段文字："俄罗斯永远都看不够。"这让我立刻想起了那个傍晚，当时我和诗人卢戈夫斯科依站在契诃夫书房的壁炉前，欣赏着列维坦的画作《干草垛》。

灰蒙蒙的暮霭和惨白的月亮挂在雾气升腾的沼泽地上空，长脚秧鸡在鸣叫，茫茫无边的森林又将虚度这个夜晚及其今后的千百个夜晚。因为谁也不会看到它那湿润和微微发亮的桦树叶，谁也不会听见它那谜一般的沙沙声。

森林被遗弃了，变成了荒野。黑夜孤独而徒然地走过它的上空，走向遥远的黎明。而契诃夫的心备感伤痛，因为他将在这里，在克里米亚虚掷光阴，在他需要，他需要在那里，在俄罗斯，在北方，去观察夜晚的反光是如何照射在农舍的木板屋顶或者家乡静悄悄的池塘漩涡上的时候，他却什么也看不见。

他向往着俄罗斯，他忍受着沮丧和懊恼的折磨和煎熬，因为他无法看到，只能去想象猜测着她全部的无法言说和难以揭示的美。

他为生命而感到惋惜，因为生命太过短暂，在他看来，生命几乎是徒劳的，就像是用它那双轻盈的翅膀轻轻地触碰了你一下便飞逝而去了，这种痛惜感折磨着住在这幢舒适房子里的他。

而且不仅仅是他感到痛惜。不知为什么，凡是到这幢房子里来过的人，几乎都会开始思考自己的命运，尤其是那些虚度了自己的年华，只有现在才猛然间醒悟过来的人。

显然，是契诃夫和谐而又充实的一生促使人们去对照和反思自己的生活。

一条写着“一系列照片”的札记，让我回忆起了某一个傍晚，当时我非常幸运地得到了很多契诃夫的照片。

我按照年代将这些照片加以排列，从他的中学时代，到弥留之际拍下的照片。

我再也没有获得比这更大的教益了。契诃夫的整个生活道路——从一个庸庸碌碌、爱开些浅薄玩笑的小市民，到有着令人惊叹的内在美和崇高品德以及沉着勇敢的人——这条道路的路径是清晰可见的。

他不仅自我教育，也给我们上了严肃的一课，教育我们要品行端正，诚实对待他人和自己的写作事业。

最后两则札记非常短，一则只有一个词。第一则写着“天才”，另一则写着“善良”。

这两则札记对我来说再清楚不过了。

契诃夫是个天才作家。这是毋庸置疑的。但是，出于对他格外谦逊举止的尊重，凡是有关他的文章里没有一个人直接提到这一点。甚至在他去世之后我们也羞于说到这点，仿佛这会让他生气似的。是契诃夫本人严禁把这个词用在他自己的身上。

契诃夫很谦逊，就像真正的伟人所能做到的那样。他不能容忍骄傲自大、自吹自擂和傲慢无礼。

他曾经写到过，一个平庸作家最典型的特征，就是傲慢无礼、自高自大，像个牧首似的。谦虚，这是俄罗斯人民最伟大的品德之一。所有优秀的普通俄罗斯人，都是谦逊的。他们中间没有谁会自吹自擂，没有谁会嘲笑讥讽与自己意见不同的人，也没有谁会把自己当作大家的榜样。

谦虚包含着人的道德力量和纯净，而自吹自擂则是渺小和愚蠢的表现。

关于“善良”，可以说的话就太多了。

我们可以说契诃夫本人为人的善良，但更为重要的是作为作家的契诃夫的善良和富有人道主义精神。在我们的文学中，也许再没有哪个作家能以如此巨大的善意来对待人们，为他们而痛苦并力求帮助他们。

是的，他是善良的，但又是无情的。他善于憎恨，他并不是一个能原谅一切的慈悲的宣教者。作为一个医生和作家，他深深地懂得人类的痛苦和对灾难的恐惧，他希望人们能友爱地彼此相处。

契诃夫在这方面的影响，无论过去和现在都是巨大的。几乎所有优秀进步的意大利电影，都源于契诃夫的人道主义，比如《罗马十一点钟》《偷自行车的人》《火车司机》《警察与小偷》《途中的幻想》，等等。

我们有的文学作品便缺少这种契诃夫的善良和严格的人道主义精神。这就削弱和减少了文学最重要的品质之一——感染读者心灵的力量。

以上就是我对那些我所找到的写在旧烟盒上的札记的破译。多亏了这些札记，使我能够在这里分享我心目中的契诃夫，一个有魅力的人和一个优秀的作家。

契诃夫的存在告诉我们，真正的人类幸福是可能实现和获得的，我们正是在为此而工作和战斗，并夺取胜利。

契诃夫的随手札记在文学上是一种独立的存在，好像一个特别的体裁。他很少把它们用到自己的作品中。

就像伊里夫、阿尔丰斯·多德的随笔札记，就像托尔斯泰、龚古尔兄弟和法国作家雷纳尔的日记和其他许多作家诗人的笔记一样。

随笔札记作为一个独立的体裁，它们拥有在文学中存在的权利。但是，尽管许多作家有疑问，我也依然认为对写作来说它们的作用其实并不大。

有一段时间我也援引随笔札记。但是，每一次当我从书里摘取有趣的笔记，把它放进中篇或短篇小说时，这些段落部分就会显得十分生硬和死板。它会在上下文中显得突兀，像是硬贴上去似的。

为此我所能做的最好的解释，就是记忆会引导我们对材料进行优化筛选。那些留在记忆中和难以忘记的，就是最有价值的。那些害怕忘记而需要特意记下的东西，就是没有多大价值，对作家来说也是很少能够用得到的。

记忆，就像是故事的筛子，它把垃圾过滤掉，把一块块金子留了下来。

契诃夫还有一个职业。他曾经是医生。显然，懂得另外一门学问和时常去做这项工作，对每个作家来说都是很有益的。

医生的职业不仅仅使他有了解人的机会，而且也影响到了他的风格。如果契诃夫没有做过医生，那么他有可能就写不出如解剖刀一样尖锐、准确和精细入微的小说了。

他的一些小说（如《第六病室》《寂寞的故事》《一个跳来跳去的女人》，还有其他许多作品）就像是一部部人物的心理诊断书。

他的小说不能容忍哪怕是最微小的尘埃和污点。“应该抛弃掉多余的东西，”契诃夫说，“应该把句子进行‘最大限度’的清洗，‘借助于此’，应该多关注它的音乐性，在一个句子中绝不允许‘成了’和‘不再成了’这样的词连续使用。”

他很残酷地把这样一些词从小说中删去，比如“胃口”“调情”“理想”“唱片”“银幕”。这些词都令他反感。

契诃夫的生活是有教益的。他说自己是在许多年里，把身上的奴性一点一点地挤出去。很值得把契诃夫在各个年代的照片铺开了看一看，从青年时期到他生命中最后那些年，非常鲜明地表明着，那些小市民的情调是如何从他的外表渐渐褪去，他的表情是如何变得越来越严肃、庄重和美好，而他的衣着又是如何变得越来越优雅和轻松随意。

我们国家有一个小小的角落，那里每个人都保留着自己的心脏。这就是奥乌特卡的契诃夫之家。

对于我这一代人来说，这个契诃夫之家就像从窗户里透出的一道亮光。站在黑漆漆的花园，你可以看到它后面那个几乎快要被自己遗忘的童年。你能听见玛丽亚·巴甫洛夫娜那甜蜜的嗓音，那是契诃夫笔下可爱的玛莎，几乎整个国家都熟悉和像爱亲人一样地爱着她。

我最后一次到这栋小屋是 1949 年。

我们和玛丽亚·巴甫洛夫娜坐在低矮的台阶上。一树树盛开着的浓郁芬芬的白色花朵，仿佛要把大海和雅尔塔都盖住。

玛丽亚·巴甫洛夫娜说，这一片蓬松的矮树丛是安东·巴甫洛维奇种下的，还给它取了名字，但她已经想不起来那个绝妙的名字了。

她说这一切很简单，好像契诃夫曾经还活着，不久前也还在这里，只是他临时到哪里去了，去了莫斯科或者尼察。

在契诃夫的花园里，我摘了一朵山茶花，把它献给曾陪我们去拜访玛丽亚·巴甫洛夫娜的一个小姑娘。但这位无忧无虑的“山茶花女子”却将花朵从桥上扔到了山间一条叫乌薔-苏的小溪里，花朵也随即漂进了黑海中。我不可能生她的气，尤其在这样的日子里，好像在每个街角我们都可能碰到契诃夫。如果他听到有人为把他花园的花扔掉这种破事儿而责备一个腼腆的灰眼睛姑娘，他一定会不高兴的。①

亚历山大·勃洛克

再也没有比讲述河水的气息或者田野的静谧更难的事了。而且，还要讲得让听者能清晰地听见这种气息和感受到这样的静谧。

如何表达普希金诗句中“水晶玻璃（这是勃洛克的表述）似的声响”呢，这样的诗句在任何场景都会出其不意地浮现在我们的脑海中。

世界上存在着千百种奇妙的现象。而我们目前还没有相应的词汇来描述它们。越是让人惊异的现象，越是令人赞叹的现象，就越是难以用我们现在僵化的语言去描述它。

亚历山大·勃洛克的一生及其诗歌，就是这种美好的，许多方面在我们俄罗斯现实中都难以解释的现象之一。

距离勃洛克悲剧性离世的时间越久，就越是难以相信这个伟大

① 该部分曾经出现在《金蔷薇》1956年苏联作家出版社的版本中，应该是作者关于契诃夫随笔札记的另一部分内容，附录于此供大家参考。

的天才就曾经在我们中间生活过这一事实。

对我们许多人来说，他已经与那些非凡的人、与文艺复兴时期的诗人们和人类神话中的那些英雄们融为一体了。对我来说也是如此，勃洛克已经被我列入了最喜爱的半传奇性，或者说是传奇性人物之列，这些人物中有奥兰多、比特拉克、阿伯拉尔、特里斯坦、莱奥帕尔迪、雪莱，或者至今都没有被理解的莱蒙托夫——他还是个小男孩，在自己短暂的生命中讲述了耗尽在荒野上的灵魂热情。

勃洛克接替了莱蒙托夫。关于莱蒙托夫，他说了一段满含忧伤而又十分中肯的话："是对那子虚乌有的春天的忧愁，使你深陷狂怒的煎熬。"

此生最大的憾事之一，就是我从来没有见过勃洛克，也没有听过他的朗诵。

我没有听过勃洛克的朗诵，我不知道他是怎样读诗的。但我相信诗人支亚斯特，他写过一篇关于这个话题的短文。

勃洛克的音色低沉、悠远、恬静。甚至在他同时代人听来，他的声音也是若近犹远。这声音里有某种执拗和魔力，仿佛是经久不息、袅袅绕梁的琴声。

我所谈到的这个勃洛克，已经牢牢地存在于我的意识和我的生命之中，在我的心中他永远不会是另一个样子。他和我一起默默地度过了许多个夜晚，每当我尝试着朗读他那音乐般美妙的诗句，我的心就会随之而不停地颤动。"这声音是你的，我要将痛苦和生命注入这莫名的声响。"

就是这样，他在我遥远而艰难的青春岁月里走进了我的生命，直至今日，用叶赛宁的话来说就是“到了收拾必将腐朽易逝的物件上路的时候了”，他依然在我的生命里。

勃洛克的诗是永远也不会成为“必将腐朽易逝的物件”的。因为他的诗不受衰亡规律和腐朽规律的制约，只要人类在地球上生存，“上帝所创造的奇迹中的奇迹”——自由的俄罗斯语言没有消失，那么它们就必将存在下去。

是的，我为无缘结识勃洛克而感到遗憾。他自己也曾说过：“意识到美好就在我们身边的时候，时间已经晚了。”

逝去的生命无法追回。我们已无法复活勃洛克这个人了，我们再也不能在日常的生活中见到他了。但是，世界上还有一个现象能与美好共存而不受严酷的自然规律约束，还能够给我们以慰藉。这个现象就是艺术。

艺术能在我们的意识中创造一切，使一切复活！请重读一遍《战争与和平》，我敢保证您会清楚地听见娜塔莎·罗斯托娃躲在您身后发出的微笑，您会像爱一个真实的活生生的人那样去爱上她。

我深信，对勃洛克的热爱和对他的思念是如此强烈，以至于他迟早有一天会出现在某一部叙事诗或小说中，以一个完全是活生生的、复杂的、令人倾倒和经历着自己第二次诞生这一奇迹的形象出现。我相信这一点是因为我们国家从不乏天才，而人类精神的复杂性也不可能是整齐划一的。

请原谅，在此我不得不说几句有关自己的事。

我已经开始写一部自传体小说，写到了中年时期。这不是一部回忆录，只是一部小说，作者完全可以不受真实事件的限制。不过主要的内容，多多少少还是会以这些真事为依据。

在这部自传小说中，凡涉及我个人的生活，都是据实写的。但是，我们每个人，包括我自己，应该说都有第二种生活，第二种经历。它就像我们常言说的那样，在现实生活中并没有“显现”，也就是没有发生。它仅仅是在我们的意愿和我们的想象中存在。

而我正是想书写自己的第二种生活。我可以凭着自己的意愿去创造它，我会把它写成势必会出现的样子而不受任何偶然性因素的左右。

在这第二部“自传”中，我希望并且必然能够遇见勃洛克，甚至成为他的朋友，我会尽情地写他，带着我对他如此巨大的感激和温情。我想自己便以此延续了勃洛克的生命。

你们有权问我，为什么需要这么做。

之所以需要这么做，是为了我的生命趋于完美，是为了以我的生命为例证明勃洛克诗歌的力量。我再说一遍，我没有见过勃洛克。在他生命最后那些年，我住在远离彼得堡的地方。但是，我现在努力想哪怕是间接地弥补这个损失。

也许我的举动显得有几分幼稚，但我现在的确是在寻访与勃洛克有关的一切：人，环境，彼得堡的风貌。诗人逝世以后，这里的风貌几乎没有什么变化。

很久以前就有一个我自己很难说清缘由的愿望在纠缠着我，那就是寻找勃洛克曾经居住和离世时住的那所房子，而且一定要独自去找，不依靠任何人的帮助，不去向旁人问路或者察看列宁格勒地图。当时我模糊记得普里雅什卡河在什么地方（勃洛克就曾经住在滨河路上一条现在叫十二月党人街的街角），于是就步行朝普里雅什卡河的方向走去，路上没有向任何人打听。我为什么要这么做，我自己也不完全明白。我坚信，凭着直觉我就能找到路，我对勃洛克的眷念会像引路人那样牵着我的手把我带到他家的门口。

第一次我没有走到普里雅什卡河。河水泛滥，桥被封闭了。

我冷得发抖，只能远望着西边那黑沉沉的雾霭。那里就是普里雅什卡河了。湿漉漉的风从那边迎面扑来，带着蒙蒙的烟雾，一幢幢高大的建筑在烟雾中隐约显现出来，像一艘艘挺立在暴风雨中的大石船。

我知道勃洛克住过的房子就紧靠海边，显然，是它首当其冲地迎接着波罗的海的风暴。

第二次去，我才走近了普里雅什卡河边的那幢房子。我不是一个人去的。当时我那十九岁的女儿与我同行，年轻姑娘只是因为我们要去寻访勃洛克的故居而又悲又喜。

我们沿着涅瓦河的河边走着，不知为什么，这一路的情景我记得异常清楚。

这是十月里的一天，空气中弥漫着雾霭，落叶在纷纷飘零。在这样的日子，大地上的雾霭会久久难以散去。它化作毛毛细雨，将清新的空气注入我们的胸中，细小的水珠像尘埃一样附着在铁栅栏上。

勃洛克曾有一个比喻，叫作“秋日的暗影”。这天就是这样一个到处充满了秋日暗影的日子——昏暗，寒冷。那些宅邸在列宁格勒围困时期被炸得弹痕斑斑的窗玻璃，闪烁着迷离朦胧的光芒。空气中弥漫着一股煤烟味，它应该是从港口那边飘过来的。

我们走得很慢，时常还会停下脚步，久久地打量着周围的一切。不知为什么，我坚信勃洛克经常会沿着这条路回家，而不是走那条乏味单调的军官街。

一股飘满了水藻的河水和锯屑的气味扑面而来。这是涅瓦河边一个荒僻的地带，有几个穿棉布短大衣的姑娘正用电锯把桦树木头锯成劈柴。锯屑飞溅，仿若一道飞出去的长长的火焰，一向叫得刺耳的电锯声在这里不知为什么变得轻柔了，低沉了。电锯仿佛在低声唱着歌。

在一条黑乎乎的运河——这就是普里雅什卡河——的对岸，是高高耸立的船厂的船台、烟囱，浓烟，还有被烟熏黑的厂房。

我知道勃洛克住所的窗户是朝西的，正朝着这片厂房和河边。

我们走到普里雅什卡河边，我立刻看到一片低矮的石头房子后面有一幢孤零零的大房子，砖结构，很普通。这就是勃洛克的故居了。

“瞧，我们终于还是到了。”我对同行的女儿说。

她停下了脚步，眼里满是喜悦之情，但瞬即又闪烁出点点泪光。她努力在克制自己，可眼泪还是不听话，一滴滴小小的泪珠从她的睫毛上滚落下来。她一把扶住了我的肩膀，把脸贴在我的衣袖上，以遮住脸上的泪珠。

房子的所有窗户都闪着列宁格勒特有的那种昏暗朦胧的光，但对于我和女儿来说，这光是神圣的。

我想，这位诗人是多么幸福啊，因为他让青春年少的人把自己最初那羞涩和感激的爱都奉献给了他。青年推崇的是年轻的诗人。在我们的意识中，勃洛克曾经是，也永远是年轻的。这是几乎所有悲剧性地活着和悲剧性地死去的诗人们的宿命。

即使在自己生命最后几年的岁月里，勃洛克虽忍受着强烈的内心焦灼，但他从不表露，让自己保持着青春活力，而他的焦灼也成了一个难解的谜。

在此我要插上几句题外话。

众所周知，许多作家和诗人都拥有自己巨大的创作感染力。

他们的小说和诗句，只要进入了您的意识，甚至是以最小的剂量，那它们也会唤起您，让您激动振奋，让您的思绪汹涌澎湃，让人物形象纷至沓来，促使您不由得产生出要将这一切诉诸笔端的强烈愿望。

从这个意义上说，勃洛克对许多诗人和作家就产生了这种正面的启发影响。产生影响力的不仅仅是他的诗篇，更包括他的生活境况。在这里我举一个例子，也许这还不是最有代表性的，不过是我恰巧想到的而已。

作家亚历山大·格林有一部尚未发表的小说遗稿，叫《凤仙花》。这部小说的背景和许多细节，都与勃洛克谈自己的生活时所讲到的那段在布列塔尼亚小港口阿贝弗拉克港的生活相同。

在这里，勃洛克平生第一次接触到海上的生活。这里的生活唤起了他几乎是儿童般的幻想。一切都像童话一样令人兴趣盎然。

他写信给母亲："我们生活在航海信号灯的包围之中。主灯塔的灯光每五分钟闪一次，照亮了我们的墙壁。港口上停泊着一艘 20 年代（19 世纪）的三桅巡洋舰，武器装备已经被拆除了，它曾经在墨西哥战争中服役，现在已经抛锚退役了。这艘舰艇叫‘墨尔波墨涅号’。而舰首，是一个面向大海的白色雕塑。”

信中还有一段颇具代表性的文字：“不久前，一个旋转灯塔上的值夜老人去世了，当时他没来得及在夜晚降临前修好灯塔。于是他的妻子就吩咐两个年幼的儿子手动摇动机器，整整一夜。为此，她被授予了荣誉团勋章。”

“我想，要是俄罗斯人也会这么做的。”勃洛克说。

在阿贝弗拉克港口附近的岛上，有一座名为塞戎的古老要塞。因为它完全破败陈旧也毫无用处，所以法国政府打算以非常低廉的价格出售它。

显然，勃洛克很想把这座要塞买下来。他甚至盘算过，购买要塞再加上平整地面、开辟花园、修缮房屋等项，一共需要两万五千法郎。

要塞里的一切都显得那么有浪漫情调：腐烂不堪损坏一半的吊桥，暗炮台，火药库，古老的大炮。

家人们的劝阻，让勃洛克放弃了购买要塞。但他后来多次在朋友和熟悉的人面前讲起这个古老的要塞，看来幻想是不会轻易向理性周全的思考妥协的。

听了这个故事，格林写了一部小说，讲述一个老人和跟他一起生活的女儿的故事，他那年轻美丽的女儿就叫“凤仙花”。老人从政府手里买下了一座古老的要塞，带着女儿住了进去，最后把荒芜坍塌的土墙变成散发着芬芳气息的灌木丛和花坛。

小说里有着各种各样的故事发生，但写得最好的部分，也许就是对这座要塞的描写：安宁（它早已卸下了武器装备），平和，浪漫。对花园的描写也相当精彩生动，树木、灌木丛和鲜花无不栩栩如生。

我得承认，勃洛克的几首诗也曾触发了我的一个想法，那就是写几篇在情绪上与这些诗歌有着紧密联系的短篇小说。

这个念头直至今日我也没有放弃。目前我还只是写了一个短篇小说《雨中晨曦》，它完完全全来自于《俄罗斯》这首勃洛克的诗篇。

> 不可能的事也可能发生，
> 漫漫长路也可以轻松走过，
> 只要旅途的远方
> 有瞬间的顾盼从头巾下闪现……

对勃洛克的生活和诗歌，我不想也不能给出自己的阐释。我不能完全理解，勃洛克在意识到俄罗斯和人类遇到考验时所怀有的那种先知式的神秘的恐惧。而他那种宿命的孤独感、毫无出路的怀疑、灾难一般的沉沦，以及对革命过于复杂化的接受态度，都是我所难以理解的。

勃洛克吸引我和令我为之着迷的地方，是他的生活和成熟的诗句中那些完全具体的诗意。至于那些象征主义的朦胧迷雾，矫揉造作和有血有肉的生动形象的缺乏，这仅仅是执拗的中学生的迷恋罢了。

有时候我想，对今天这一代人，也就是年轻人来说，勃洛克身上的许多东西他们是不理解的。

他们不理解，比如说勃洛克对俄罗斯贫穷的爱。按今天这些年轻人的观点看，怎么可能去爱这样一个国家，在那里“有数不尽的低矮贫穷的村落，令人目不忍睹，昏暗的日子里有一堆篝火在远处牧场上燃起”。

年轻人不理解这一点，是因为这样的俄罗斯已经不复存在了。而勃洛克所了解和热爱的，正是这样的俄罗斯。如果还残存着这样一些偏僻的村落，以及泥潭间用木柴铺就的小径和荒山野林，那么住在这种村落的人也与从前大不相同了。一代接着一代，孙子已经不能理解祖辈，儿子也不能理解父亲了。

孙辈们不理解，也不想去理解这种以歌谣痛斥的贫穷，它还点缀穿插着各种迷信传说、神话，还有吓得不敢吱声的孩童的双眼和惊恐的姑娘那低垂的睫毛，这种贫穷还被香客和精神不健全的人所讲的故事吓得毛骨悚然，也不理解因为可怕的东西近在身边——森林中，湖泊里，朽烂的树中，老太婆的哭声里，还有被木板钉死的弃屋里——而时时都感觉奇迹就将出现和惶惶不可终日的那种贫困。“我迷糊起来，秘密就藏在其中，而你又在秘密里，罗斯。”

需要有一颗博大坚韧的心和对人民伟大的爱，才可能爱上这灰蒙蒙的农舍、哭诉的哀歌、灰烬和莠草的气息，才能透过被森林和荒野所包围的这一切极度的匮乏，看到俄罗斯那苍白暗淡的美。勃洛克的许多前辈也看到了这种美。但是这样的罗斯正在消亡。勃洛克哀悼她，歌颂着她：

你，赤贫的芬兰罗斯
将不会在豪华的灵柩长眠！

在勃洛克看来，新罗斯、“新美洲”正在南方的草原上崛起。

不，那里不是一缕缕额发在迎风飘动，
不是军乐队的木丘克铃在缤纷闪烁……
那里黑乎乎耸立着工厂的烟囱，
那里尖声嘶叫的是工厂的汽笛。

老一代人不论对新的还是旧的罗斯，几乎都是同样熟悉的。这种对俄罗斯的广博知识，正是这一代人的宝贵财富。

不了解旧的俄罗斯，不明白“楚德人[①]干出的那些荒唐事和梅里亚人的斤斤计较”，不了解古老的乡村，不了解在全国各地游走着的信徒香客，也没有见过库利科沃战场上血泊中倒映出的晚霞，那就不能说了解新俄罗斯。

勃洛克的爱情诗就好像是一种巫术。跟所有的巫术一样，它们是无法解释和令人痛苦的。要讨论这些诗也几乎是不可能的。它们只需要你反复诵读，一次次地经受着每一次的激烈心跳，一次次沉

① 楚德人是古罗斯编年史中对爱思特人及芬兰西部一些部族的统称。

浸在它催人泪下的吟唱中如痴如醉，不停地惊异这些诗句是如何不经意间进了脑子并再也忘不掉。

在这些爱情诗中，尤其是在《陌生女郎》和《旅店》这两首诗中，诗歌技巧达到了登峰造极的地步。它甚至让人感到惧怕，因为它似乎永远也无法企及。也许，在思索着这些诗句时，勃洛克对自己的缪斯说：

比北方的夜更诡异，
比金色的香槟更浓烈，
比茨冈人的爱更短暂，
是你的可怕的爱抚……

勃洛克的爱情诗随时间的流逝而越发浓烈有力，其形象也越发催人断肠。“她身上柔曼的轻纱飘荡出古老的传说”“我看见了令人着迷的海岸和令人着迷的远方”“那蓝色深邃的双眸，仿若盛开在远方海岸的花朵”。

与其说这是吟唱永恒缱绻柔情的诗，不如说这是诗歌力量的一种巨大喷发，它令饱经沧桑的人叹服，也俘虏了涉世未深的心。

某种“神秘莫测的力量”将勃洛克的诗变成了一种比仅仅是诗更高深的东西，变成了诗歌、音乐和思想的一种有机的融合，与我们人类的每一次心跳相随相和，也变成了一个艺术现象，迄今为止我们还找不出一种准确的定义加以解释。

为了印证这一点，只消举出下面这段脍炙人口的诗句便足够了：

你猛地一挣像只受惊的鸟，
你轻轻飘过，仿若我的一场梦……
香水吐出叹息，睫毛打起了盹，
丝质衣裙发出了不安的窸窣。

在自己的诗歌和小说中，勃洛克走过了俄罗斯历史上一段波澜壮阔的历史，从萧条的 90 年代，到第一次世界大战，到哲学、诗歌、政治和宗教各种潮流最为错综复杂的纠缠，最后，到“戴着白色玫瑰花冠”的十月革命。他是诗歌的守护人，是诗歌的行吟者，是诗歌的苦行僧，也是诗歌的天才。

勃洛克曾经说，天才之光可以照耀到无可丈量的时间的远方。这句话也完全可以用来说他自己。他影响着我们中间每一个人的命运，不管是小说家还是诗人，也许这种影响还没有立刻显现出来，但它的确是意义非凡的。

还在青年时代，我就明白了他这两句至理名言的含义，并信奉至今：

抹去偶然性的特征，
你就会看到生活是美好的……

我一直在努力追随践行勃洛克的这一句忠告。我也深深地感恩于他。我们生活在他天才之光的照耀下，这光的照耀将抵达我们未来的一代又一代，可能还会变得越来越清晰明亮。

勃洛克早期有一些鲜为人知的诗篇《温暖的夜笼罩着海岛》。

在这些诗中有这样一行诗句，它绵长而温柔，总是唤起我记忆中迷茫青春岁月里的所有美好："我那遥远理想的春天……"

每一次，当我在列宁格勒，我就想去（就是要步行，而不是坐公共汽车或有轨电车）普里雅什卡，就是为了看看勃洛克曾经生活和在里面去世的那栋房子。

在一次去那里的路上，我迷路了。在一条条僻静的小巷和飘着水藻的运河间，我怎么也找不到勃洛克的故居。不过，在一条长着些野草的胡同里，我在一面已褪色的砖墙上意外地发现了一块纪念牌。原来，陀思妥耶夫斯基在这栋房子里住过。

就在不久前，我终于找到了坐落在普里雅什卡河岸的勃洛克故居。

晚秋把一堆堆干树叶洒在深暗色的河面。在普里雅什卡河的对岸，是处于城市边缘的港口厂区。厂房、船坞、轮船的桅杆、烟雾和傍晚到来之前发白的天空，一切都清晰可见。但普里雅什卡河上却寂静而缺乏生气，就像在偏僻的外省。

这就是对勃洛克这样的诗人来说有些奇特的栖身之所。也许，他寻求的正是这种安静和与海的亲近，因为它们能够给躁动不安的心以安宁和慰藉。[1]

居伊·德·莫泊桑

他对自己的生活讳莫如深。

——勒纳尔论莫泊桑

莫泊桑在里维埃拉有一艘起名为"漂亮朋友"的游艇。在这艘游艇上，他写下了自己最令人痛苦和震撼人心的作品——《在海上》。

在莫泊桑的"漂亮朋友"上有两名水手。年长的叫贝尔纳。

尽管水手们已经发现"东家"近来有些反常，感觉他不是被自己那些稀奇古怪的念头，就是被难以忍受的头疼折磨得快要发疯。不过，他们的言谈举止丝毫没有表现出他们对莫泊桑的担忧。

莫泊桑去世以后，两个水手给巴黎一家报社编辑部寄去一封写得蹩脚的短信，信中充满了巨大的悲痛。也许，只有这两个普通人一反公众对莫泊桑的偏见，知道他们的主人有着怎样一颗高贵而羞涩的心。

他们为纪念莫泊桑能做些什么呢？只能是竭尽全力，让作家心爱的游艇不至落入冷漠的陌生人手中。

---

① 该部分曾经出现在《金蔷薇》1956年苏联作家出版社的版本中，应该是作者关于契诃夫随笔札记的另一部分内容，附录于此供大家参考。

他们确实是尽力了。他们尽可能地拖着不让游艇转卖出去。他们很贫穷，只有上帝才知道要做到这点得有多难。

他们请求莫泊桑的朋友和法国的作家们帮忙，却遭遇冷眼。游艇最终落到了无所事事的富豪巴泰勒米伯爵手中。

临终前，贝尔纳对一旁的人说：

"我认为，我曾经是个不错的水手。"

对过去生活充满骄傲自豪的评价，再没有更加质朴的表达了。很遗憾，现在完全有资格这么评价自己几句的人已经很少了。

这些话，也是莫泊桑通过他的水手之口而留给我们的遗言。

他就这样走完了令人赞叹的短暂的创作之路。他说："我像一颗流星进入文坛，又像一道闪电离它而去。"

他是人类丑恶行径无情的观察者，是一位把生活称为"作家门诊部"的解剖师，可在他生命接近终点的时候，他向往的是纯净，是对爱之痛苦与爱之欢欣的赞美。

就是在自己的弥留之际，当他感到有某种毒盐正侵袭着大脑，他还遗憾地想，在自己短暂而劳碌的一生中，曾抛弃了多少真挚的感情啊。

他的召唤向着何处？他把人们引向哪里？他是否用他那双强有力的划桨人和作家的手去帮助过他们？

他明白，他没有做到。要是在他的写作中增加一些同情悲悯，那么他倒是可能作为一个善的化身留在人们的记忆之中。

就像一个弃儿，他阴郁而羞怯，内心向往着温情。他最后相信了，爱情不仅仅是情欲，也是牺牲，还是隐秘的喜悦，是这个世界的诗。可惜时间太晚了，留给他的只有良心的谴责和无尽的悔恨。

他深感懊悔，自己当初是那么愚蠢和漫不经心地拒绝和嘲笑了幸福。他想起了一个叫巴什基尔采娃的俄罗斯女画家，当初她也就是个小姑娘。她曾非常迷恋他。在他的通信里，他对她的感情报以嘲笑，甚至还有些轻薄。他作为一个男人的虚荣得到了满足。他并没有顾忌其他。

不过巴什基尔采娃算不得什么。另外一位巴黎的年轻女工才让他更加痛惜。

保罗·布尔热把这个女工的故事写了下来。莫泊桑对此非常恼火。是谁给这个沙龙心理学家的权利，让他探究这场真正的人间悲剧？当然，这也怪他自己。他莫泊桑在这件事情上是难辞其咎的。但是他能做什么，有什么办法呢，他当时已筋疲力尽，毒盐在脑子里已层层堆积！有时，他甚至能听见锐利的盐粒扎进自己的脑子所发出的咔嚓声。

一个女工！一个天真美丽的姑娘！她读过他的许多小说，生平第一次见到莫泊桑时就爱上了他，她的爱倾注了全部的心灵，如同她那闪烁的双眸一样清亮纯净。

一个多么真诚的姑娘！她得知莫泊桑单身未娶，于是就疯狂地希望为他奉献一生，关心他，成为他的朋友、妻子、女奴和仆佣，这样的念头是如此强烈，以至她自己也难以遏制。

她生活拮据，穿着破旧不堪。她一整年节衣缩食，攒下每一个生丁，就是为了买一身像样的衣服，穿着它出现在莫泊桑的面前。

终于，这套衣装置办齐了。她一大早就醒来，巴黎此刻还在沉睡，美梦像雾一般包围着这座城市，初升的太阳透过这晨雾放射出微微的光亮。这是一天里一个唯一的时刻，在种满菩提树的林荫道花园里，你能听见鸟儿叽叽喳喳的歌唱。

她洗了个冷水澡，像对待没有分量和芳香四溢的宝物一样，轻柔而小心翼翼地穿上了薄如蝉翼的丝袜，配上一双小巧又闪亮的鞋子，最后，还有一件漂亮的连衣裙。她看着镜中自己的样子，简直不能相信那就是她本人。面前这位女郎因快乐和激动显得容光焕发，她身材苗条，模样可爱，黑黑的眼睛充满爱意，双唇鲜红柔媚。是的，她要以这样的形象出现在莫泊桑的面前，向他倾诉衷肠。

莫泊桑住在郊外的一栋别墅里。她拉响了铁栅栏门上的门铃。莫泊桑的一个朋友为她开了门，这是个享乐的无耻之徒兼情场老手。他微微笑着，像是要用眼睛剥去她的外衣，说莫泊桑先生不在家，和情人去埃特勒塔了，要过几天才能回来。

姑娘不由大叫了一声，飞快地转身离去，被羊皮手套绷得紧紧的小手扶着铁栏杆。

莫泊桑的朋友追赶上她，领她坐上出租马车，带她回到巴黎。她一路上哭哭啼啼，前言不搭后语地说要报复，那天夜里，为了发泄对自己和莫泊桑的愤恨，她把自己给了那个无耻之徒。

一年后，她已经成了巴黎一位有名的雏妓。而莫泊桑从自己的朋友那里知道了这件事，并没有把他赶走，也没有打他一耳光，更没有和他决斗，仅仅是笑了笑：他觉得这姑娘的故事倒是很有趣。是啊，也许它可以是一个不错的小说素材。

真是太可怕了，但他现在已不可能让时光倒流，回到几年前的那天，当时这姑娘就站在他家的铁栅栏门外，像芬芳的春天，百般信赖地用一双小手捧着自己的一颗心要献给他！

他甚至不知道她的名字，所以他现在用他所能想到的世上最甜蜜的名字称呼她。

疼痛使他的身体蜷缩成了一团。他，高高在上和伟大的莫泊桑，此刻愿意跪下来亲吻她的足迹，请求她的宽恕。可现在一切都于事无补了。这个故事仅仅是能够为布尔热再写一篇趣闻轶事提供素材，讲讲人的情感是多么的难以理解。

难以理解吗？不是的，现在对他来说很容易理解！这情感是多么美好啊！它是我们这个不完美世界里的圣中之圣！如果不是这毒盐，他现在兴许会以自己全部的才华和技巧把它写出来。这盐正吞噬着他，尽管他现在一口口地把它吐出来。而且是一大口一大口地吐着。

伊万·蒲宁

不管在这个难以理解的世界里有多么忧愁，但它依然还是美好的。

——伊万·蒲宁

还是在上中学的时候，我就开始迷上了阅读蒲宁。那时候我对他的了解并不多。后来，我从蒲宁本人为文格罗夫编的《作家词典》里读到了作家的生平介绍。生平中提到，蒲宁是在叶列茨和叶夫列莫夫市（当时隶属图拉省）之间的一个乡村度过了童年，随后进入叶列茨中学学习。

1916 年的 4 月还很寒冷，我第一次去叶夫列莫夫市看望我的亲戚——一个孤老太太。她邀请我去她那里做客，让我在浪迹南方多年以后好好休息一下。

老太太曾经在叶夫列莫夫市立中学教书。就像所有的女教师一样，她也经常患咽炎。她什么治疗方法都尝试过，甚至包括“蒲宁的巫医疗法”。

“哪个蒲宁？”我吃惊地问。

“叶甫盖尼·阿列克谢耶维奇啊。作家的哥哥。他在我们叶夫列莫夫市税务局工作。他发明了一种治疗咽炎的方法。用一块晒干的兽皮擦擦脖子，咽炎就会消除。可惜这种兽皮对我无效。而叶甫盖尼·蒲宁是个刻板而又足够让人生厌的绅士。不过他的弟弟，就是那个作家，据说是个特别和善的大好人。他有时候会到这里来。”

当我一听说蒲宁也到这里来，叶夫列莫夫在我心里立刻就改观了，尽管它总的来说还是个相当荒凉的小城市。现在它对我来说一下子就成了俄罗斯外省舒适宜居的代表。

我国所有的偏僻小城几乎都是一个样子。用契诃夫的话说，所有的小城市都是叶夫列莫夫式的——修道院里的僧房破败不堪，教堂石门上方的圣徒雕像显得灰头土脸，县警察局长的三套车上铃声清脆嘹亮，牧场上高耸着监狱，地方自治会是一幢独立的房子，入口处亮着白炽灯，公墓的菩提树上寒鸦呱呱叫着，到处是深深的沟壑。夏天，沟壑里长满了密密麻麻的荨麻。冬天，从炉子和茶炊里倒出来的碎木炭在沟壑里冒着蓝幽幽的烟，把沟里的积雪都染成了灰蒙蒙的颜色。

就在那个时候，在叶夫列莫夫市，蒲宁的俄罗斯就走进了我的心里，并且久久地吸引着我。

叶列茨就在附近。我决定去那里走一趟，看看这座蒲宁的城市。

从年少的时候开始，我就有这样一个无法遏制的爱好，那就是去寻访与我所喜爱的作家、诗人的生活相关的地方。我认为，这世上最好的地方（我认为是至今为止）是普什科夫圣山修道院墙下那个小山丘，普希金就长眠于此。从这个山丘上极目远眺，能看到极其悠远、清澈的远方，这在俄罗斯也是少有的。

从叶夫列莫夫到叶列茨间，行驶着一种被叫作“马克西姆·高尔基”的通勤车。我就是坐这种车到叶列茨去的。

在一节叮当作响的老旧车厢里，我迎来了一个寒冷的晨曦。坐在摇曳不定的烛光下，我读到了一本破旧的《现代世界》杂志合订本上一篇蒲宁的短篇小说《先知伊里亚》。

就这部小说所描写的那种令人锥心的疼痛，它是俄罗斯文学中最优秀的作品之一。它的每一个细节，每一笔勾勒（甚至还有“苍白得像裹尸布一样的燕麦”这样的句子），都让人感到心如刀割，预示了那个时代俄罗斯的灾难、贫穷、孤苦是难以逃脱的，它就是俄罗斯的宿命。

真是想头也不回地离开这样的俄罗斯。可很少有人这么做。要知道，就算母亲是个受尽苦难屈辱的叫花子，孩子也是爱她的。

蒲宁也离开了自己唯一炽爱的国家。但他只是表面离开了而已。

他是一个特别骄傲和严谨的人，直至生命终结，他都还在苦苦地思念着俄罗斯，在巴黎和格拉斯这些异国他乡的暗夜，他为她流下了许多隐秘的泪水，这是一个自我放逐离乡背井的游子之泪。

我来到叶列茨。窗外，地里瘦弱的禾苗一闪而过。风在铁皮的通风器里发出尖利的呼啸声，驱赶着低矮的乌云。我又读了一遍《先知伊里亚》，再次读了叶列茨县普列德捷钦斯克乡农民谢苗·诺维科夫凄凉屈辱的人生故事。我竭力想探究的是：是怎样，用什么样的词汇，用什么有魔力的方法，才能创造出如此完美的奇迹？创造这样一部简洁、有力、悲哀和恢宏的短篇小说，就是一个奇迹。

在叶列茨，我并没有住旅店。那个时候我还穷得住不起。从早到晚，我就整天在城里游游荡荡，直到坐上回叶夫列莫夫的火车，不消说，那真是相当累的。

那天，高高的天空上飘着灰蒙蒙的云团。一场迟来的小雪意外而至。风把雪花从马路上吹走，露出了被马蹄子踩坏了的白色石板路面。

整个城市都是用石头砌成的。这种遍布的石头外立面，让城市看起来像个大城堡。街道的空旷和清静，更增强了这样的感觉。我以前听说叶列茨是一座热闹的商业城市，眼前的这种冷清真让我吃了一惊，当时我并不知道，这种冷清和人烟稀少是战争的后果。

叶列茨曾经的确就是一座城堡。在《阿尔谢尼耶夫的一生》中，蒲宁这样描述过这个城市：

……这座城市……以自己悠久的历史而自豪，它有足够的资格：它是最古老的俄罗斯城市之一，坐落在一片伟大的黑色原野之上，越过这个半草原地带，就是战火频仍的“野蛮与陌生的土地”，在苏兹达里公国和梁赞公国的时代，它是罗斯最重要的堡垒，据编年史记载，这些堡垒是最早就能呼吸到恐怖可怕的亚细亚乌云所带来的风暴、尘土和寒气的……

这个片段里，几乎每一个词都以其简洁、准确和生动给人以一种享受。仅仅是古老的城市呼吸到亚细亚乌云的风暴和寒气这一句，就足以令人为之赞叹！这句话再现了哨兵们打着呼哨报警、用木槌当当地敲着铁板、召唤全体市民前来城市堡垒上抗敌的生动画面。

我在一座用石墙围起来的男子中学前站了很久。蒲宁就曾在这所学校学习过。校园里静悄悄的，教室里都在上课。

后来我穿过了一个集市广场，那里的气味之丰富令我感到惊异。有莳萝的气味，有马粪的气味，有装鲱鱼的破木桶散发的气味，还有教堂敞开的大门里飘出的香火味——那里正在举行着某个人的葬礼，还有越过果园高高的灰色篱笆所散发出来的树叶的酸腐味。

我在一个茶铺喝饱了茶水。茶铺子里面空落落的，而且有些清冷。从里面出来，我朝城郊走去。离火车开动的时间还有很久。

城郊上空一片黑烟，那里有几家黑黢黢的铁匠铺，从里面传出叮叮当当的打铁声。再往前走，是一长片光秃秃的牧场，一直延伸到下面的低地。牧场上空，天色有些发白。牧场旁边，紧挨着公墓的围墙。

我走进了公墓。风儿吹来，墓地上那些瓷质花圈的瓷制玫瑰花和生了锈的铁皮树叶，就会发出嘎嘎嘎的声响。

有几处的十字架墓碑是铁铸的，上面有华丽的涡形装饰，架子上的油漆已经斑驳了。墓碑上是椭圆形的金属框，框里的照片已经被雨水淋得皱皱巴巴的了。

傍晚时我回到了车站。一生中我经常都是一人独处，但很少体会那个晚上在叶列茨所感受到的那种苦涩和茫然的感觉。

就在附近那一幢幢房子的四壁内，在温暖的房间中，人们正过着也许欢乐阳光、也许匮乏无言的生活。但我是被排除在这温暖的高墙内的。我坐在三等车昏暗的候车室，闻着一股煤油味，一股寒气从双脚下升上来。

每个人的生活中都会遇到一些奇怪的事，要么是开心的事，要么就是让人伤心的巧合。这样的事我也遇到过。这种让人吃惊的巧合，就发生在叶列茨车站的那个晚上。

我在报亭买了一张当天的《俄罗斯言论报》。在三等座候车室的昏暗中是无法进行阅读的。我数了数兜里的钱。它还允许我在灯火通明的车站小吃店里好好喝杯茶，甚至还能给醉醺醺的侍应几个零钱当小费。

我在小吃店里找了个桌子边坐下来，打开了报纸，这张桌子旁是一个装香槟酒用的白铜空桶……

过了一小时，车站看门人摇着铃铛、带着很浓重的鼻音高声喊着："这是第二遍了啊，去叶夫列莫夫、瓦罗沃和图拉方向的注意！"我猛然间才反应过来。

我蹭地站起身，朝车厢狂奔而去，然后缩在一个黑漆漆的车窗旁一动不动，直到火车到达叶夫列莫夫。

我的内心因为爱和忧伤在颤抖着。对谁的爱呢?

是对一个美好的少女、中学生奥莉雅·麦谢尔斯卡娅的爱，她就是在这个火车站被枪杀的。这天的报纸上刊登了蒲宁的一个短篇小说《轻盈的气息》。

我不知道能否用短篇小说来称呼这篇文字。它不是小说，它就是有忧有爱的生活本身，它是作家充满忧伤的冷静的思考，是为少女之美写的墓志铭。

我相信，在公墓时我曾走过了奥莉雅·麦谢尔斯卡娅的墓地，风也曾怯怯地在旧花圈上发出呼呼的叫声，好似在提醒我停下脚步。

但我走过去了，什么也不知道。哦，要是我早知道该多好！要是我能够知道就好了！我一定会把开在大地上的所有花朵，都撒献给这座坟茔。我已经爱上了这位姑娘。她那无法挽回的命运让我不寒而栗。

窗外是乡村的灯火，它们像是打着寒战，忽明忽暗，稀疏而凄凉。我望着这些灯火，努力地进行自我安慰，告诉自己奥莉雅·麦谢尔斯卡娅是蒲宁虚构出来的，对这个被害姑娘的突如其来的爱，其实是我对世界的接受方式偏向于浪漫主义。

大概就是在这个深夜，在寒冷的车厢和俄罗斯这片黑暗阴郁的旷野上，在被深夜的寒风吹得哗哗作响、还没有长出新叶的白桦树间，我第一次彻底地、完完全全地明白了，何谓艺术，它有怎样的崇高和永恒的力量。

我好几次展开报纸，在快熄灭的烛光下、在黎明前游移不定和如水的朝霞中，反复阅读着那些谈到奥莉雅·麦谢尔斯卡娅那轻盈气息的文字："现在这轻盈的气息又开始蔓延在了这个世界上，在这白云朵朵的天空中，在这一阵阵料峭的春风里。"

* * * * * * * * * * *

在苏联作家第二次代表大会上有一种呼声，就是让蒲宁回归到俄罗斯文学中来。

他的确是回来了。最宝贵的蒲宁的作品回到了祖国，其中也包括中篇小说《阿尔谢尼耶夫的一生》。

要描述这部小说很难，几乎是不可能的，就像要描述蒲宁本人一样。他是那样的渊博、慷慨、多才多艺，能无情和准确地看清每一个人，不论是旧金山来的先生还是雇工阿维尔基，他能看清每一个细微的动作和每一个心灵的活动，他看得极度清晰同时又严厉和温和，写到自然界的时候也不脱离人的日常生活之流，如常言所说，书写这些就像是"用别人的手"那样帮不上忙，也几乎毫无意义。

应该阅读蒲宁，永远也不要不自量力地尝试用寻常的、非蒲宁式的语言来解读他以经典作家的笔力和精确性所写下的一切。

我们不能用自己的语言去转述普希金的《阴霾的一天过去了……》、列维坦的《永恒的宁静之上》或者莱蒙托夫的《幻船》。就像用枯燥的代数来求证莫扎特和其他伟大作曲家的和声，这样做是徒劳无益的。所以我不会徒劳无功地试图转述蒲宁的作品，去迎合"大众焦点"阐释蒲宁的作品。

“大众焦点”，换句话说，就是对当代性的理解，但如果没有与走在我们时代前面并在某种程度上说也决定了时代性的一切有最紧密的联系，所谓“大众焦点”就不可能存在。

蒲宁的作品之所以是杰出的，就在于它们完完全全地属于自己的时代，同时又与我们人民的往昔有着活生生的联系。

在蒲宁的小说和诗歌中，很明显地感觉到一个人从出生到死亡的漫长而又基本上美好的一生。这样的感觉在《阿尔谢尼耶夫的一生》中表现得尤其强烈。

这部小说不仅仅是对俄罗斯的一首赞美诗，也不仅仅是蒲宁生活的总结，更不仅仅是表达自己对祖国最深最诗意的爱，也不仅仅表达对祖国的哀伤和喜悦，这种喜悦偶尔在小说的书页中化作一滴滴眼泪，就像黎明时分挂在天边的寥落晨星。还有某种别的东西。

这不仅仅是对一系列俄罗斯人——农夫、儿童、乞丐、破产地主、牲畜贩子、大学生、苦修的基督徒、艺术家和可爱的妇女——的描绘，他们出现在作家生活道路上的各个阶段，被作家以生动和富有魅力的笔力加以描绘过。

《阿尔谢尼耶夫的一生》中有许多章节，都令人想起艺术家涅斯捷罗夫的油画《神圣的罗斯》和《在罗斯》。这两幅画，就是艺术家心目中对自己的祖国和人民最好的表达。

画面上有小树林和山岗，有圆木搭成的发黑的教堂，还有荒凉的乡村墓地和小小的村落。以此为背景，它们就代表了全部罗斯！古代的沙皇穿着沉甸甸的锦缎黄袍，头戴金色的皇冠，庄稼汉都畏畏缩缩，牧童手里握着长长的鞭子，男女信徒们戴着小小的圣冠，姑娘们的脸被某种内在的贞洁之光照耀着，她们垂下像是染过的睫毛，在苍白的脸上投下了温柔的阴影。另外还有狂热的宗教信徒，乞丐，虔诚的老婆子，拄着拐杖的威严的老头，还有浅色头发的孩童。

人群中，有列夫·托尔斯泰，离他不远处是陀思妥耶夫斯基。他们各自同与自己一起寻找真理的人在一起，向着光明的，然而现在看来又是遥远的目标走去。关于这个未来，他们已经不知疲倦地探讨了一生。

这两幅画与蒲宁的书有着某种共同点。其区别仅仅在于，比起涅斯捷罗夫来，蒲宁笔下的祖国更质朴和贫穷一些。

我们俄罗斯中部在蒲宁笔下的美，就是那阴沉沉的白昼，宁静的原野，雨和雾的交织，而有时候还是发白的天光，一片片辽阔的燃烧着的晚霞。

在此我得顺便说一句，蒲宁对色彩和光的敏感度简直是罕见和准确的。

世界是由色彩和光线的无穷无尽的组合构成的。谁要是轻松而准确地捕捉到这样的组合，那他就是个幸运儿，尤其当他还是个画家或者作家的时候。

从这个意义上讲，蒲宁就是一个非常幸运的作家。他以同样的敏锐度观察到了一切：俄罗斯中部的夏天，阴郁的冬天，“晚秋那短暂宁静还带着些压抑的日子”，还有大海，它“从野树丛生的山岗后面突然盯着我看，像一片幽暗广漠的荒原”。

蒲宁的笔记中有一段简短的话。它应该是 1906 年初夏写下的。

蒲宁写道："云彩绚烂多姿的时节到了。"就是这一句，便为我们揭开了作家生活中的一个秘密。这句话表明与蒲宁的夏季紧密相关的而又必然令他感到亲切的劳作已经临近了，那是"云彩的时节"，"雨水的时节"和"开花的时节"。

蒲宁用这句简短的话语，宣告了自己的工作即将开始：观察天空，研究云彩，探究它们隐秘而吸引人的变幻。

每一次读到蒲宁写夏天的文字，便不由得想起这段笔记。他对夏天的书写永远都带着一丝惆怅，哪怕只有两行也是如此。

"园子里花谢了，树又穿了新衣，夜莺整日啼鸣，下面的窗户整天都开着……"

对于生活中所碰到的一切，蒲宁都会进行独立和细致的观察。他见多识广，自打年轻时就喜欢四处周游和动荡的生活，对从没有见过的事物充满了好奇和渴望。

他承认，再也没有比即将出发远行的那一刻让他感到幸福的了。

作为现象的光线、气味、声音和颜色，它们之间有着一种紧密的联系。

这种关系是如何表现的呢？看着凡·高的画上那些不知名的像硕大的藏红花的花朵，看着它那束强烈的光线，总是让人想起异国水果榨出的那种透明果汁，猛然间似乎还闻到了这些水果那种甜丝丝的诱人香味，以及海滩上那种湿漉漉的淡淡的清新。这气息仿佛是徐徐微风把它从异国的某个岛屿上吹到画廊里来的。

读着蒲宁的书，经常就会有类似这样的感觉。色彩产生了气味，光线又产生了色彩，而声音又会再现出一系列令人吃惊的准确的画面。所有这一切会催生出一种特别的心灵状态，或凝神深思陷入惆怅，或感受着生活中的轻松快乐：暖暖的微风，树丛里的喧嚣，海洋无休无止的轰鸣，孩童和妇女们亲切的笑声。

在《阿尔谢尼耶夫的一生》中，蒲宁谈到了自己对色彩的情感，以及对自然界中色彩的态度：

> 我看到颜料盒的第一眼全身就为之一颤，从早到晚，我都在纸上涂涂画画，一连几个小时地站在那里，眼望着天空渐渐转向淡紫和湛蓝色那种妙不可言，这蔚蓝在酷热天的骄阳对面，穿透和照亮了整个树梢，让那些树冠仿佛是沐浴在这片蔚蓝之中。从此，我对大地与天空的色彩抱有着最深厚的情感，体会到了其中真正美好和崇高的意义。在总结生活所赋予我的馈赠时，我发现这是最重要的收获之一。这种透过枝丫和树叶所渗透出来的渐渐转为淡紫色的蔚蓝，是我至死都不会忘记的……

这种微微偏暗的颜色，是俄罗斯中部典型的色彩，而当蒲宁谈到南方，谈到热带、小亚细亚、埃及和巴勒斯坦时，色彩力可就变得强烈而浓重了。

1912 年秋，蒲宁曾客居卡普里岛，其间与他的外甥尼古拉·阿列克谢耶维奇·普舍什尼科夫常有长谈。

普舍什尼科夫保留了关于这些谈话的记录。这些记录语言非常简单质朴。它向我们展现了历来非常矜持的蒲宁少有的敞开心扉的时刻。

所有的谈话记录都表明了蒲宁对生活的炽爱。望着车窗外机车的浓烟渐渐飘散在空中留下的影子，蒲宁不禁感叹道：

“活着是一件多么快乐的事啊！哪怕只是看到这道烟和这束光。如果我缺了胳膊少了腿，我还可以坐在长凳上看日落，我也会因此而感到幸福的。只需要能看见和呼吸就足够了。已经没有任何东西比色彩更能给予他这种充满喜悦的享受了。我习惯于多看。画家们让我学会了这门艺术……诗人们是不善于描绘秋天的，因为他们不善于描绘色彩和天空。法国人——埃雷迪亚和勒贡特·德·列尔——在如何描述色彩方面达到了少见的完美。”

在普舍什尼科夫的笔记里有一段令人惊异的记录，为我们揭开了蒲宁在创作上的“秘密”。

蒲宁说，不管他动笔写什么，写作之前他一定要“找到声音”。“我一旦找到了它，其他的一切就迎刃而解了。”

什么叫“找到声音”呢？很显然，蒲宁这一句话的含义远远比我们乍一读到时要深刻得多。

“找到声音”，这就是要找到散文的节奏，找到散文的基本音调。与诗歌和音乐一样，散文同样是有内在旋律的。

这种散文的节奏和它的音乐感显然是与生俱来的，它来源于你对母语的深刻理解和精微的感受。

甚至还在童年时代，蒲宁就敏感地体会到了这种节奏。还是个小男孩时，他就发现普希金诗歌《鲁斯兰》的序诗中就有一种轻盈的圆形节奏（“转着圆圈没完没了的占卜术”）：

“白天——夜晚——一只猫——学究——一直走——戴着链

子——转圈”。

在俄罗斯语言方面，蒲宁是一个常人难以超越的大师。

他会为自己的每一篇小说在浩如烟海的词汇中神奇地挑选出那个最生动、最有表现力的词，而这个词与他的小说所进行的叙事，有着某种紧密的、肉眼看不见的几乎是神秘的联系，对这种叙事来说，这个词又是必不可少和唯一恰当的。

蒲宁的每篇小说或每一首诗歌都像是一块磁石，它能按照这篇小说和诗歌的需要，把四面八方的词汇都吸引到自己的身边来。

如果现在世上还有一个像赫里斯蒂安·安徒生那样的童话家，他也许可以写出这样一篇童话，讲一个作家拥有一块法力无边的魔石，能够把一切难以想象的东西吸引到自己的身边，包括披着霜花的树丛中那一缕阳光，穿瓦灰色丧服的乌云碎片，而作家则按照特殊的、只有自己才知道的顺序，重新加以排列组合，然后洒上起死回生的水，于是世界上就诞生了一部新的作品——一部史诗，一首诗歌，或者一部小说——任何力量都不可能消灭它。它是永生的，只要地球上还有人类。

蒲宁的语言简洁得几乎可以说是吝啬，纯粹，生动。但与此同时，他的语言在形象性和声音上又是异常丰富多彩的——从响亮的钹乐到溪流的淙淙，从有节奏感的锵锵之声到柔情绵绵的低声絮语，从轻声哼唱到响亮的经书诵唱，以及从以上这一切声响到奥尔洛夫省农夫们准确得令人惊讶的谈吐。

我还是以《阿尔谢尼耶夫的一生》为例。顺便说一句，这是一部需要精读的小说。

我把《阿尔谢尼耶夫的一生》称为中篇小说。这当然不够准确。它不是中篇小说，也不是长篇小说。这是一个全新的，现在还叫不出来的体裁。这种体裁非常令人赞叹，它是独一无二的，它能俘获人心，让人痛苦，也让人欢欣。

人们普遍认为，《阿尔谢尼耶夫的一生》是自传。蒲宁否定这一点。作为一部自传，《阿尔谢尼耶夫的一生》写得太过自由。

它不是自传。它是由人间的苦痛、悲伤、思索和欢乐所炼成的一块合金石。它也是一部记载个人生活大小事件的令人赞叹的汇编，记载着他的漂泊流浪，他所到过的国家、城市，见过的海洋，但在这丰富多彩、精彩纷呈的世界上，占据最重要位置的永远都是中部俄罗斯。“冬季是无边无际的雪的海洋，夏季则是庄稼、青草和花朵的海洋……原野上笼罩着永恒的安宁，还有那谜一般的沉寂……”

在《阿尔谢尼耶夫的一生》中，蒲宁成功地将自己的生活放入一个有魔力的水晶球中，但是与普希金的水晶球不同的是，这部小说的远景，也就是作家生活的远景是异常清晰的，可以说让我们能清澈见底。

我依然将《阿尔谢尼耶夫的一生》称为中篇小说，尽管我现在完全有理由把它称为史诗或者传说。

《阿尔谢尼耶夫的一生》是世界文学最优秀卓绝的现象之一。何其有幸，它首先属于俄罗斯文学。

在这部令人惊叹的书中，史诗与小说融为一体，有机结合，创造出了一种新的出色的体裁。

在这种对世界诗意的接受认识和散文式的外在描述的结合中，

还有某种严厉的，甚至是严酷的东西。其风格特征具有某种圣经一般的气质。

在这本书中，我们已经无法区分出史诗与小说的分界，它的许多句子已经如打上烙印般镌刻在了心里。

只要读上几行蒲宁关于母亲的文字，我们就足以明白他为自己想要说的话找到了唯一恰当和唯一可能的表述。

读着这些句子，我们的心会不由得为之一颤：

> 她孤零零地留在了遥远的故乡，整个世界正在将她遗忘，愿她在另一个世界里安息，愿她那珍贵的名字永远得到赞美。难道那个在俄罗斯一个县城的无名墓地底下，那个现在已长眠于一片树丛之下没有了眼睛的骷髅和一堆枯骨是她吗？是那个曾经将我抱在手里不断摇晃的她吗？

在《阿尔谢尼耶夫的一生》中语言的力量、精确形象的力量是那么强大，它使人感到忧伤、激动，甚至流下眼泪。这是美好的事物所能激发出的宝贵的泪水。

《阿尔谢尼耶夫的一生》的新颖之处，还在于蒲宁在之前的作品中从没有如此充分地揭示过一个现象，用我们贫乏的语言暂且将其称为人的“内心世界”。这就好像是说，内心世界和外部世界是不是有一个界限呢？也就是说，外部世界与内心世界不是一个整体吗？

蒲宁在这本书中所谈到的一切，都是看得见、听得到、摸得着的，它们也都有分量、有轮廓，并且让我们长久地感到高兴或者忧伤。以下我举出这本书中的几个片段为例。比如，小男孩初次进城的段落：

城里让我感到最…最惊奇的东西就是黑鞋油。这辈子还没有什么东西比这个在城里集市上被我攥在手里的一小盒鞋油这样让我激动、兴奋的了，要知道我也是个见多识广的人呢！这个圆圆的小盒子是用普通的桦树皮做的，可这块树皮是那么精致，而且做工是如此的技艺高超，简直可以说是无与伦比！况且还没说那黑鞋油呢！漆黑，坚硬，色泽暗淡，还有一股好闻的酒精味。

描述故乡的贫穷偏僻，蒲宁只用了三言两语就生动刻画出来了。

我是在哪里出生成长，都见过些什么？没有山，没有河，没有湖，也没有森林，只有沟里长着的几株灌木林，间或有几处类似于小树林子的地方，就有名字了，比如扎卡兹，或者杜布罗夫卡，其余就都是田野、田野了，可以说是一望无际的庄稼地海洋……这里是……半草原地貌，到处是土沟和缓坡，大部分是砂质土壤，青草稀疏，荒村散落，那些穿树皮鞋的村民仿佛已经被上帝所遗忘了，他们没有任何欲求，只是像原始人那样单纯，整天与柳丛和麦秸相伴。

作家们有一句术语是从雕塑家那里借用而来的——“塑造人

物”。能够像蒲宁那样，准确恰当，甚至是有些无情或感人地“塑造人物”的作家并不多。我不妨以牧童的形象为例：

牧童……是个特别有趣的小男孩。他的麻布衫和短裤衩上是一个又一个洞眼，他的双脚、胳膊和脸蛋都被太阳晒焦烤干了，到处都在蜕皮，嘴唇也烂了，因为他嘴里在不停地嚼着铁锈色的酸树皮，或者牛蒡草，或者那种容易烂嘴的羊草，可他那双机灵的眼睛却贼一样转得飞快：他明白我们跟他的交情是犯忌的，况且他还唆使我们吃了一些天知道的东西。可这种有些大逆不道的交情真让人感到美滋滋的！他偷偷地、断断续续地、像做贼一样左顾右盼地讲给我们听的事是多么诱人有趣啊。不止这些，他还能把手里那根长长的鞭子抽得噼里啪啦响，而当我们忍不住接过来试试手抽到自己的耳朵时，他竟乐得哈哈大笑……

俄罗斯的景色，它的温柔，它羞涩的春天，它的丑陋以及转眼间又转化为的那种静静的忧伤之美，最终都找到了自己的代言人，他任何时候都不会试图去美化它和粉饰它。俄罗斯景色中哪怕是最微小的细节，也从没能逃过蒲宁的眼睛。

我们经过了一个灰褐色的水塘，水塘位于被牲口踩得坑坑洼洼的缓坡下的谷地中，长长的水面散发着炽热和寂寞的亮光。缓坡的土墩上，停着几只无家可归的白嘴鸦，正默默地想着心事。

在《阿尔谢尼耶夫的一生》中有一个篇幅不长的章节。它开头的一句是这样的："我少年时代所生活的环境氛围，无一不是非常俄罗斯式的。"接下来，蒲宁讲述了靠近斯塔诺瓦亚村的一条大道，讲述了那里的强盗、恐怖和暗夜，他勾勒出了俄罗斯不久前一幅多么令人惊心动魄的画面啊：

> 斯塔诺瓦亚村附近的大道一直延伸到一个深深的谷地，我们叫它上游。这个地方永远让迟迟晚归的人产生一种迷信一般的恐惧……年少时，我本人乘坐马车经过斯塔诺瓦亚村，就曾不止一次地体验过这种俄罗斯式的恐惧……一切就要发生在眼前了：瞧，他们就要来了，他们正不慌不忙迎面走来，手里提着利斧，斧头低低地紧贴大腿，帽子拉得很低，几乎遮住冒着凶光的眼睛，突然，他们停下来了，声音低沉甚至显得过分平静："站住，做买卖的……"

在这本书中，精彩绝伦的地方实在是太多了。在我国的散文作品中，我也还没有找到这样来描写冬天的例子，援引如下：

> 我至今都还记得许多灰蒙蒙的凛冽的冬日，那些天色暗淡、地面泥泞肮脏的回暖的日子，俄罗斯小县城的生活此时变得尤其愁闷，人们的表情寂寥，充满敌意——俄罗斯人就是生活在

如此原始的大自然的影响之下！——世间的一切，就如同其存在本身，总是会因为不被需要而苦闷……

记得有时候一连几个星期都昏天黑地地刮着来自亚细亚的暴风雪，城里的钟楼在这种天气只能隐隐约约可以看到。我还记得主显节时天寒地冻的日子，那种场景令人遥想古代的罗斯，想到那种能将地面冻裂开一道缝隙的严寒。每到这时，漫天大雪让整个县城被埋进了雪堆中；夜幕降临，天空漆黑得像乌鸦一般，猎户星座闪着白光，特别醒目亮眼；而到了清晨，两个太阳像镜面已经模糊的镜子，发出模糊但又邪恶的光；空气凝固不动了，紧绷绷的，一有响动就会发出回声；缓缓的形状怪异的红色炊烟从家家户户的烟囱中升起，到处响起了行走的脚步和雪橇滑木的刺啦声……

一谈到蒲宁，我便不由自主地变得絮絮叨叨起来。我总是想把蒲宁作品中一个又一个令人叫绝的地方指给跟我交谈的对方，也就是读者们看。每讲到一处，看起来都以为是最后一处了。可是实际上，是接下来还有一处更好的，让人无法在此时保持沉默。就比如说吧，他关于青春和几乎是孩童般的那种爱情就属于这种情况。每个人都会带着伤感去回顾自己逝去的青春岁月。那个时候我们爱着爱情，以及它带给我们的一切，包括那“在东方静静闪烁的七彩星，它高高地挂在花园、乡村和夏日田野之上那片遥远的天空，从田野那边时而会传来隐隐约约又特别迷人的鹌鹑啼叫声”，还有那可爱的姑娘在沉睡中的气息——“我简直难以描述自己在当时的那种感觉：

遐想中，我仿佛看见沉睡中的丽莎就在这个房间里，窗户洞开，窗外的树叶在雨滴中发出簌簌的声响，有阵阵暖风从田野那边吹来，风儿抚摸着她那张半大孩子的梦境，这梦比现实世上的一切都更加纯洁和美好！”

* * * * * * * * * * * * * *

越是读蒲宁的作品，我就越是清楚地意识到，蒲宁几乎是无法穷尽的。

总而言之，要读懂蒲宁的全部文字，要了解这位尽管有些多愁善感的作家那暴风骤雨般不平静而又疾速向前的生活，那是需要很多时间的。

蒲宁一生中的部分生活是由他自己讲述的（《阿尔谢尼耶夫的一生》和许多短篇小说都或多或少地涉及他的个人生活），而有一部分是他的妻子薇拉·穆罗姆采娃-蒲宁来讲述的，她于 1958 年在巴黎出版了《蒲宁的一生》一书，这是一部收录了许多有关蒲宁的回忆录和生平资料的非常有价值的集子。

直至生命最后的日子，蒲宁的整个一生都是在漂泊和创作中度过的。

蒲宁是个勇敢者，他忠诚于自己的信念。凭借小说《乡村》，他是最早戳穿俄罗斯农民是上帝化身这一神话的人之一，这个神话是脱离现实的民粹派所创造的。

除了一系列辉煌的堪称经典的小说，蒲宁还写下了有关犹地亚、小亚细亚、土耳其、希腊和埃及的游记，其画面的简洁、观察的精细入微、对异国他乡的所思所感，都是非比寻常的。

蒲宁是纯粹的“卡斯塔利亚派”的一流诗人，如果可以将其称之为一个学派的话。他的诗歌至今都没有得到足够的评价。我们在其中不乏寻见真正有感染力并善于表达那些难以捕捉的事物的佳作名篇。

蒲宁一生中等待着幸福，书写着人的幸福，寻找着通向幸福的道路。他在自己的诗歌和小说中找到了它，在对生活与对故乡的爱中找到了它，他曾说过的一个至理名言，即幸福只会降临给懂得幸福的人。

蒲宁走过了复杂，有时甚至是充满矛盾的一生。他见多识广，历经爱恨，努力求生，也不止一次走入歧途，但他将自己这一生中最崇高、最温柔和最忠贞的爱，都奉献给了自己的祖国俄罗斯。

鲜花，熊蜂，青草，麦穗，
碧蓝的晴空，正午的酷暑……
时限到了——上帝问游子：
“你在尘世间生活得幸福吗?”

而我将忘记一切——只会记起
那田野里麦穗和青草中间的路——
甜蜜的泪水已让我来不及回答，
便在仁慈的上帝膝下伏倒。

马克西姆·高尔基

关于马克西姆·马克西莫维奇·高尔基，人们已经写过太多的文字了，如果说这不是个无穷无尽的人，那么都会很容易就不好意思和退却，不会去碰那些东西，哪怕是一行字。

高尔基在我们每个人的生活中都占据着很大的位置。我甚至敢说，有一种“高尔基情感”，那就是我们的生活中经常能感受到他存在。

对我来说，高尔基的身上就是整个俄罗斯。就像我不能想象没有伏尔加河的俄罗斯，也不能想象在俄罗斯没有高尔基。

高尔基是拥有无穷才智的俄罗斯人民的全权代表。他热爱俄罗斯，对俄罗斯的一切了如指掌，如同地质学家们一样了解它的所有“横断面”，不论是时间上的还是空间上的。他不曾忽略这个国家的一点一滴，并且从来都是以他自己的眼光，以高尔基的眼光来观察这一切。

这是一位天才的捕手，是一个可以决定时代的人。新的时代纪元就是由像高尔基这样的人开创的。

初次见面，我便被他不凡的外在气度所震慑了，尽管他的背有些驼，声音也有些沙哑。他当时处于思想成熟的巅峰时期，所以他的内在精神气质完全能够在他的举手投足、言谈风度、衣着穿戴等人的外在面貌各种微小的细节上打下难以磨灭的印记。

他的优雅来自他的自信，从他那宽大的手掌、专注的目光、行走的步态和有些随意甚至像演员那样有点不修边幅的服饰上流露出来。

一个作家曾在高尔基位于克里米亚捷谢里的别墅里住过，他给我讲过一段高尔基的轶事，我脑中现在就常常浮现出高尔基当时的样子。

有一天这位作家醒来得非常早，于是就踱步到窗前。海上正起着风暴。一阵阵疾风从南边吹来，花园里的花草树木发出喧嚣，风向标也被吹得嘎吱直响。

离作家住的这栋小房子不远，有一株高高的白杨。要是用果戈理的话来说，这就是一株参天白杨。作家看到，高尔基此时正杵着杖站在这株白杨下，昂着头，凝神注视着这棵大树。

风暴中，白杨树上繁茂厚重的树叶正瑟瑟颤抖，发出哗哗的声响。所有的树叶都被风吹得翻了一面，露出了银光闪闪的背面。整棵树就像一架硕大的风琴，发出呼呼的轰鸣。

高尔基摘了帽子，久久地站在树下，一动不动地望着白杨。随后他好像说了点什么，然后便向花园深处走去，但不时还会停下脚步，回头望一望白杨。

晚餐时，作家壮着胆子问高尔基，他当时在树下说了什么。高尔基一点也没显得意外，回答道：

“瞧，既然您都监视到我的行动了，那我就老实交代吧。我说的是，多么强大的力量啊！”

有一次，我到阿列克谢·马克西莫维奇位于城郊哥尔克村的家中做客。时值夏日，天空中飘浮着一团团淡淡的云朵，云彩投下的阴影让莫斯科河畔的绿茵更加苍翠欲滴。阵阵暖风吹进了屋内。

高尔基正在和我谈论一部自己的中篇小说新作《科尔希达》，就好像我是一个亚热带自然的行家。这真是让我十分窘迫。尽管如此，我们还是探讨了狗会不会患疟疾的问题，最终高尔基同意了我的观点，并且善意地微笑着回忆往事，说他就曾经在波季附近亲眼见过一群打摆子的母鸡，它们身上的鸡毛乱蓬蓬的，咯咯咯地叫个不停。

他讲起来真是绘声绘色、活灵活现，现在我们周围谁都没有这样的本事。

那时候我刚刚读了一本非常稀罕的书，是我们的水手船长格尔涅特写的。书名叫《冰雪原上的苔藓》。

格尔涅特曾一度是苏联驻日本的海事代表，他当时在日本写下此书，且因为找不到懂俄语的日本排字工，他亲自进行排版，总共只印了五百册，用的是日本一种非常薄的纸张。

格尔涅特船长在书中阐述了一个非常有见地的理论，那就是让中新世亚热带气候重回欧洲。在中新世时代①的芬兰湾沿岸，甚至是斯匹茨卑尔根群岛②，到处布满木兰树和柏树的密林。

在此我不能详述格尔涅特的理论，那需要用很大的篇幅。但是他无可辩驳地论证了，假使格陵兰岛的坚冰融化，那么中新世就会重回欧洲，大自然的黄金时代就到来了。

---

① 中新世时代系地质时代中第三纪的第四个时期，距今约 2500 万年。

② 位于挪威。

这个理论的唯一缺陷，就是格陵兰岛的坚冰消融完全没有可能。不过现在发现了原子能，这样的事兴许可以尝试一下。

我把格尔涅特的理论讲给高尔基听。他一边听一边用手指敲弹着桌面，我觉得他听我讲只是出于礼貌。可后来发现，他对这个理论非常有兴趣，完全被它那严密的论证甚至是某种气势所迷住了。

他继续谈论着这个理论，越谈越兴奋，还请我把这本书寄给他，说是要在俄罗斯大量重印。他长时间地谈论着，说我们每走一步都会有许许多多充满智慧的思想和令人惊喜的事物在等着我们。

但阿列克谢·马克西莫维奇没有来得及出版这本书，因为他不久后就去世了。

维克多·雨果

维克多·雨果曾在流亡期间客居英国拉芒什海峡泽西岛，后来人们在岛上为他立了座纪念雕像。

纪念雕像建在大洋的悬崖之上。它的基座不是很高，只有二三十厘米，四周长满野草，所以雨果看上去像是直接站在了地上。

雨果被塑成迎着疾风向前行走的姿势。他的身体微微弓着，身上的斗篷被吹得张开了。他一手摁着帽子，像是怕它被风刮走。他是在用整个的身体，抵抗着大洋的风暴和淫威。

纪念雕像坐落在这片荒郊野地，从这里可以望见雨果的《海上劳工》中那位叫吉利亚特的丧命的地方。

站在此处放眼望去，四周皆是波涛汹涌的茫茫大海，阵阵巨浪冲击着悬崖底壁，掀起一簇簇海草，然后轰隆隆地把它们送入深深的洞穴。

每当大海上起雾，就能听见远远的灯塔处传来低沉的雾笛声。入夜，只见灯塔的灯光紧贴着海面向远处延伸开去，直至地平线。灯光时而会隐没水中。凭着光线的起起伏伏，人们就能判断出是怎样的巨浪隐没了光线，冲击着泽西岛的海岸。

每逢维克多·雨果的祭日，泽西岛的居民们便会将一些槲寄生的枝条放在纪念像的底座上。而为雨果献上这些枝条的，必须是人们选出的岛上最美的姑娘。

槲寄生的叶子厚实而呈椭圆形，橄榄色。按照当地的说法，槲寄生会给生者带来幸福，让逝者永受缅怀。

这个说法的确应验了。雨果那不安分的灵魂在他死后依然在法国游荡着。

雨果是一个像烈火一般狂热和激烈的人。他会把生活中所看到的和他笔下所写的都夸张放大。他的视界就是这样组成。在他的视界里，生活中充满着激愤悲喜的情绪，这些情绪的表达是昂扬和庄严的。

他是一支词汇交响乐队的伟大的指挥者，这支乐队由一些精密的精神乐器所组成。铿锵有力的号声，咚咚咚的鼓声，凄切悠扬的长笛声，低沉嘶哑的双簧管声。这就是他的音乐世界。

他书中的音乐就是如此宏大壮阔，就像拍岸的巨浪。大地因此而震颤。人类脆弱的心灵也为之战栗。

但他并不怜悯人类。他狂热地执着于用自己的愤怒、喜悦和喧闹的爱情，去感染全人类。

他不仅是自由的骑士。他还是自由的代言人、自由的使者和自由的歌颂者。他仿佛是站在大地所有道路的十字路口上，在大声呼喊着："公民们，拿起武器啊!!"

他就像飓风，又像龙卷风，带来一阵阵滂沱大雨，风中夹杂着树叶、乌云、花瓣、烟雾和从帽子上撕扯下来的徽章，风风火火地闯进了有些孤寂的古典主义世纪。

这种飓风就叫作浪漫主义。

这股风搅动了欧洲呆滞的空气，将一种不可遏制的想象的气息注入其间。

还在孩童时期，我就晕头转向地迷恋上了这位狂热的作家，他的《悲惨世界》我一口气接连读了五遍。我今天读完了一遍，回头又从头开始读。

我设法搞到了一张巴黎地图，把小说中故事情节的发生地都一一做了标记。就像一个亲历参与者，在我的内心深处，冉·阿让、珂赛特、伽弗洛什也都是我童年的朋友。

从那时起，巴黎不仅仅是维克多·雨果笔下那些人物的故乡，也是我的故乡。虽然从未去过那里，但我已经爱上了它。这种爱，还随着时间的推移日渐强烈。

维克多·雨果的巴黎，与巴尔扎克、莫泊桑、仲马、福楼拜、左拉、儒勒·瓦莱斯、阿纳托尔·法朗士、罗兰、都德的巴黎是应和的，与维庸、兰波、梅里美、司汤达、巴比塞、贝朗瑞的巴黎也是应和的。

我曾经收集过不少有关巴黎的诗歌，把它们抄录在一个专用的练习本上。很遗憾，这个练习本丢失了，可是其中有很多诗歌段落我都能背诵下来。这些诗句非常丰富，有华丽的，也有朴素简单的。

> 您终将看到这座童话般的城市，
> 那是您数世纪的祈祷希冀。
> 您的灵魂将忘却磨难，
> 疲惫的手会瑟瑟发抖。
> 在卢森堡公园里，
> 您可以像米尔热小说里的咪咪，
> 顶着宽阔浓密的梧桐树树荫，
> 走过喷泉边那条长长的小径……

雨果唤起了我们许多人心中对巴黎初恋般的感觉，我们为此应该感激他。尤其是那些无缘亲眼见到这座伟大城市的人们。

纽扣里的那朵小玫瑰（尤里·奥列沙）

我曾经多次见到尤里·卡尔洛维奇·奥列沙。每次见面都令我久久难忘。现在我就讲讲这些见面中的一次。

这次相见发生在战争初期，1941 年 7 月。我乘坐军用卡车从前线蒂拉斯波尔返回敖德萨，卡车一到火车站附近，我就跳下车直奔

“伦敦饭店”而去。

我走在空寂无人的普希金大街上。天刚蒙蒙亮。正下着倾盆大雨。

战争之初，敖德萨的居民们就把调得又稠又浓的煤烟灰抹在了南方的白墙房外。人们认为，从空中看黑色房子比白色房子更不易被发现。

把房子抹黑其实是一件复杂的事情，它还有一个响亮的名称叫“迷彩”，后来证明这完全是徒劳的。夏季的雨水多。淋了一场雨之后，房子就褪色了，而且还留下了一道道脏兮兮的水迹。

我沿着普希金大街走着，已认不出早就熟悉和亲切的城市。这曾经是敖德萨，但又已经变得面目全非。看着这座城市，我感觉自己是醒着，又好像在梦中。

来势汹汹的雨水从排水管里倾泻而下。除了雨点急促地敲打铁皮房顶所发出的响声，四周没有其他的声音。也许，只是湿淋淋的洋槐树叶的气味在提醒人们，这里不久前还是骄阳似火的夏季。

不知为什么，我那时深信战争会带来一种新的空气。旧的大气层——轻柔的、温暖的，偶尔会是雾蒙蒙的——将会被战争从大地上掀去，代之以严酷的、空洞的、能改变所有地貌和物体的空气。新的空气就好像被稀释了的硝酸甘油。那气味像是焦煳味混合了刺鼻的药水味。

也许是这陌生的气味，还有死一般沉寂的街道和雨天的阴湿，我感到了极度的孤独，好像自己走进了一座荒无人迹的空城。

所以当我走进“伦敦饭店”昏暗的前厅，看见一个胡子拉碴、身着浅紫色吊带裤和皱巴巴衬衫的老头时，竟有些如释重负的感觉。

他正坐在柜台后面读大仲马的《玛戈皇后》。

他的面前点着一根黄色的蜡烛头，火苗一动不动。一缕隐约可辨的蓝色烟气，像一根麻线在火苗上空盘旋上升。

“您是门卫吗？”我试探着问道。

“就算是吧。”

“饭店里还有房能过夜吗？”

“真是奇怪的问题！”老头有些生气，“饭店里一个人也没有，房间您随便挑。套间或者单间，都行。如果您还讲排场，那也可以一个人住两间，就是三间也行。而且全都免费赠送，分文不取！”

门卫说的这句话是旧时生意人和推销员的常用语，意思是免费大赠送。

“免费赠送，分文不取！”老人又重复了一遍，“付钱也没人收。旅行社都疏散了。我在这里当个门卫。”

“难道饭店里一个人都没有吗？”我问，同时似乎听见从楼道里传来了碎玻璃的声音。

“怎么没有？！”老头气呼呼地喊道，“难道您认为尤里·卡尔洛维奇·奥列沙不是人吗？”

“他在这里吗？”

“那还用说。您说说，他不待在敖德萨还会待在哪儿。我早就认识尤里·卡尔洛维奇了。他在这里出生，在这里生活，那时候敖德萨热闹非凡，就像一只旋转木马。一切都打眼前经过：轮船，乌托奇金[①]们，时髦的女人，花花公子，船长，江洋大盗，意大利歌剧女演员，知名的医生和小提琴手。我都认识，全认识。现在敖德萨遭难了。奥列沙以前在这里，现在也仍然在这里。他是个地地道道的敖德萨人，您懂吧！现在他正一个人待在房间里。刚生了一场病。每一次警报拉响，我就去找他，劝他躲到地下室去。可他说什么也不肯去，反倒是跟我开起了玩笑。'索洛蒙·萨耶维奇，'他说，'您看着点啊，别让德国人的炮弹把我写在童话《三个胖国王》里的那些路灯炸坏了。'我能怎么回答他呢？于是我也跟他开玩笑。我说，要是我能做主，我会把那些路灯给镀上银，让敖德萨永远都记住这本书。"

我上楼直奔奥列沙的房间而去。他正面带倦容地坐在桌旁写着什么，字迹粗大奔放。

我们尽情地亲吻起来。奥列沙脸上胡子拉碴的，人瘦得皮包骨头，因为他刚刚得了一场痢疾。面色蜡黄。只有那一双眼睛依然锐利，还带着些善意的嘲弄。同以往一样，这双眼睛随时准备好了去点燃幻想和招之即来的灵感的火焰，随时射出准确而又令人出其不意的比拟的闪光。他一开口说话，生活立刻就变得有趣和明亮起来。是什么点燃了这一切？是他幽默的火焰，是他的诗意和瞬间就能洞悉人心的火焰。

我总觉得（而事实上也许如此），尤里·卡尔洛维奇一生都在与天才、儿童、快乐的妇女和善良的怪人们进行着无声的交谈。

---

① 谢尔盖·伊萨耶维奇·乌托奇金（1876—1916），俄国最早的飞行员之一。

他争论问题时既勇敢大胆又激烈尖锐。他总是无情和准确地击中对手的要害。

奥列沙的周围或稠密或稀疏地存在着一种特别的生活，这种生活是他从所处的现实环境中筛选而来，并饰之以插上翅膀的想象。这种生活在他身旁蓬勃生长，就如同他在《妒忌》中所描绘的树枝，满树是花繁叶茂。

奥列沙身上有某种贝多芬式的电闪雷鸣和雄壮有力的东西。这甚至都体现在了他的声音里。他那双锐利的眼睛，能够看到周围许多崇高宏伟和令人欣慰的东西。他简洁而准确地将它们表达出来，因为他深知两个字有无可比拟的力量，而用四个字的效果则减了一大半。

屋角放着一个自制的手杖。手杖上挂着一个格子背包。

“瞧，”奥列沙边说边用头往手杖和背包那边示意，“到了最后一小时、最后一分钟，我就步行到尼古拉耶夫去，然后去赫尔松。为了去那里，什么都不需要想，只需要走，走，走，只要两只脚还能走得动……对了，麻烦您帮我搞一张地图，哪怕是从课本上扯一张也好。没有地图我一路上很困难。”

我听着他说话，竟然坐着打起盹来。应该躺一会儿了，哪怕睡上个把小时也好。奥列沙于是陪着我沿着饭店空荡荡的走廊走了一圈，找了一间最好的房间。

几乎所有的窗户都被炸弹的气浪震碎了。穿堂风在饭店各处穿来游去，一条条满是尘土的大红色厚窗帘被风刮得摆来摆去。一阵风过去，干枯的棕榈树叶发出了沙沙的响声。

我睡意全消。我们走进一个个房间，吹毛求疵地挑了一间又一间。一间里面飘着草莓香皂的味道，一间里面的壁镜打碎了，还有一间因为屋里那张画《贵族盛宴》在不久前的空袭中被溅上了石灰点。

最后，我们终于选中了一间最小最暗的房间。房间的窗户朝着饭店的内院。院子里长着好几棵高大的法国梧桐。

“真是一个避难所！”奥列沙说，“这是饭店里最安全的房间。”

我连衣服都没脱就睡着了。远处一群返航轰炸机的轰鸣声把我吵醒了。落日的余晖映照在打开的窗户上闪着金光，窗玻璃已经老化得出现了鳞状波纹。

我一起身便去找奥列沙。他不在房间。在饭店狭长昏暗的餐厅里，我找到了他。

这是一个颇有历史感的餐厅。就像报纸上的通讯文章所说的那样，“它的四壁见到过”许多名人。就在前不久，这里还闪烁着水晶玻璃、银器、瓷器和白铜器皿的光芒。餐桌上，铺着一张张挺括的淡蓝色桌布，硬得像羊皮纸，一碰就发出窸窸窣窣的声响。在饰有精美浮雕的天花板下，葡萄状的枝形吊灯光芒四射。冰块在一只只银制的小桶里发出清脆的声响，桌上的菜单神秘又豪华。

眼下餐厅里却空荡荡的，光线昏暗。天花板下，只有一盏战时应急灯发出昏黄的灯光。这盏灯从来都不会熄灭。两个像敖德萨一样老的侍应都是奥列沙的朋友，他们穿着皱巴巴的白上衣，在大厅里来回走动着，给少得可怜的用餐客人递上一杯淡茶，或者是一碗滑溜溜黑乎乎的细面条。

奥列沙与一个面色忧愁、沉默寡言的黑人坐在一张桌子旁，那是敖德萨电影制片厂的演员。

“刚刚就有一场空袭，”奥列沙对我说，“您睡着错过了。来说说吧，对敖德萨有什么感想？”

我回答说，战争一爆发城市就变了样，萧条冷清，敖德萨人也好像失去了往日那种活力。

“胡——说！”奥列沙一字一顿、斩钉截铁地说道，“敖德萨人决不气馁，决不坐以待毙。他们的睿智幽默是同勇敢无畏联系在一起的。他们的勇敢如花朵在幽默讥诮的言语中得到尽情的绽放。您对敖德萨人有偏见。打个比方，就像对第欧根尼①的偏见一样。”

我当然明白，其实在这里我跟第欧根尼没有任何关系，我也从来没有当着奥列沙的面谈起我对第欧根尼的看法，因为我对第欧根尼压根儿就没什么见解。第欧根尼只不过是引出某个讥诮想象的由头。

“瞧，”奥列沙说，“所有的人，包括您在内，都认为第欧根尼是犬儒主义者的头目。他算个什么犬儒主义者！他只是个胆小昏聩的老头！顺便说一句，他是住在酒桶里的。这也是因为他的极端糊涂而导致的。话说酒桶再怎么糟糕，到底是可以住人的。房租也是应该付的。可众所周知，第欧根尼从来就不曾有过一个铜板。酒桶的主人常常威胁他，说因为拖欠这么多房钱，要把老头赶到大街上去。

① 第欧根尼，古希腊犬儒派哲学家，他的观点代表了大部分贫民和部分自由民对大奴隶主的反抗。

于是，第欧根尼只好去找自己的朋友，满脸通红嘟嘟囔囔地说：‘给我点钱付酒桶费吧！’我的天，他那些朋友一蹦老高，又是骂又是叫：‘付酒桶钱?’‘真是无耻！’‘这是损人利己！’‘一个犬儒主义者！’”

那个沉默不语的黑人突然间哈哈大笑起来。奥列沙很快瞥了他一眼，说道：

“敖德萨人哪怕是现在，在战争时期，都一如既往的勇敢、乐观和幽默。我们这就到城里去看看，我敢保证，我们到哪里都会看到任何时候都决不灰心丧气的老人。这也是英雄主义的一种表现吧。”

我们走出饭店。落日把万里无云的天空染成了玫瑰色。林荫道两旁的树发出了簌簌的喧闹。

大海上空，法西斯的航空大队正朝着奥恰科夫方向飞去。海军高射炮兵对准它们进行了又准又狠的射击，响起阵阵隆隆的炮声。

我们朝希腊市场走去。在那里，用奥列沙的话说，还有一家茶馆在这种时刻还坚持营业，出售正宗地道的摩尔达维亚绵羊奶干酪。

可我们并没有走到希腊集市。空袭警报响起了。民警们连连对空鸣枪（显然在提醒那些没有从收音机里听到警报的人）。另外，他们还把所有的路人都赶到旁边的院子里去。

我们被赶进了头一家院子。这是一个典型的希腊宅院。要用言语来描绘它几乎是不可能的，除非你亲眼去看看它，甚至是在里面住上几日，才能体会感受它的妙处。

这是一个方方正正的院落，四周都是老式的二层小楼。院落的唯一出口，就是朝向街道的大门。希腊式小楼的所有房间和套房，都对着一个个露天的木质露台，或者同样是木质的旧式楼梯。

所有露台都紧贴着房子的外墙而建，人一走上去还会感到晃悠，并发出吱吱嘎嘎的响声。它们是房间和套房的附加建筑，也是最热闹和人们最喜欢待的地方。

人们在露台上用煤油炉煎青花鱼或比目鱼，用“青黄鱼”制作著名的鱼子酱，给孩子洗澡，洗衣服，吵架（楼上跟楼下吵），听留声机，甚至是跳舞。

我们走进的就是这样一个院落。此刻里面空空荡荡。

德国人的轰炸机发出钢铁一般尖厉的呼啸声，从空中俯冲而下。炸弹的爆炸声一阵阵响起。高射炮的弹片纷纷落在院子的砖地上。

为了躲避弹片，我们躲到了二楼露台的下面。我们一旁，一个扫院子的老人坐在箱子上打瞌睡，肩上还挂着一副已经破裂的防毒面具。他睡得很沉，隆隆炮声、尖厉的呼啸声和飞扬的层土都没能惊扰他的睡梦。那尘土简直像一发发炮弹朝着小院里冲来。

我们看到，在我们正对面的门廊里有一道厚重的门。这道门显然是通向一个独立套房的。门上钉着一块铜牌，上面刻着一行字：“牙医伊·斯·瓦因特劳布”。

姓氏的末尾还带有硬音符号，可见瓦因特劳布在这里已经住了不少年头。

“那得是革命前了！”奥列沙说，“现在听起来，有点像说‘耶稣降生之前’或者是‘大洪水之前’那么久远的感觉。”

紧挨着门廊有一扇威尼斯式窗户，窗帘拉得很严实。透过窗帘布，可以隐约看到黑乎乎的橡皮树叶子。

又是一架飞机呼啸而来。金属在爆炸中崩塌撕裂的巨响和一阵阵高射炮的排炮声响起。

这时候我们看到了一件很普通很平平常常的事。顺便说一句，直到现在我都不明白，为什么一讲起这件事，我和奥列沙就会哈哈哈地大笑不止。

原来，只见一个人愤怒地拉开威尼斯窗户的窗帘，用手掌猛地击向窗子，玻璃窗啪的一声大大地敞开了。窗门被推到了两侧的墙面。

一个上了年纪、胡子拉碴的犹太人从窗户里探出身来，裤子的背带很松，衬衣也皱巴巴的。显然，他就是那个瓦因特劳布医生了。他手里拿着一张报纸。看来他应该是在睡觉，这张报纸是他为了挡苍蝇而盖在脸上的。爆炸声和飞机的轰鸣把他吵醒了。

他把头伸出窗外，两手撑在窗台上。他那双血管硬化的双眼因为愤怒而涨得通红，望着魔鬼般狂啸和低空掠过小院上空的飞机，他愤怒地大声叫道：

“怎么？又来了吗？真是流氓!!”

暴怒中他冲着飞机吐了口唾沫，砰的一声关上了窗户，拉上了窗帘。

那个在隆隆轰炸声中都没有被震醒的扫院老人，此时竟立刻惊醒过来，他打着哈欠，无可奈何地说：

“这是我们大院里最不怕死的人：简直就是拿破仑!”

空袭结束了。我们又走在了大街上。天色已经暗下来了。

“您看，”奥列沙说道，“我说对了吧。这就是那个古老的、任何时候都决不气馁的敖德萨。”

“您真是太幸运了。”我回答说。

我们朝“伦敦饭店”走去。歌剧院附近，地上倒着一棵被连根拔起的洋槐树。它的树根一直翘到了一幢老式房子的二楼，缠在了阳台的栏杆上。

大门口停着一辆急救马车。从二楼的窗台上，正汩汩地往人行道上淌着一滴滴鲜血。

海上正弥漫着一缕缕浓烟。在别列塞皮沙洲上，有个什么地方起了火。不过，也有可能是月亮正在咸湖后面升起。

《三个胖国王》里的路灯完好无损，对此我甚至比奥列沙更加高兴。

我其实还可以讲述很多有关奥列沙的事，不过现在还有些困难。他不久前去世了，我们怎么也难以忘记他那张美好的脸——那是一张在我们面前静静地思考着问题的人的脸。我更不会忘记插在他老式西服纽扣孔里的那朵小小的红玫瑰。这件上衣，我看到他穿了很多年。

米哈伊尔·普里什文

如果自然能够懂得感恩，感谢人类能通晓和赞美它，那么它首先应该感激的人是米哈伊尔·普里什文。

米哈伊尔·米哈伊洛维奇·普里什文，这个名字只是在城市里使用，而在那些让他感到像家里一般亲切自在的地方——护林员的小木屋、雾霭浓重的河滩地、俄罗斯田野上辽阔天空的云朵和繁星之下，人们都简单地称呼他“米哈雷奇”。当他离开他们去了城里，人们就会明显地感到焦躁难过，也只有在铁皮屋顶下筑巢的小燕子，才会让他联想到自己的“鹤之乡”。

普里什文的一生是只按照“自己的心灵意志”生活的典范，他摆脱了一切束缚与强加给自己的环境。这样的生活方式，是最健康的思想的体现。一个“按心灵意志”生活的人，一个生活与内心世界相契合的人，他就永远是个造福他人的创造者，是一个艺术家。

如果普里什文只是个农艺师（这是他最初的职业），那么他这一生会做出怎样的成就是不得而知的。不过，他未必能够将俄罗斯大自然描绘成一个如此美妙和充满光明的诗意世界，并把它展现在千百万人面前。而他也没那么多时间。大自然要求作家聚精会神、不断探索和劳作，在内心建立和创造一个自然的“第二个世界”，以这个世界的思想充实丰富我们，用艺术家所看到的美来熏陶我们。

如果仔细研读普里什文的所有作品，我们便能判定，普里什文来得及告诉我们的，只是他广博知识和非凡见识的百分之一。

对于普里什文这样的大师，一生一世太少了。对于这样的大师，一片从树上飘落下来的秋叶都足以让他们写出整整一首长诗呢。而这样的落叶太多了。纷纷落叶带走了作家多少没有来得及说出的思想啊——普里什文自己也曾经说过，那些思想就如落叶一般轻飘飘地落下了！

普里什文出生于俄罗斯的古老城市叶列茨。从这里还走出了蒲宁，他与普里什文一样，也极其善于将人类灵魂和心绪的色彩赋予大自然。

其中有什么原因呢？显然，奥廖尔省东部和叶列茨周围的自然风光，是非常质朴和典型的俄罗斯风貌。正是这种甚至可以说是有些严峻肃杀的特质，造就和培养了普里什文作为一个作家细致入微的敏锐观察力。基于这样的质朴，作家笔下的自然特性表露更加清晰，观察更加犀利，思想也更加集中。

与五光十色、色彩斑斓的艳丽相比，比如迤逦的晚霞、漫天的繁星、争奇斗艳的热带植物、鲜花与绿野汇成的尼亚加拉大瀑布，这一切都不如简单质朴给人带来的心灵震撼更加深刻有力。

要描述普里什文太难了。我们需要走进他的书中，走进他的每一个句子，把这些句子记在贴身小本上加以反复阅读，不断从中发现它的新价值，就像沿着一条依稀可辨的小径走进泉水叮咚、绿草如茵的密林，被这位有着高度纯净的智性与灵魂的人那纷纷的思绪与感悟所围绕。

普里什文认为自己是“被钉在散文十字架上的诗人”。其实他这样的说法是错的。他的散文比许许多多的诗句和长诗，都饱含着更加浓烈的诗的汁液。

普里什文的作品，用他自己的话加以表述，就是“发现一个个日常中的无尽的欢乐”。

无数次，我都听到阅读完普里什文作品的人在异口同声地说：“这才是真正的魔法！”

从接下来的交谈中我了解到，人们只能用这样的词语来表达他们难以描述却非常鲜明的属于普里什文的魅力。

究竟其奥秘何在？这些作品到底有何秘诀？像“魔法”“神奇”这类词一般用在对童话的描述上。但普里什文并不是个童话家。他是大地之子，是“滋润的大地母亲”之子，是他周围世界一切变化的见证者。

普里什文之魅力和魔法的秘密，正是他的这种敏锐观察力。

就是这种敏锐观察力，使他能在每一个细微处发现意义，在周围一切被掩盖的现象中看到深刻的本质。

他的字字句句都闪烁着诗意，如同点缀着晶莹露珠的青草。一片最微小的白杨树叶，都洋溢着自己的生命力。

取来一本普里什文的书打开，我就读到这样的句子：

> 夜色在一轮皓月的照射下散去，第一道寒流在黎明时分降临。万物笼罩在一片苍茫之中，只有水洼还没有上冻。太阳升起，大地又渐渐回暖，树木和青草像是被一粒粒硕大的露珠冲洗翻新，云杉树的树枝从昏暗的树丛中伸出，形成一道道闪闪发光的曲线，如此美景，就是用全世界所有的钻石都难以装点。

这一小段真正用钻石串成的语言，简单质朴，准确又充满了永恒的诗意。

仔细品读这段文字里的语言，你便会认同高尔基对普里什文的一个评价，他说普里什文“具有完美的能力，赋予普普通通的词汇以十分灵活的组合，给人以身临其境之感”。

不止如此。普里什文的语言也是大众的语言。这种语言只能在俄罗斯人民与大自然的紧密联系中形成，在人民的劳动和质朴与智慧的性格中产生。

“夜色在一轮皓月的照射下散去”，只是寥寥数语，却十分清晰地表现出了流动在沉睡大地上空那一股巨大而缄默的暗夜之流。而且，像“寒流降临”，像“树木和青草像是被一粒粒硕大的露珠冲洗翻新”，这些语言都是生动的大众的语言，绝对不是拾人牙慧或照着什么读书笔记本上抄来的，是属于他自己的独特的语言。因为普里什文就是大众中的一员，而不仅仅是大众生活的旁观者，只是为了自己的写作收集素材，不过很遗憾，这种事在作家群体中并不少见。

植物学上有个术语，叫杂草类。这个术语常常用于描述繁茂的牧场。杂草类，也是对茂密而热闹地盛开在河滩两旁的各种野花的统称，它们像湖泊一样密密地片片相连。

普里什文的散文完全可以被称为俄罗斯语言的杂草类。他的词语鲜艳夺目，闪闪发光。它们时而如青草低声絮语，时而如清泉淙淙流淌，时而如鸟儿啁啾婉唱，时而如新冰脆响叮当，最后，它们都如天上流动的繁星，缓缓有序地流入了我们的脑海。

普里什文的散文之所以有如此魔力，是因为他具有渊博的知识。在任何一个人类知识的领域，都蕴藏着无尽的诗意。诗人们早就该明白这一点的。

如果诗人们通晓天文学，那么他们所喜爱描述的星空便会在他们的笔下更显恢宏壮丽。

泛泛地描写天空甚至连星星的名字都叫不出来，这是一回事，而当诗人熟知天体的运行规律，知道投映到湖中的不是笼统的星光，而是猎户星座明亮耀眼的光辉，这完全是另一回事了。

就是最不起眼的知识，也能为我们揭示出世界新的美丽，这样的例子不胜枚举。我们每个人都有各自的经验。

我现在就想讲述一件事情，普里什文用短短一句话就解释清了我长期以来所以为的偶然现象。并且不仅仅是解释，甚至可以说他也将合乎规律的美补充进去了。

我早就发现，在奥卡河河岸的春泛滩上常常开满一簇簇色彩缤纷的野花，像是在地上铺满了一个个独立的花坛。可在一片普普通通的草丛间，会突兀地出现一条蜿蜒的同一种野花组成的花带。坐在“Y-2”小型飞机上看得尤其清楚，这种飞机常常在草地上进行低空飞行，喷洒农药，消灭水塘和沼泽地里的蚊虫。

我年年都在欣赏这条条茁壮芬芳的花带，赞叹它们的美丽，却从来不知道如何来解释这种现象。是的，我承认自己连想都没有想过这个问题。

后来，在普里什文的《一年四季》中我终于找到了答案，那是写在以《花河》为名的一小节里的一段话：

“在春潮的流经之路上，现在已满是鲜花的溪流。”

读了这一句我才恍然大悟，原来花带正是生长在春潮流经的地方，春汛退潮之后的淤泥就成了肥沃的土地。于是就形成了一幅春潮的鲜花地图。

莫斯科不远处有一条河叫杜布纳河。人类在河两岸的居住史有数千年，它早已闻名遐迩，并在地图上有着明确标记。河流平缓地在莫斯科郊外绿油油的山岗和平原间穿行，流过开满啤酒花的小树林，流过那些古老的城市和乡村：德米特洛夫，维尔比洛克，塔尔多马。成千上万的人到过这条河的河岸。他们中有作家、艺术家和诗人。可是谁也没有发现杜布纳河有什么特别值得书写的地方。走过河岸，没有谁认为自己是身处奇妙之境。

普里什文也走过了河岸。但普通质朴的杜布纳河在他的笔下就像一次地理大发现，河流透过朦胧的雾霭和燃烧的晚霞大放光彩，成了我国最富情调趣味的河流之一，它不仅有自己独特的生命特征，有自己独特的植被和独特的风景，还有两岸居民独特的生活方式和历史。

我们国家有很多学者诗人，比如说季米里亚泽夫①、克柳切夫斯基②、凯哥罗多夫、菲尔斯曼③、奥布鲁切夫④、缅兹比尔、阿尔谢尼耶夫，还有英年早逝的植物学家科热夫尼科夫。他写过一本关于植物世界春天和秋天的书，是一本严格意义上的科学著作，却又十分引人入胜。

同样，我们也有不少作家善于把科学知识写进自己的中篇小说和长篇小说中，而且作为小说必不可少的部分。像梅利尼科夫-彼切尔斯基⑤、阿克萨科夫、高尔基、比涅金等，就是这样的作家。

但普里什文在这些作家中又占据着特殊的位置。他是个知识渊

---

① 克・阿・季米里亚泽夫（1843—1920），俄国植物学家，生理学家。

② 瓦・奥・克柳切夫斯基（1841—1911），俄国历史学家。

③ 亚・叶・菲尔斯曼（1883—1945），苏联地质学家、矿物学家。

④ 弗・阿・奥布鲁切夫（1863—1956），苏联地质学家、地理学家。

⑤ 巴・伊・梅利尼科夫（1818—1883），俄国作家。

博的人，通晓民族学、物候学、植物学、动物学、农艺学、气象学、历史、民俗学、鸟类学、地理学、方志学等其他学科，并有机地融进了他的文学创作中。这些知识对他来说不是沉重的负担。它们是活生生的，被他的各种经验和观察所丰富，也被他那得天独厚的禀赋所丰富，这种禀赋能让他在最为诗意的形态中发现科学的道理，并建立在或小或大，但终归是出人意料的例证之上。

普里什文描写他的时候，总好像是正眯起眼睛，以便把对方看个透彻。他对花哨的外表不感兴趣。他对每个人物心中的理想感兴趣，不管他是伐木工、制鞋工、猎人还是大名鼎鼎的学者。

把深藏于人们内心的理想挖掘出来，这便是他的任务。要做到这一点也并非易事。在人的身上，再没有比理想藏得更深的东西了。也许，它经不起最轻微的嘲弄，哪怕是一个玩笑，当然，它更经不起冷漠的手去触碰。

只有对志同道合的人，才能毫无保留地讲出自己的理想。普里什文正是这样一个跟我们那些籍籍无名的理想者志同道合的人。我们就举他的短篇小说《鞋子》为例，里面就有几位来自玛丽娅林的制鞋工，他们的理想就是为共产主义社会的妇女们设计出世界上最精致和小巧的皮鞋。

普里什文身后留下了大量的笔记和日记本。在这些笔记里，有着米哈伊尔·米哈伊洛维奇关于写作技巧的许多思考。在这方面，他也是个行家里手，就像他对自然界的了解一样深入透彻。

普里什文有一篇关于小说简洁问题的短篇小说，就其理解的准确性而言堪称典范。这篇小说名叫《著作人》。其中就有一段作家和一个小牧童关于文学的对话。

以下就是这段对话。小牧童对普里什文说：

“你倒是照真实的样子写啊，也有可能，这一切都是你编出来的。”

“不全是，”我回答说，“但的确有一些是虚构的。”

“要是我的话，怎么会这样写呢！”

“全都照实写吗？”

“是啊。就拿写深夜这件事来说吧，沼泽地里的深夜怎么过去就怎么写啊。”

“那你说说，怎么过去的？”

“就这样过去的呗！深夜。水潭边是一簇巨大的灌木丛。我坐在灌木丛下，小野鸭在一旁嘶喂—嘶喂地叫着……”

他不再说什么。我想，他可能是在措辞或者需要描述一些什么画面。但他却突然掏出了一只牛角风笛，开始在上面挖起洞来。

“那么，接下来呢？”我问道，“你不是要照实描述夜晚吗？”

“我都已经描写了呀，”他答道，“一切都照实描写的。有一簇很大很大的灌木丛！我坐在灌木丛下，小野鸭整夜都在嘶喂—嘶喂地叫个不停。”

“这也太简短了。”

“什么，太简短了，”牧童很吃惊，“小野鸭嘶喂—嘶喂—

嘶喂地叫了一夜呢……”

我想象着他说的那个场景，说道：

“真是太好了！”

“难道不好吗？”他答道。

在自己的写作事业上，普里什文是个胜利者。这不由得让我想起了他的一段话：“……就是一片荒芜的沼泽，也会成为你胜利的见证者，它们甚至会像绽放的鲜花变得异常美丽，于是，春天便永远留在了你的身边，只有春天，还有胜利的荣耀。”

是的，普里什文散文的春天会永远留在我们的生活中，留在我们的苏维埃文学中。

亚历山大·格林

在我的青年时代，我们所有的中学生对“万有文库”都十分着迷，期盼着它一卷卷的出版。这个文库的书都是小开本，黄色封面，小号字。

文库的书极其便宜。十个戈比便可以买到都德的《达拉斯贡的戴达伦》或者汉姆生的《神秘》，二十个戈比就能买到狄更斯的《大卫·科波菲尔》或塞万提斯的《堂吉诃德》。

“万有文库”出版俄罗斯作家的作品只能算是例外。所以，有一次我照例买了文库新出版的一册，书名有些古怪——《捷卢里的蓝色瀑布》，封面上印着作者名叫亚历山大·格林，我理所当然地认为这个格林是个外国人。

书里收入了几个短篇小说。我至今记得，当时我站在书亭前，随手打开书便读了起来：

> 再没有比利斯更混乱更奇妙的港口了。这座多种语言混杂的城市让我感觉它就像个流浪汉，最终下定了决心留在这偏远的地方。城市的房屋杂乱无章地散落在几条街道之间。可是在利斯，严格意义上的街道是不可能有的，因为这座城坐落在峭壁和山岗上，靠着石梯、桥梁和狭窄的山间小道连接起来。
>
> 城里的一切都掩映在密密匝匝郁郁葱葱的热带植物中，女人们的双眼在绿荫扇子般的遮蔽下闪烁出孩童般热情的光芒。黄色的石头，绿色的树荫，陈旧墙上图画般的裂纹。在一处建在悬崖上的院落里，一个打着光脚、抽着烟斗的人在独自修着一艘大木船。远处传来一阵歌声，歌声在沟壑间回荡。在大伞和帐篷的遮挡下，人们在木桩上支上了一个个货摊。闪着寒光的刀斧，颜色鲜艳的衣裙，花草和树木的芳香，让人产生了如梦中般懵懂淡淡的忧伤，对恋爱与幽会开始神往。港口脏兮兮的，像个扫烟囱的小工。高高卷起的船帆，它们的梦和插上翅膀一样转瞬即逝的早晨，碧绿的海水，高耸的峭壁，远远的海面。入夜，繁星点燃了整个夜空，小船上荡漾着欢声笑语——这，就是利斯！

站在繁花盛开的基辅栗树树荫下，我一口气读完了这篇如梦幻般神奇美妙又不同寻常的作品。

一种突如其来的忧愁涌上心头，让人对亮闪闪的海风，对海水那淡淡的咸味，对利斯港，对它那炎热的街巷，对女人们火热的眼神，对残留着白色贝壳的黄色岩石，对笔直升上蓝天的玫瑰色烟云，都充满了向往。

不！那不是一般的向往，而是一种强烈的愿望，希望亲眼见到这一切，更加迫切地渴望过上这种自由无忧的海边生活。

就在这时，我印象中感觉到这幅色彩斑斓的世界中有些场景好像似曾相识。这位我不熟悉的作家格林，只是将它们集中在了一页纸上罢了。可我到底是在哪里见过这些场景呢？

很快，我便想起来了。当然，那是在塞瓦斯托波尔见过，这座城市从碧绿的海浪上升到耀眼夺目的阳光下，并被一条条的绿色树荫划分开来。整个塞瓦斯托波尔的嘈杂和欢乐，都出现在格林的作品中了。

我继续翻读这部作品，接下来读到了一首水手的歌谣：

南十字在远方闪耀。
第一阵风将把罗盘吹醒。
上帝啊，请保佑航船吧，
也一定要保佑我们！

那时我还不知道，格林作品中的这些歌谣都是他自己编的。

人们醉心于葡萄酒、明媚的阳光、无牵无挂的欢乐和生活的慷慨馈赠，它永不停歇地向人们展示它各个迷人角落的熠熠光辉和悠悠凉风，陶醉于“崇高的情感”。

所有这一切都出现在了格林的作品中。它们像芬芳清新的空气，让我们这些来自于闷热烦躁和令人窒息的城市的人们沉醉。

就这样，我认识了格林。当知道格林就是俄罗斯人和他的真名叫亚历山大·斯捷潘诺维奇·格里涅夫斯基时，我倒是也没有特别的惊讶。也许，在此之前我就已经认定格林是黑海人，是巴格里茨基、卡达耶夫等许多黑海作家所属那个作家群体中的代表人物。

可是，当我知道了格林的经历，知道他是个背叛者和无家可归的流浪者，曾经过着十分艰难坎坷的生活时，我大为吃惊。我不能理解，一个如此孤僻和命运多舛的人，在经过了种种生活磨难之后还能保持强大和纯粹的想象力，还能对他人报以信任和羞涩的微笑。难怪他在谈到自己时说，他“永远都能在低矮棚屋的垃圾和废物上看到多彩的风景”。

法国作家儒勒·勒纳尔曾经说：“我的故乡就在那飘着最美丽的云彩的地方。”格林也完全有资格这么说。

如果格林至死时只给我们留下了《红帆》中的一部长诗，那么这也足以将他列入那个优秀作家的行列，他们用自己的作品激励人心，召唤人们去追求尽善尽美的理想。

格林几乎用自己的全部作品来证明自己的想象。我们应该为此而感激他。我们都知道，我们为之不懈追求的未来就诞生于人类这种不可战胜的特质——善于想象和爱。

爱德华·巴格里茨基

应该提前提醒那位准备为爱德华·巴格里茨基写传记的人，他可能会为此大伤脑筋，就像俗话所说“要吃大苦头”，因为巴格里茨基的生平非常难以考证。

巴格里茨基曾经把自己的经历说得神乎其神，这些事情最终和他的生活紧紧交织在一起，让人不可能分得清楚哪些是真哪些是假。所以，要再现真实，再现“仅仅是真实，除此别无其他”，这是不可能的。

况且，我也不能肯定，要做一件这种吃力不讨好的事情是否值得。巴格里茨基的虚构已经是他生平中具有典型意义的部分。他自己对此也深信不疑。

没有这些虚构，我们很难想象这位长着一双笑吟吟的灰眼睛、说话有些气喘但声音又十分动听的诗人会是什么模样。

在爱琴海沿岸，居住着一个叫“黎凡特人”① 的族群，他们生性乐观、精力充沛。这一族群是希腊人、土耳其人、阿拉伯人、犹太人、叙利亚人和意大利人等各个不同民族的融合。

我们苏联也有自己的“黎凡特人”。这就是“黑海人”，他们也

① 生活在地中海东部诸国及其岛屿上的族群，包括叙利亚、黎巴嫩、埃及和希腊这一大片区域。

由各个不同的民族融合而成，但同样都乐天活泼、爱说爱笑、勇敢无畏和无可救药地热爱自己的黑海，爱炽烈的阳光和港口生活，爱“敖德萨妈妈”，爱杏和西瓜，爱五光十色和热气腾腾的海滨生活。

爱德华·巴格里茨基就属于这个族群的一员。

他时而像赫尔松橡木船上懒洋洋的水手，时而像敖德萨捕鸟的“小子”，时而又像科托夫斯基部队里一名放荡不羁的士兵，时而像梯尔·乌伦斯皮格尔。

以上这些看上去似乎完全不相容的气质，如果再加上他对诗歌狂热的爱和渊博的诗学知识，这就构成了他完整的富有魅力的性格特征。

我第一次见到巴格里茨基，是在敖德萨港的防波堤上。不久前他刚刚完成了诗作《西瓜之诗》，其感觉和词语之表现力令人惊异，仿佛黑海风暴的巨浪所溅起的波涛。

我们用长长的捕鱼线在海里钓杜父鱼和鲱鱼。一艘艘从奥恰科夫驶来的黑色橡木船从我们眼前经过，船帆上打满补丁，船上装载的条纹西瓜堆得像小山一样高。大风刮来，橡木船开始摇来晃去，船舷不时没入水中，船的四周溅起了阵阵浪花。

巴格里茨基舔了舔咸咸的嘴唇，气喘吁吁地开始朗诵起《西瓜之诗》来。

有个姑娘在岸边拾到海浪冲到岸上的西瓜，西瓜上还刻着一颗心，显然，这是从一艘沉了的小驳船上漂来的。

此时没有人来告诉她，

她捧在手里的，正是我心！……

他很乐意背诵任何一位诗人的诗。他的记忆力实在是罕见。他朗诵时，甚至是大家都背得滚瓜烂熟的一首诗，他也能出乎意料地找到新的动听的节律。无论是在巴格里茨基之前，还是在他之后，我再也没有听到那样好的吟诵了。

每一个词每一句诗的所有音素都得到了完美的、荡气回肠和催人泪下的表现。无论是彭斯的《姜大麦之歌》、勃洛克的《骑士的脚步》或者是普希金的《为了遥远祖国的海岸……》，只要是巴格里茨基朗诵，听者都会喉咙哽咽、热泪盈眶。

我们从港口来到希腊市场。这里有一家茶食店，出售一杯茶会配一份糖精、一小片黑面包和一小块干奶酪。打一大早上起，我们都还饿着肚子。

敖德萨当时有一位老乞丐。全城人见了他都害怕，因为他乞讨的方式特别与众不同。他从不低声下气，也不会伸出瑟瑟发抖的手，用难听的鼻音说："老爷行行好吧！可怜可怜我这残疾人吧！"

他不是这样的！他个子高高的，胡子有些花白，双眼因为血管硬化而微微泛红，他只是到茶馆来行乞。他往往还没进门就扯着打雷一般的嗓子开始大吼大叫，咒骂起茶客。

《圣经》中最厉害的先知耶利米①一直被奉为咒骂大师，如果他遇到这个老乞讨，用敖德萨人的话说，那也是要"甘拜下风"的。

---

① 基督先知耶利米的言论以咒骂抨击异族神祇而著名。

“你们的良心哪里去了？你们还是不是人?!”老头大声呵斥道，接着就自己回答了这个适合演说的问题，“你们是些什么人哪，坐在这里吃着面包和油汪汪的奶酪，完全不顾他人感受，一个老人从早晨到现在还没吃东西呢，肚子空得像只桶！要是你们的老娘知道你们变得这样没良心，她一定会高兴自己死得早，没有看到你们这副德行。您为什么要转过身去，这位同志？您是聋子吗？您最好还是帮帮我这个饿着的老汉，让自己的黑心得到些安抚吧！”

茶食铺子里的人都纷纷掏钱给他。谁也没有理会他的谩骂。据说，老头把讨来的钱都攒起来，做了一笔倒卖食盐的大买卖。

我们在茶食铺子里买了一杯茶和一块味道不错、辣乎乎的干奶酪，奶酪被一小块湿湿的麻布包了起来。这块奶酪吃得人牙床都疼。

这时，那个老乞丐来了。还没跨进门槛，他就开始了骂骂咧咧。

“啊哈！”巴格里茨基恶狠狠地说，“他是来得正好啊。让他到我们跟前来试试。只要他敢到我们跟前！只要他胆敢走过来！”

“那又能怎么样?”我问。

“那他就会倒大霉，”巴格里茨基说，“呵，倒大霉！只要他胆敢到我们的桌子边来。”

老头盛气凌人地走了过来。最后他还是停在了我们桌前，一双怒气冲冲的眼睛用了好几秒钟死死盯住桌上的干奶酪，喉咙里发出咕嘟咕嘟的声音。也许是老头的愤怒太过强烈，以至于他大口大口地喘着气，连话都说不出来。他清了清嗓子，最终还是开始了大喊大叫：

“这两个年轻人什么时候才能良心发现啊！连旁边的人都看得出

来，他们之所以急吼吼地把奶酪放进嘴里，是为了连四分之一小块都不留给我这个不幸的老头子，我都不说留一半了。”

巴格里茨基站起身，一只手按在胸口上，目不转睛地盯着这位血管硬化的老头，既轻柔又热情地开始朗诵起来，声音有些颤抖、哽咽，眼里闪着泪花，带着悲剧式的紧张感：

> 我的朋友，我的兄弟，疲惫和受苦的兄弟啊，
>
> 不管你处于什么境地，都不要灰心丧气！

老乞丐怔住了。他死死地盯着巴格里茨基，红红的眼睛渐渐发白。接着，他开始慢慢地往后退，在巴格里茨基念到“请你相信，巴尔死去的日子终将来临”这一句时，他转过身去，还碰翻了一把椅子，随后一瘸一拐地朝茶食铺子门口奔逃而去。

“看见没有，”巴格里茨基认真地说，“连敖德萨的乞丐也怕纳德松①！”

整个茶食铺子的人都哄堂大笑。

一连好几天，巴格里茨基都会留在干咸湖边的草原上，用套索去捕鸟。

在巴格里茨基位于摩尔达万卡街那间白石灰墙面的房间里，挂着好几十只鸟笼，里面都是些褪了毛的小鸟。他总是对这些鸟儿赞不绝口，尤其是那几只有点特别的叫朱尔巴伊的鸟。这是一种长得

---

① 谢·雅·纳德松（1862—1887），俄国作家，诗人。

并不好看的草原云雀，而且跟其他的鸟儿一样羽毛几乎都褪光了。

总是有被鸟儿啄碎的谷粒从笼子里掉出来，落在客人或主人的头上。

为了养活这些鸟儿，巴格里茨基几乎花光了自己最后一个戈比。

敖德萨的各家报纸付给他的稿酬特别低：一首精彩绝伦的诗作，稿费仅仅是五至十个卢布。过不了几年，这些诗就已经被所有的年轻人所熟悉和诵读。

显然，巴格里茨基认为这件事没什么不公平。他并不清楚自己的真正价值，况且他对诸如此类的日常事务也避之不及。他第一次去莫斯科时从不单独去出版社或编辑部，总要找个朋友“壮壮胆”。谈具体事宜的时候，主要是朋友出面，而巴格里茨基则一声不吭地在一旁微笑。

有一次他到莫斯科来，就暂住在奥贝京小巷我家的地下室里。一进门他就预告说：“我得在你们家住上一阵子啊。”的确，他整整一个月里只去了城里两次，其余时间都像土耳其人一样盘腿坐在沙发上，因为患了哮喘病而呼哧呼哧地大喘气。

坐在沙发里，他的四周堆满了各种书籍、别人的诗稿和空烟盒子。他就是在这些烟盒子上写下了自己的诗。有时候这些烟盒被他弄丢了，不过他也就只是难过一阵子便过去了。

他就这样坐了整整一个月，完全陶醉在谢尔文斯基的《乌利亚拉耶夫奇纳》里，书中讲述了一个不可思议的故事，并且与这个敖德萨的“爱文学的小孩子”进行了对话，一片片乌云朝他头顶上涌来，就像他刚刚来莫斯科一样。

不久后，他就彻底地搬到了莫斯科，把鸟笼子换成了一个个养着金鱼的大鱼缸。他的房间简直就是个海底世界。他能一连几个小时地坐在沙发上，默默地看着鱼缸里五颜六色的鱼儿想心事。

他在敖德萨的防波堤上见到的那个谜一般的海底世界大概就是这样的吧，长得像珊瑚一样的银色水草茎摇曳着，蓝色的水母在慢悠悠地游着，一缩一放排开海水。

我觉得，巴格里茨基迁居莫斯科就是个错误。他离不开南方、大海、敖德萨，甚至也离不开他喜欢的敖德萨食物——茄子、西红柿、羊奶干酪、新鲜的鲭鱼。他整个人完全被南方所温暖了，带着构成敖德萨这个城市那种黄色带小孔的石灰岩的热度，浑身还沾染着水、盐、金合欢和海的味道。

他过早地去世了，还没来得及静下心来，也还没为自己所说的事业做好充分准备，那就是再拿下几座难以攻克的诗歌艺术的山头。

在他的灵柩后，紧跟着一个连队的骑兵护送，马蹄敲打着花岗岩石的地面，发出响亮的嘚嘚声。这让人想起了他的《奥帕纳斯之歌》，想起其中克托夫斯基的那匹马，“闪耀着白色方糖块般的光亮”，想起辽阔的草原之诗，这诗篇与巴格里茨基手牵手地走在尘土飞扬、滚烫炽热的大道上。这诗篇就是《伊戈尔远征记》和塔拉斯·谢甫琴科的继任者，它像薄荷的气味那样浓烈，像海边的姑娘那样黝黑，像飘在故乡黑海上空的清风那样欢畅。

看世界的艺术

绘画教会人们看和看见世界（这是两件不同的事，很少有人能把两者统一起来）。正因如此，我们要感激这样的绘画保留了鲜活的、只有孩童才葆有的那种纯真。

——亚历山大·勃洛克

令人们驻足和赞叹的，往往是那些在他们的生活中毫无用处的东西：抓不住的水中倒影，无法播种的悬崖峭壁，还有天空中那些奇妙绚烂的色彩。

——约翰·罗斯金

由于我们的懒惰或无知，一些无可争议的真理常常被我们所忽视搁置，以至于无法对人类的生活产生影响。

在这些无可争议的真理中，有一条与作家的写作技巧，尤其是散文家的写作技巧有关。这一条就是，所有相近艺术领域的知识——诗歌、绘画、建筑、雕塑和音乐——都会极大地丰富散文家的内心世界，并给他的散文赋予特别强的表现力，使之充满着绘画的光与色彩、诗歌词语所特有的新鲜生动、建筑的和谐对称、雕塑线条的清晰突出，以及音乐的节奏和旋律。

所有这一切都是散文的附加财富，为它增色添彩。

我对不爱诗歌与绘画的作家是不信任的。这种人说得好听是有些懒散和愚笨，说得不好听就是无知。

一个作家不能忽略和放过任何能够开阔他眼界的事物，当然，他得是一个行家而不是匠人，是一个价值的创造者而不是庸人，他也不能够像嚼美国口香糖那样一味地吸吮享受生活的舒适与安乐。

我们常常会遇到这样的情况，在读过了一个短篇小说、中篇小说，甚至是一部厚厚的长篇小说以后，除了里面一堆混乱乏味的人物，我们对作品几乎没有什么印象。你在努力地分辨和看清这些人物，可你始终看不见，因为作者并没有赋予他们任何生动可感的个性。

这些小说的故事情节发生在某种失去色彩和光亮像是被凝固着的日子，发生在那些作者只叫得出名称而从来没有见过的物体中间，所以作者也不可能把这些物体向作为读者的我们描绘出来。

尽管这些作品写的是当代主题，但它们依然显得平庸，缺乏真正的激情。而这种虚情假意却被作者试图用来替代快乐，尤其是劳动的快乐。

造成这种可悲现象的原因，不仅仅是因为作者缺乏激情和文化修养，还因为他们像鱼目一样迟钝的眼睛。

真想把这些小说砸碎撕烂，就像走进满是灰尘和闷热的房间想一下子砸烂密封的玻璃窗。随着玻璃窗的碎玻璃四溅而去，风雨声、儿童的嬉戏喊叫声、机车的汽笛声、马路上水汪汪的反光都将迎面扑来，整个生活，连同它那乍一看来杂乱无章却活色生香的色彩、声响，都一齐朝你涌来。

我们身边有不少书好像是瞎子写的，可它们又明明是写给明眼人看，这便是出现这些书籍的荒唐之处。

为了洞悉一切，我们不仅需要看看四周，还需要学会如何去看见。只有热爱人们和热爱大地的人，才能够很清楚地看见人和大地。一篇散文的苍白无色，那通常是作者冷血的结果，是他麻木不仁的可怕症状。不过，有时候也只是因为作者的水平差和缺乏文化修养导致。那么，这种事用常人的话说就是还有救。

怎么看见，又怎么来领会认识我们所看见的光和色彩呢？画家可以教会我们这一点。他们比我们看得更清楚，而且比我们更善于记住自己的所见。

当我还是个年轻作家的时候，有一个画家告诉我说：

“我亲爱的，您看得还不够清楚。还有些模模糊糊，马马虎虎。从您的短篇小说就看得出，您只是看到了原色和表面上那些涂抹得非常浓烈的基本色，而过渡色和色的各种层次您完全没有看到，或者在您看来都是同一个样子。”

“那我能怎么办!”我有点辩解地回答道，“我就长这样一双眼睛。”

“胡说！好的眼睛，这是后天养成的。好好锻炼视力，别偷懒。就像常言说，要专心致志。您要抱定一个信念，就是把您看到的一切全都用颜料画出来，您就这样试一两个月。在电车上，在汽车上，您都用这样的目光去看所有的人。两三天以后您就会坚信，过去您在人们脸上所看到的，只是现在所见的十分之一。两个月以后，您就学会怎么看人了，那时候便不必勉强自己了。”

我照这个画家的话做了，的的确确体会到，同样是那些人和事，比起以前我走马观花、浮光掠影的观察，现在他们显得有趣多了。

于是，我对自己过去那么愚蠢地浪费掉不少的时间而感到痛心疾首。若非如此，在过去的那段日子里我该看到多少美妙绝伦的东西啊！有多少有趣的东西就这么逝去，永远无法追回了！

这就是画家给我上的第一课。而第二课就更加直观了。

有一年秋天，我从莫斯科到列宁格勒去，但是没走加里宁和博洛格耶路线，而是从萨维洛沃车站出发，走经卡里亚津和赫沃伊纳亚到达的路线。

很多莫斯科人和列宁格勒人压根儿不知道还有这一条线路。这条线路虽然距离长一些，但是比经博洛格耶那条常规路线更加有趣。这条线之所以有趣，是因为它要经过一片片荒野和森林地带。

我身边的旅伴是一位小个子男人，一双眼睛又小又细却炯炯有神。他身上的袍子又肥又大。他带着一个装满油画颜料的大箱子，还有好些打了底子的画布。不难猜出来，他是一位画家。

我们攀谈起来。我的旅伴告诉我说他要去季赫文市郊，他有个好友在那里当护林员，他将要去那里的护林哨所住一阵子，画画秋景。

“您为什么要跑到季赫文这么老远的地方来呢？”我问他。

“我看中了那里的一个地方，”画家信心满满地说，“那真是个好得不能再好的地方！您不会找到同样的地方了。那里是清一色的白杨林！只是偶尔夹杂着几棵云杉。秋天，白杨林就像披上了节日的盛装，没有其他任何一个树种能与之媲美。它的树叶变得五彩斑斓。绛红的，淡黄的，淡紫的，甚至还有黑色的，上面点缀着金色的小点点。阳光下，树林子就像燃起的一团巨大的篝火。我在那里会工作到冬天到来的时候，而冬天我则会去列宁格勒外的芬兰湾。您知道吗，那里有俄罗斯最美的霜。在其他地方我可从来没见过那么好看的。”

我对这位同伴说，当然也是开个玩笑，他既然这么见多识广，何不为画家们写一本旅行指南，告诉他们写生的最佳地点。

“您怎么会这么想！”画家很认真地跟我说，“写本书倒是不难。不过没什么意义。大家都一窝蜂往一个地方涌去，哪会像现在这样每个人都在寻找属于自己的美。还是现在这样更好。”

“为什么呢?”

“因为祖国的美是以丰富多彩的姿态展现出来的。俄罗斯大地上有那么多美景，画家们花上几千年也画不完。可是您知道吗，”他又忧心忡忡地说，“不知为什么，人们现在却开始糟蹋和毁坏土地。可土地之美是神圣的，是我们社会生活中举足轻重的事。它是我们的终极目的之一。不知您怎么看，反正我对此深信不疑。如果不懂得这一点，怎么可能称得上是一个进步的人！”

中午我睡着了，但很快就被我这个旅伴叫醒。

“您别生我气啊，”他很不好意思地说，“但是您最好还是起来。眼前是一幅多么令人惊异的画面啊——九月的雷雨。快来看看吧！”

我朝窗外看了一眼。只见从南边高高升腾起一大团乌云，遮蔽了半个天空。那乌云还时而被闪电撕开。

“我的妈呀！”画家发出了一声惊叹，“看有多少色彩啊！像这样的明暗对比，就是列维坦也画不出啊。”

“是怎样明暗对比的呢?”我有些茫然。

“天哪!”画家很绝望地说,“您往哪里看呀?看见了吗,那边的森林完全是黑压压的,没一点亮光;这是因为乌云的阴影把它遮住了。可是再往远一点看,森林上落满了淡黄色和淡绿色的星星点点,这是太阳光透过云层投射到林子上的结果。而更远处,则完全是在太阳的照耀之下了。看见了吗,那一条森林带像是用赤金打造成的,被阳光照得晶莹剔透,简直像一堵雕着花的金墙。或者是我们季赫文的刺绣能手用金线绣出的一条围巾,一直铺展到了天边。现在您往近处看,看看那排云杉。您看见针叶上那青铜色的闪光了吗?那是金色林墙的反光。它把自己的光辉投射到了这排云杉上。出现了反光。这是很难画出来的,一不小心就会弄巧成拙。您看,那上面的反光其实非常微弱,对比非常模糊,如果要把它呈现出来,当然得是技艺高超的高手才行。”

画家看了看我,微微一笑。

“秋天森林的反光简直是太强了!落日余晖洒满了整个火车包厢。尤其是您的脸。要是现在能为您画一幅肖像画就好了。可是特别遗憾,这一切都是转瞬即逝的。”

“这就是画家们的事儿啊,”我说,“能让这瞬间的景象停留好几百年。”

“我们会尽力的,”画家回答说,“如果这种景色不像现在这样瞬息万变就好了。说实话,画家是时刻离不开颜料、画布和画笔的。可你们作家就好多了。这些色彩都被你们带进了脑海里。您看,这一切变幻多快。瞧,森林时而是熠熠生辉,时而又沉入黑暗!”

一大片被撕碎的白云正赶在雷雨云的前面，朝我们疾驰而来，它们正以飞快的速度把大地上所有的色彩都糅成一体。在眼前这片森林的远处，紫红、赤金、白金、翠绿、绛红和深蓝等颜色，开始了混合交织与相互渗透。

偶尔，一束阳光穿透乌云打在一丛白桦树树梢，于是一棵棵树犹如一只只金色的火炬，被瞬间点燃，又立刻熄灭了。雷雨到来之前的狂风一阵紧似一阵，大大加快加深了这种色彩的大混合。

“啊，看这天空，这是怎样的天空呀!”画家大声叫道，“您快看！它简直太神奇了!”

雷雨云冒着黑蒙蒙的烟雾，急速降至地面。这些云团一律都是黑页岩的颜色。但是每当闪电袭来，云团就会打开一道裂缝，显出里面淡黄色的面目狰狞的龙卷云，还有蓝色的洞穴和弯弯曲曲被里面光线映照成玫瑰色火焰的裂隙。

闪电那刺眼通透的光芒在乌云深处变成了熊熊燃烧的铜色火焰。在靠近地面处，在乌云和森林之间，一条条倾泻而下的雨带已清晰可见。

“真是奇观啊!”画家激动地喊叫着，“这样的奇境可是罕见呢!”

我和他一起从包厢的窗前冲到了过道的窗口。窗帘被风吹得来回抖动，让窗外的光更显得明灭不定。

大雨倾盆而至。列车员急急忙忙拉上了车窗。一股股斜着打过来的雨水顺着窗玻璃流下。光线暗淡下来，只是在非常非常遥远的地平线上，森林带上空最后一抹金色透过雨幕还依稀可辨。

“您记住点什么没有?”画家问。

“稍微有一点。”

“我也只是稍微记住了一点，”他有些沮丧，“那就等雨过去，那时色彩会更加强烈。您知道吗，在潮湿的树叶和树干上太阳光会显得更加明亮。另外，您不妨在阴天下雨前仔细观察观察光线。它在雨前是一个样，下雨时又是一个样，而雨后呢，又完全与之前不同。这是因为打湿的树叶能散发出一种微弱的光。一种微暗、柔和、温暖的光芒。总之，我亲爱的，研究色彩与光，简直就是一种享受。任凭拿世界上什么职业跟我换，我也还是愿意当一个画家。”

半夜，画家在一个小站下了车。我到月台上跟他道了别。站台上点着一盏煤油灯。前方的车头正呼哧呼哧地喘着粗气。

我有些羡慕这位画家，并突然对身边这些琐事愤怒起来，因为要不是这些琐事，我就可以不用走那么远，也可以在这北方多停留几天了。这里的每一枝帚石楠都能唤起那么多的联想，多得足可以写好几篇散文诗呢。

我完全无法理解，为什么自己在生活中会和其他的人一样，不允许自己随心所欲地生活，而仅仅是去忙一些诸如此类好像非办不可的事。

我们仅仅是观察自然界中的色彩和光是远远不够的，还应该让它们进入我们的生活。只有那些在我们心中占有位置的素材，对艺术来说才是有用的。

绘画对于散文家来说之所以重要，不只是因为它可以帮助他看到并爱上色彩与光。绘画的重要更在于，画家常常能发现我们完全看不到的东西。我们只是在看到画以后才看见这些东西，并惊诧自己在之前为什么没有看见它。

法国画家莫奈到伦敦后画了一幅威斯敏斯特教堂。他是在伦敦常见的雾天里画下的这幅画。在莫奈的这幅画中，教堂的哥特式轮廓只是在雾中隐约可见。这真是一幅精品佳作。

画作展出，立刻在伦敦人中掀起一片哗然。他们十分诧异，莫奈笔下的雾怎么会是紫红色的呢，要知道雾明明是灰色的嘛，这是众所皆知的事。

莫奈的鲁莽首先是激起了人们的愤怒。但这些愤怒的人走到伦敦大街上去仔细观察雾的时候，平生第一次发现，伦敦的雾真的是紫红色的。

人们开始寻找造成紫红色雾气的原因。最后大家一致认为，因为伦敦的烟太大，加之伦敦街上的房屋都由红砖砌成，这样雾就被染上了红色。

不管怎样，莫奈反正胜了。这幅画诞生之后，所有人都开始用艺术家的眼光去看伦敦的雾。人们甚至称莫奈是“伦敦雾的创造者”。

如果来举一个我自己生活中的例子，那么就是我在看到列维坦的画作《永恒的宁静之上》后，我平生头一次发现俄罗斯的阴天有着丰富的色彩。

在这之前，俄罗斯的阴天在我的眼里就是一种单一的忧郁色调。我认为，阴天所引发的所有忧郁愁绪，都是因为它吞噬了其他的色彩，用灰暗的阴霾遮蔽了大地。

但列维坦却在这阴霾中看见了某种庄严，甚至是壮丽的色彩，在其中发现了许多纯净的颜色。从此，阴天不再令我感到压抑。相反，我甚至爱上了这时候空气的清新，爱上了把脸冻得发热的寒冷，还有河上泛起的银灰色涟漪和乌云缓慢沉重的移动。最后，在阴天里我才开始格外珍惜那些简单而普通的快乐——温暖的农舍，俄式炉灶里的火苗，茶炊吱吱的叫声，干草上罩一块粗布床单的地铺，打在房顶上令人昏昏入眠的雨声，还有美美地打上一个盹儿。

几乎每一位艺术家，不论他属于哪个时代和哪个流派，都会为我们揭示现实的某些新特征。

我曾有幸多次参观德累斯顿艺术画廊。除了拉斐尔的《西斯廷圣母》，这里还有许多古代艺术家的作品，让人感觉停下来就是一种危险，因为它们不会轻易地放走你。它们会让你一连几个小时，甚至是几个昼夜地看着它们，而且看它们越久，你心中那种莫名的激情就越是高涨。这种激情甚至会达到令人难以自已、热泪盈眶的地步。

为什么会令人热泪盈眶呢？因为在这些画作中，精神的完美和天才的力量促使我们让自己的思想趋于纯洁、有力和高尚。

在美好的自省中，一种内在的担忧产生，这种担忧成了我们内在净化的前奏。这就好像大地上风、雨、鲜花、午夜的天空、爱的泪水被洗涤过后的所有清新，渗透进我们感恩的心灵，并永驻其间。

印象派画家们似乎加大了光的强度。他们在露天作画，有时候甚至还故意夸张了颜色的浓度。其结果是，大地在他们的画中被赋予了欢乐的色调。

大地变得欢快四溢。这不是什么罪过，就像任何可以给人带来哪怕是一丝快乐的事物一样，有什么过错呢。

所以，对印象派画家的加害是让人完全无法理解的。伪君子的下手毫不手软，他们认为，绘画的存在只有微不足道的实用目的，而不是为了让人变得更加完善。很遗憾，他们有时候所接纳的思想是凌驾于培养大众社会主义社会的伟大思想之上的，这一思想强调了培养完全符合要求、感情充沛并具有更高文化素养的人的必要性。

就像一切其他被保留下来的过去时代的丰富遗产一样，印象主义也属于我们的遗产。否定了印象主义，这就意味着明明白白地把自己逼进了死胡同。要知道，我们不能否定拉斐尔的《西斯廷圣母》，尽管这幅天才的画作表现的是宗教主题。我们还不至于愚蠢到不明白绘画的天才与宗教之间的分界在哪里。我不会去想，一个苏维埃人如果赞美了《西斯廷圣母》，他就会突然成了宗教信徒。这种想法的荒唐是显而易见的。当问题涉及印象派，我们为什么会把这种滑稽的想法当成真的呢？革新者毕加索、印象派画家马蒂斯、凡·高或者高更对我们而言有什么危险可言？顺便说一句，高更还参加过反法国殖民者和争取塔希提岛独立的斗争。

在这些人身上，有什么危险或者有害的东西呢？在怎样的妒贤嫉能和见风使舵的脑子里才会产生一种念头，那就是必须把这些熠熠生辉的艺术家从人类文化，其中也包括我们俄罗斯文化中清除出去？

与画家的火车相遇之后，我来到了列宁格勒。城市广场和匀称的建筑物那种庄严和谐的景象又展现在了我的面前。

我久久地观察着它们，竭力想搞明白它们在建筑艺术方面的奥秘。这个奥秘就是，它们给人的印象是非常高大宏伟的，而实际上它们并不高。就拿最杰出的建筑之一——参谋总部大厦来说，它位于冬宫的对面，呈圆弧形，最高处不过四层楼。可是它显得比莫斯科任何一幢建筑都要高大宏伟。

这奥秘的答案非常简单。建筑的气势宏伟取决于它的对称性、合适的比例和节制的装饰——窗框装饰、花型装饰和浅浮雕。

仔细观察这些建筑，你就会明白，好的审美趣味首先就体现在这种分寸感上。

我坚信，对称的规律、避免繁复、适度的修饰、简洁朴实、让每一个线条都得以呈现和舒展，这一切要点都与散文写作有某种关联。

一个热爱和痴迷古典建筑形式的作家，当然是绝不允许拖沓冗长和结构的繁复出现在自己的散文作品中的。他会注重结构布局的对称，以及遣词造句的严谨。他一定会避免过多的修饰即所谓的图案装饰风格，而冲淡了散文的表现力。

散文类作品的结构应该精简到多一句就啰唆、少一句就不够的程度，而且还不能破坏和影响叙述的思想内容和事件合乎逻辑的进程。

就像以往一样，我在列宁格勒总是把大部分时间都花在俄罗斯博物馆和埃尔米塔什博物馆里。

埃尔米塔什博物馆展厅里那昏暗的闪烁着金色的微光，对我来说是那么神圣。步入埃尔米塔什博物馆，我就感觉进入了一座人类天才的宝库。就是在埃尔米塔什博物馆，那时的我还是个年轻人，我第一次觉得做一个人真幸福。而且我也明白了，怎样才能做一个伟大的人、一个好人。

起初，我迷失在了一个阵容强大的画家队伍中间。浓烈和丰富的色彩让我感到头晕眼花。为了休息一下，我走进了陈列雕塑的展厅。

我在那里坐了许久。我越是长久地凝视着这些由无名希腊雕塑家塑造的人像，或者是由卡诺瓦创作的脸上带着一丝微笑的女人像，我越是清楚地意识到，所有这些雕塑实际上都是在发出一种对美的召唤，这就是人类最纯净的朝霞之先声。那时，诗歌将会主宰人类的心灵和社会制度，而这种社会制度则须经过我们长年累月的劳作、操持和精神的努力才能建成，它是建立在公正之美、智慧与心灵之美、人际关系和人的身体之美的基础上的。

我们的道路正通向一个黄金世纪。这个世纪会到来的。遗憾的是，我们当然活不到它到来的那一天。但是我们也应该感到幸福，因为这个世纪的风已在我们的身边吹起，我们的心跳因此而更加强烈了。

难怪海涅会去卢浮宫，并一连数小时坐在米洛斯的维纳斯雕像前哭泣。

他为什么哭？他为人的完美受到玷污而哭。他哭通向完美的路既艰辛又漫长，而他海涅即使向人们奉献出他全部智慧的精华和光芒，当然也不可能到达那片应许之地，那可是他那不安的心灵所终生向往的地方。

这就是雕塑的力量，没有这种力量的内在火焰，先进的艺术，尤其是我们国家的艺术是无法想象的。同样，要产生出打动人心和有分量的散文作品也是难以想象的。

在转而谈诗歌对散文的影响这个话题之前，我想先谈几句音乐，再说音乐和诗歌常常是密不可分的。

以下关于音乐的简短谈话，其内容仅仅局限于我们所说的散文的节奏和音乐性。

真正的散文，总是有自己的节奏。

散文的节奏首先要求词语的恰当准确，使读者易于理解和阅读流畅。关于这一点，契诃夫曾在信中对高尔基说，“小说应该顷刻间令人（也就是读者）一目了然”。

读者不应该在阅读中受到羁绊，让他们为了符合散文这一段或那一段的性质而不得不去调整词语的行进速度。

总之，作家应该把读者牢牢地抓住，引领他紧紧地跟随自己，也不能允许自己的作品中出现晦涩难懂和磕磕绊绊的字句，把读者绊倒在这些地方，最终让他们脱离作家的掌控而逃之夭夭。

牢牢地掌控读者，紧紧地吸引他与作者同思想共感受，这就是作家的任务，也是散文的功效。

我认为，散文的节奏感靠人为的方法是永远也难以达到的。散文的节奏感取决于作家的天赋，取决于他的语感和良好的“作家听觉”。这种良好的听觉，某种程度上跟音乐的听觉是相类似的。

但是最能够丰富作家语言的，是诗学知识。

诗歌有一种惊人的特质。它能够恢复词语原始处子般的新鲜。那些被我们过度使用成为“陈词滥调”的词语，那些对我们来说已经完全失去形象性而徒留空壳的词语，一旦进入诗歌，它们就开始大放光彩、悦耳动听、吐露芬芳！

我不知该如何解释这种现象。我认为，词语在两种情况下能够复活而展露生机。

一是它重新获得了语音的力量。要做到这一点，朗朗上口的诗歌比散文要容易得多。所以，同样的词语在诗与抒情曲里的感染力要大大地强于在日常的话语中。

另一种情况是，词语被置于富有旋律乐感的诗行之中，那些陈旧的词语也被带进了诗歌的总旋律，变得和谐悦耳。

最后还有一点，那就是诗歌广泛使用了头韵。这是诗歌宝贵的特质之一。散文同样也有使用头韵的权利。

但主要之处并不在此。

主要之处在于，当散文臻于完美，它实际上也就是真正的诗了。

契诃夫认为，莱蒙托夫的《塔曼》和普希金的《上尉的女儿》便证明了散文与饱满的俄罗斯诗歌具有亲缘关系。

普里什文有一次在私人通信中谈到自己，说自己是个“被钉在散文十字架上的诗人”。

列夫·托尔斯泰也曾经说过：“我永远也找不到散文与诗歌的界

限在哪里。”在自己的《青年时代的日记》中，他以少有的激烈的口吻问道：

“为什么诗歌与散文、幸福与不幸有如此紧密的联系？应该如何生活？是竭力把诗歌与散文融为一体，还是先尽情地享受第一种愉悦，然后再专注于另一种快乐？理想中有高于现实的一面，而现实中也有胜于理想的一面。完美的幸福，只能是把两者相融相合。”

这些话语虽是仓促间写下，却道出了一个真理：文学中最高级最富有魅力的境界和真正的幸福，也许只能是诗与散文的融合，或者更准确地说，是充满了诗性的散文，它饱含着生命创造力的浆汁，以及最为清澈透明的气息和俘获人心的威力。

在这种情形下，我不怕使用“俘获人心”这样的词。因为诗歌的确能以潜移默化的方式让人成为它的俘虏，并以不可战胜的力量提升人的品质，使人日趋接近这样一个境界，那就是真正地为大地增光添彩，或者用我们先辈真诚质朴的说法，就是成为“造物之冠”。

弗拉基米尔·奥多耶夫斯基曾经说过：“诗歌是人类进入不再索取而开始使用它之所获这样一种境界的先兆。”他的这段话在某种程度上说是有道理的。

在卡车车厢里

1941 年 7 月，我乘坐军用卡车从德涅斯特河畔的雷布尼查去吉拉斯伯利。我坐在驾驶室里，旁边是沉默寡言的司机。

一股股被太阳晒得滚烫的尘土，从汽车轮下被阵阵扬起。周围的一切——农舍，向日葵，洋槐和干草——都被一层粗粒的尘土所覆盖。

太阳像是在通透无色的天空中冒着烟。铝制军用水壶里的水被晒得滚烫，闻起来有一股子橡胶味。德涅斯特河对岸，依然是炮声隆隆。

卡车车厢里，有几位同行的年轻中尉。偶尔，他们会用拳头使劲敲着驾驶室顶棚，大声高喊："空袭!"司机赶紧停车，我们冲出卡车，跑向离公路尽可能远的地方，匍匐卧倒。刚刚卧倒，几架德国的黑色"梅赛"便带着幸灾乐祸的咆哮，向公路上俯冲而来。

有时候他们发现了我们，便朝着我们一阵扫射。所幸我们没有一个受伤的。子弹掀起了一个个尘柱。"梅赛"飞走了，我只觉浑身因为紧贴晒得滚烫的地面而变得燥热，脑袋里嗡嗡直响，渴得要命。

在一次这样的空袭之后，司机出其不意地问我：

"躺在地上躲子弹的时候，您都想了些什么？回忆起往事了吗?"

"是的。"我回答说。

"我也在回忆，"司机沉静了一会儿，说道，"我想起了科斯特罗马的森林。要是我能活下来，回到家乡，我就申请当一名护林员。带上我的老婆，她很文静温和，长得也漂亮，还有我的小闺女，我们一家就在护林哨所住下来。您信吗，只要一想到这个，我的心就会咯噔一下，像是停跳了。可当司机是不能发生这种事的。”

“我也一样，”我答道，“我也想起了家乡的森林。”

“你们家乡的森林也很不错吧？”司机问。

“是很不错。”

司机把船形帽拉到自己的额前，发动了汽车。一路上我们没有继续交谈。

也许我从来没有像在战争中那样，如此刻骨铭心地怀念那些我热爱的地方。我发现自己总是会迫不及待地等待天黑，这样卡车就能在某个干燥的幽谷停下来，我可以躺在卡车的车厢里，盖上军大衣，呼吸着青草香，开始慢悠悠静悄悄地神游那些地方。我对自己说：“今天我要去黑湖，而明天，如果我还活着，我要去普拉河岸或特列布基诺走走。”眼前浮现出那些想象的美景，我的心激动得都快要窒息了。

有一次我盖着大衣，正在想象着神游黑湖之旅中的各种细节。我觉得，这世上再没有比这更幸福的事情了，故地重游，忘却所有烦恼忧愁，只听得见自己轻松的心跳。

在卡车车厢里神游故地，我总是想象着自己一大清早从小木屋走出，行走在铺满沙砾的路上，两旁是旧式的农舍。在农舍的窗台上，有一株株开得火红的凤仙花。当地人称它为“水灵灵的万尼雅”。也许是因为它粗粗的茎干在阳光的照射下能透出其中绿绿的汁液吧，甚至那里面的气泡都清晰可见。

井台边，整天都响着水桶汲水时叮叮当当的声音，叽叽喳喳的汲水小姑娘们打着赤脚，身上的花衣裙已经被太阳晒得褪色了。接下来该拐进一条胡同了，或者用当地人的话说是“进窟窿眼”了。在这条胡同最靠里的一家农舍里，有一只全区闻名的漂亮大公鸡。它常常单腿独立站在太阳光最强烈的地方，周身的羽毛红彤彤的，像一团燃烧的火炭。

过了这只公鸡的家，后面就没有房舍了。往前是一条像玩具一样伸向林子深处的窄轨铁道，轨基呈缓缓的弧形。令人惊异的是，铁轨路基那面斜坡上的野花跟周围的花完全不同。一丛丛菊苣开在被太阳晒得滚烫的铁轨旁，这样的花在周围是见不到的。

在窄轨铁道的另一边，是一排密得不透风的幼松林。其实，幼松林只是从远处看起来严密得不可穿行而已。任何时候要穿过它都会有办法的，当然小小的松针一定会扎破您的手指，手上也会沾满黏糊糊的松脂。

幼松间的沙砾地上，长满了高高的干草。每株干草的中部是灰色的，而干草尖呈深绿色。这种草是会割破手的。深草丛中，有许多黄色的蜡菊花盛开，手指一碰它的花瓣就会发出簌簌的声响，还有白色芳香的石竹花，打开的花瓣上点缀着淡红色的斑斑点点。幼松的底部，长满了一片片乳白色的蘑菇。蘑菇的伞柄上，还沾着一层洁净的灰色细末。

过了幼松林，眼前就是一片高大的松树林了。沿着松林的一侧，是一条长满杂草的小路。

穿过闷热的幼松林，就来到了第一棵绿荫如盖的松树下，在这里坐一坐歇歇脚是最惬意的事了。仰面躺下，望着天空，透过薄薄的衬衣感受到大地的凉意。兴许你还能睡上一小会儿，因为天空中一朵朵边缘发亮的白云常常会令人昏昏欲睡。

俄语中有一个很棒的词叫“慵懒”。近来我们已经完全把它遗忘了，甚至都不好意思把它说出口。但是，当你在一个温暖的早晨躺在林中，望着头顶不知要飘向何方的白云，一种宁静安详略带困意的感觉充盈着你的身心，再没有比“慵懒”更加恰当的词语来表达这种感受了。云朵们来自某个蔚蓝的深处，又一刻不停地奔向未知的远方。

躺在这样的林边，我时常会想起布留索夫的诗句：

……做一个自由孤独的人，
在漫漫原野庄严的寂静中
沿着自己的路，勇往直前，
没有未来，无言过去。
摘下罂粟一般花期短暂的花朵，
饮进初恋一般明泽的亮光，
倒下，死去，没入黑暗
不必经历那一次次复活中痛苦的欢欣……

尽管这样的诗句提到了死亡，但却饱含着丰沛的生机，令人只想这么躺着，望着天空，任思绪和时间就这样流淌。

杂草丛生的小路穿过了这片古老的森林。森林在沙丘上延伸着，从这个沙丘到另一个沙丘，它们如匀称宽阔的海浪，此起彼伏。这些沙丘是冰川沉积的遗迹。沙丘的顶上，开满了风铃草花，而沙丘的底部，则密密麻麻地长满了鳞毛蕨。鳞毛蕨叶的背面满是孢子，像是被撒了一层浅红色的尘土。

沙丘顶上的树林是明亮的。远远望见，它像是沐浴在阳光下。

这片森林呈狭长状，长度约莫两公里，不会再长。过了森林，就是一片开阔的沙质地，地里种满了绿油油的庄稼，风一吹过，掀起了滚滚麦浪。这片平坦的沙质地之后，又是一片郁郁葱葱一望无际的松树林。

在平坦开阔的沙质地上空，云朵显得特别华美。这大概是因为站在开阔地能看到整个天空的缘故吧。

沿着庄稼地边长着牛蒡草的田埂，我们可以在这片开阔地里穿行而过。田埂上，时常还能看到一簇簇坚硬的蓝色球花风铃草。

此刻我在神游中所看到的一切，都只不过是进入森林的序幕。走进森林，你就会感到如同进了一个阴森森的巨大宏伟的教堂。一走进去，你要沿着池塘边狭窄的林间小道往前走，池塘表面浮着满满的藻类，就像在上面铺了一个质地坚硬、绿得发亮的地毯。如果你在池塘边稍作停留，就会听到轻轻的咂嘴声，这是鲫鱼正在水底下吃水草。

紧接着是一片不大的白桦林，湿润的树干上包裹着一层青苔，就像是闪闪发亮的绿色天鹅绒。林子里总是弥漫着一股腐叶味，那是头一年秋天掉落的树叶散发出来的。

在白桦林开始稀疏处，有一个地方是我的记忆不能触碰的，因为那会让我的心感到一阵痛楚。

（我躺在卡车的车厢里，如此这般地神游着。夜很深了。拉兹杰利纳亚站方向传来了阵阵爆炸声，那里正在进行着轰炸。爆炸声刚一停歇，怯怯的蝉鸣响起。蝉被轰炸声吓坏了，暂时还不敢放声大叫。我头上有一颗浅蓝色的星星，像一枚曳光弹一样往下坠落。我发觉自己正不由自主地关注着这颗星星，并仔细地倾听着：它到底什么时候爆炸？但是星星没有爆炸，在快要碰到地面的时候，它无声无息地熄灭了。这里离那一小片熟悉的白桦林，离那连绵巍峨的森林，还有那些总让人为之心动不已的地方是多么遥远啊！那里现在也是深夜了，但一定是寂静无声的，那里的夜散发出来的不是汽油和火药的气味——或许应该说是“爆炸”的气味吧——而是森林湖泊里深水和璎珞柏针叶的气息。）

那个让人为之心动不已的地方是什么样子？其实它最不起眼最普通了。过了那片小白桦林之后，道路陡然升上了一个砂土的崖上。潮湿的低地虽已远在身后，但微风却不时地将这片低地上湿润而略带碘酒味的气息吹进了干燥炎热的森林。

爬上砂崖，就到第二个休息点了。我在发烫的针叶上坐了下来。在这里你所触碰到的一切，都是干燥和热乎乎的：不论是早已空心的陈年松果，像黄色透明、嘁嚓作响的牛皮纸样的幼松树皮，还是被太阳晒透了的树桩，以及毛毛糙糙散发出清香的树枝。甚至连草莓的叶片，都是热乎乎的。

老树桩只消用手一掰就可以折断，让你可以随手就能抓起一把暖暖的褐色木屑。

炎热，寂静。这就是盛夏一日宁静的时光。

一只只红翅膀的小蜻蜓停在树桩上酣睡。一群群丸花蜂落在结实的浅紫色伞形花瓣上，把花朵压得快要触到地面了。

我察看了一下自己绘制的地图，离黑湖还应该有八公里的距离。这张地图上标注了所有物体——路旁一棵干枯的松树，路桩，卫矛丛，蚂蚁堆，又一片低地，上面总是开满勿忘我，之后有一棵松树，树皮上有一个刀刻的字母——“O”，也就是湖的意思。到了这棵松树，就应该立刻转弯进入森林，然后沿着树上的刻痕往前走了，这些刻痕还是1932年留下的。年复一年，树上的刻痕逐渐愈合，长出了松脂。应该重新刻上新的了。

当你找到一处刻痕，你便一定会停下来，用手摸摸它，摸摸刻痕周围已经凝结成琥珀一样的松脂。偶尔你会掰下一滴松脂，仔细端详它那贝壳般的断面。在太阳光照下，断面闪烁出微黄的火焰。

快到黑湖的时候，森林中出现了很多又大又深的坑，里面层层密密长满了赤杨树，你休想穿过它进到坑底。也许，这些坑是很久以前的一个个小池塘。

接着又是上坡，进入一片结满黑色干果的瓔珞柏树丛。终于，到达了最后一个路标——一双挂在松树枝上的树皮鞋，已经被晒得干透了。走过了树皮鞋，是一块窄小和长满了野草的林中空地，林中空地的后面，便是陡峭的悬崖了。

森林到这里就结束了。悬崖下是干涸的沼泽地，沼泽地的苔藓上长了一片小树林，其中有小白桦、小白杨和小赤杨。

这是最后一个休息点了。白天的时光已经过去了一半。它嗡嗡地发出低沉的叫声，就像一群看不见的蜜蜂在眼前飞来飞去。每一阵哪怕最细微的风吹过，暗淡的光线也会像波浪一样从这片小树林上掠过。

就在距此两公里远的地方，黑湖就隐匿在一片沼泽苔藓中间，那是一个有着黑沉沉的湖水、水中浸着断树枝并生长着硕大的黄色睡莲的王国。

在苔藓上走路要格外小心，因为厚厚的苔藓中戳着小白桦的断枝，长年累月的日月侵蚀，这些断枝变得像长矛一样锋利，走路时不小心就会被它扎破脚。

小树林里又热又闷，散发出一股腐烂味，每走一步都会踩出黑乎乎的泥炭水，树枝也随着脚步颤动摇晃。你必须一直朝前走，不要去想你的脚下，在仅有一米厚的泥炭和腐殖土之下，就是深不可测的地下湖。据说，地下湖里有一种浑身黑得像炭一样的鱼，叫沼泽狗鱼。

湖岸的地势要高一些，所以比起沼泽苔藓地要干燥，不过你也不能在一个地方久站，那样你的脚印里会注满水。

最好是在黄昏时分到湖边去，这时周围的一切——微微泛光的湖水，初现的星星，将烬的晚霞，静止不动的树冠——与掩藏着警觉那种寂静牢牢地融为一体，就好像是这种寂静本身孕育了这一切。

坐在篝火旁，听着树枝噼里啪啦的声响，想着生活是如此异常的美好，只是你不要惧怕它，要敞开胸怀去接纳它……

就这样，我在回忆中游历了森林，还有涅瓦河两岸，或者登上普什科夫那些因长满亚麻而变成蔚蓝色的山岗。

我想着这些地方，心里感到一阵阵刺痛，好像我已经永远失去了它们，好像我这一辈子再也看不到它们了。显然，这样的感觉让它们在我的眼中就更显得不同寻常的美好了。

我问自己，为什么我从前没有发现这美呢，很快我也就有了答案，这一切当然我也看到和感受到了，但只是在远离他乡的时候，家乡景色那种摄人心魄的美才会陡然展现在自己内心的视野里。由此可见，我们应该走进自然，就像音乐里的每一种声音，哪怕是最微弱的声音，都应该汇入总的旋律。

只有当我们把人类的感受带给自然，当我们把自己的心绪、我们的爱、我们的快乐和忧伤与自然完全相呼应，当我们充满爱意的双眸之光与清晨的清新难以分离，当森林旋律美妙的喧声与我们对过往生活的沉思相伴而行，自然的全部能量才会对我们产生影响作用。

风景不是散文的附属物，也不是它的装饰品。你需要投入其中，就像把脸埋进被雨水打湿的绿叶丛中，去感受它沁人心脾的清凉和芳香，去感受它的一呼一吸。

简言之，应该热爱大自然，这爱与任何一种爱一样，它一定会找到最有力地表达自己的恰当方式。

与自己话别

我将就此结束我的第一本有关写作的随笔，我很清晰地意识到这项工作才刚刚开始，前面还有很多事要做。还有许多话题可以谈，比如：我国文学中的美学问题，它在培养拥有丰富和崇高思想情感内涵的新人方面所具有的深刻意义，情节，幽默，形象，人物性格塑造，俄语的演变，文学的人民性，浪漫主义，高级的趣味，原稿的修改，等等，不胜枚举。

写作这本书的过程中，感觉自己是在一个小小的自己熟悉的国度中旅行，每走一步，眼前都会呈现出新的远方和新的道路。它们不知通向何方，但总会让我看到许多意想不到的风景，给予我的思考以丰厚的滋养。因此，尽管它不够充分全面，抑或像人们通常所说是个大概，但为厘清这些纵横交错的道路所进行的工作是引人入胜的，也是十分必要的。

《自由的蔷薇》

（一份手稿的命运）

康斯坦丁·帕乌斯托夫斯基的《金蔷薇》第一部出版于 1956 年（它首次发表在《十月》杂志 1955 年的第九期和第十期上）。在该书的最后一章“与自己话别”中，帕乌斯托夫斯基说：“我将就此结束我的第一本有关写作的随笔，我很清晰地意识到这项工作才刚刚开始，前面还有很多事要做……”

在接下来的数年里，帕乌斯托夫斯基一直没有打消写作续集——《金蔷薇》第二部的念头。

1960 年初，他发表了关于契诃夫的文章，在年底又创作了有关勃洛克的文章。1961 年，他在塔卢斯完成了对蒲宁文学肖像的描绘。这三篇东西是作家当作《金蔷薇》第二部的章节来写的。

1961 年 2 月，帕乌斯托夫斯基去了雅尔塔，开始专心致志地写作新书。

2 月底至 3 月初，他的日记中有简短的记载：

> 开始写《金蔷薇》。海上日落。各种朦朦胧胧的色彩……
>
> 写得少，很快停顿下来。

写得不好，缓慢。明媚的日子。我像是在梦中……

2月22日。对“金蔷薇”的疑问（新的题目是“心灵的记忆”）。也许，最好还是沿用“生活之书”……

写作第二章（“银行旅店”）……

1961年2月19日，康斯坦丁·格奥尔基耶维奇在写给妻子的信中更加详细地谈到了自己的创作：

……我工作的时间暂时不多，一天就五六个小时吧。我写得很自如，没有任何杂念，因为我觉得杂志未必会因为这个东西而有所争执，因为他们压根儿就不会刊登这种东西。它比《金蔷薇》第一部“奇怪”多了。我希望捕捉和强调达到那种完全简明直接的境地，也就是被人们称为灵感的东西，但它要比灵感复杂和有力量得多，也比那种被我们冠之生活的轻飘飘的状态要更加贴近生活。也许，这就是普希金所说的“我忘记了世界，在甜蜜的寂静中/我甜蜜地沉睡于自己的想象”，或者如扎波罗茨基所说：“我爱这充满激情的朦胧昏暗，也爱那灵感丰沛的短暂夜晚。”这就是那种非常有力、明澈和崇高的状态……

3月中旬，帕乌斯托夫斯基已经写好了头两个章节。这些部分完成得相当不错，以至于康斯坦丁·格奥尔基耶维奇都准备好召集几个听众来听他朗读，并加以点评。

1961年3月15日的日记这样写道：

“可爱的早晨。我工作了一会儿，修改了第一章。安排好朗读。巴塔洛夫、波利亚科夫和我。嘉尔卡来了……罗多夫来了。欢乐延续到深夜一点。”

这天晚上朗读会没有举行。第二天的日记中出现了一个简短的笔记：

“3 月 16 日……我有个朗诵会——泡汤了。”

这天晚上，帕乌斯托夫斯基家聚集了头一天晚上就到这里来的人。

康斯坦丁·格奥尔基耶维奇有些按捺不住激动的心情。朗读会前他向大家道歉，说大家也许不得不花很久的时间来听，还开玩笑地许诺说朗读会以后有热茶和馅饼招待大家。他读了半个多小时，读得很慢，他的声音有些嘶哑，时不时还有中断。他读着，仿佛面对的是一片空旷……快到结尾的时候，他有些着急，几乎是以飞快的语速结尾的。

一阵长长的沉默。我不知道听众在等待什么，好像大家所听到的对他们来说很是意外。最后，不知道谁终于说了一句：“嘿，也许这还是挺有趣的……”其余的人都没有吭声。

康斯坦丁·格奥尔基耶维奇站起身，笑了笑，愉快地邀请大家入席。尴尬的气氛逐渐缓和下来。

第二天，他以这样一句话做了开头：

“3 月 17 日，早晨——很美好……”

在这“美好”的早晨，我走进了帕乌斯托夫斯基的房间，看见他的写字台上一反常态地光着，上面什么也没有放。

“今天夜里，我会把一切都烧掉。”康斯坦丁·格奥尔基耶维奇就简单地说了一句，此后便再没回到这样的谈话。

3 月底，《文学报》上刊登了帕乌斯托夫斯基对奥列沙的回忆文章。

《金蔷薇》的第二部从来没有写出来过。《契诃夫》《亚历山大·勃洛克》《伊万·蒲宁》和《尤里·奥列沙》（大标题是《纽扣里的小玫瑰花》），都被帕乌斯托夫斯基放进了《金蔷薇》的第一部中了。

康斯坦丁·格奥尔基耶维奇销毁了第二部的开头几章，但草稿的手稿却留下了。

帕乌斯托夫斯基写作时的第一稿总是手写的，还有些不明显的修订，不过这种修订不仅仅是针对个别字词和句子，有时候甚至是整段整页地被毫不留情地删掉。

然后，他会在打字机上誊写三四次，每次都进行非常认真的修改（比如，《伊利亚的深渊》一文的开头几页就改了八稿）。所以，文章的终稿的的确确与最初他手写的手稿完全不同。

现在，许多年过去了，我们来解读帕乌斯托夫斯基的手稿——《金蔷薇》第二部的开头（之所以说是“解读”，因为康斯坦丁·格奥尔基耶维奇的字迹常常是难以辨认的，通常是每一部分写好后他第二天就会打出来，否则连他自己也很难辨认头一天夜里他所写下的字迹）。当然，我们手里现在有这第一稿，而且读起来也感觉十分有趣，因此想将它发表出来。

在保存下来的片段中，帕乌斯托夫斯基的描述是以他去塞瓦斯托波尔这一真实事件为基础的。在他的日记中我们可以读到：

1959年2月。

……塞瓦斯托波尔之行……可怕的天气。暴风雪，寒风，山地牧场上的大雪。福罗斯的教堂。小卖部。潮湿，寒冷，三明治。萨布山。

潮湿的旅馆“塞瓦斯托波尔”。军官之家。寒冷，昏暗，不适。鲁德内依在这里。还有沃洛格达的一位诗人。演讲。五分钟。

饭店的豪华午餐。在摧毁殆尽的房前与嘉尔卡合影，我在这里写下了《黑海》。鲁德内依拍的照。伯爵的栖身之地。舰艇上的酷寒。好像就这些。

深夜——哮喘病发作。很厉害。几乎坐了一夜。亲人，爱人，他们的喘息。感受到了不同寻常的幸福。

早晨在墓地。前辈们的墓冢。嘉尔卡沉浸在快乐中。在城里（科朗斯1922年曾经在海军将军之妻家的一幢楼里住过），静悄悄的火车站，被摧毁的教堂。教堂灰秃秃的，像驴子的腿根儿。

和鲁德内依一起吃早餐。出发。下雪了。两个半小时就达到了雅尔塔。

这段浓缩的笔记像一份已经发表的手稿的写作提纲。

在《金蔷薇》的“夜行驿车”一章中，就是以一段作者简短的话作为开场白的：

“我原本想单独写一章，谈谈想象力及其对我们生活的影响。不过一转念，又把这一章改成了讲述诗人安徒生的故事……”

帕乌斯托夫斯基决定，《金蔷薇》的第二部就以他早就想好了的一章作为开始——也就是关于“想象力”的一章。

在生命最后几年，帕乌斯托夫斯基经常谈到，也在文章中写到自己正在“向新散文方面的突破”。

在《散文选》（1965）的作者序中，他试图“把诸如《意大利笔记》《第三次约会》《与秋天的独处》和《伊利亚的深渊》这样的短篇小说区分开。把它们分开是为了仔细研究（确切地说，是潜心阅读理解）它们，并且找到其中新的、过去小说中所没有的东西。而如果这种新的东西的确存在，那么其程度也是相对微弱的”。

他继续写道：

> 在我看来，这是全新的，它指的就是所列小说的那种内在自由，它们在情节、在这样那样的必要结构上没有任何关联，在富有训诫意义和道德功用的必要性方面也没有任何联系，甚至是在稍有些枯燥和脱离读者实际方面都是没有任何关系的……
>
> ……对素材的自由发掘和明确清晰，语言的“富有表现力”，这才是作家应该追求的。
>
> ……如何来界定我所提及的那些作品的体裁呢？
>
> 我不知道。它不是字面准确意义上那种小说，也不是随笔和文章。它也不是散文中的诗歌。
>
> 这是思想的记录，就是跟朋友们的对话……

帕乌斯托夫斯基的这些话，某种程度上其实等同于以上所引他致妻子的信，同时也是对作家后来的创作探索进行的解释。

加琳娜·阿尔布卓娃